D1931670

Rote Krimi

Von Sara Woods
sind außerdem im Goldmann Verlag lieferbar:

Der Mörder tritt ab · 4878
Lady im Kreuzverhör · 4923
Das Haus zum sanften Mord · 4915
Kommt nun zum Spruch · 4913
Ihre Tränen waren Tod · 4921

SARA WOODS

Auftritt einer Dame

ENTER A GENTLEWOMAN

Kriminalroman

Deutsche
Erstveröffentlichung

Wilhelm Goldmann Verlag

Aus dem Englischen übertragen
von Tony Westermayr

Herausgegeben von Friedrich A. Hofschuster

Made in Germany · 7/83 · 1. Auflage · 119

Umschlagentwurf: Atelier Adolf & Angelika Bachmann, München
Umschlagfoto: Richard Canntown, Stuttgart
Satz: Fotosatz Glücker, Würzburg
Druck: Elsnerdruck GmbH, Berlin
Krimi 4941
Lektorat: Werner Morawetz/Annemarie Bruhns
Herstellung: Sebastian Strohmaier
ISBN 3-442-04941-5

Die Hauptpersonen

Antony Maitland	Anwalt. Übernimmt die Vertretung in einer Verleumdungsklage, ohne zu ahnen, daß sich daraus ein Mordfall entwickelt
Jenny Maitland	seine Frau
Sir Nicholas Harding	Ebenfalls Anwalt und Antonys Onkel
Lady Vera Harding	seine Frau. Ehemalige Rechtsanwältin und Strafverteidigerin
Edward Coke	Solicitor. Gerät durch die Aussage seiner Frau in eine zwielichtige Situation
Elizabeth Coke	seine Frau
Primrose Ross	eine wohlmeinende Freundin von Elizabeth
David Barrie	ein guter Freund der Cokes
Owen Barrie	sein Vater
Joanna und Terence Stowe	ein befreundetes Ehepaar der Cokes
Chefinspektor Sykes	Kriminalbeamter
Inspektor Mayhew	Kriminalbeamter

Der Roman spielt in London.

Jede Erzählung, deren handelnde Figuren alle gleich vortrefflich wären, würde schon allein aus diesem Grund als unfaßbar langweilig verdammt werden. Deshalb kann keine Entschuldigung für die Niederträchtigkeit oder Torheit der in diesem Buch vorkommenden Menschen notwendig sein. Es dürfte überaus unwahrscheinlich sein, daß irgendeiner von ihnen Ähnlichkeit mit einer echten Person besitzt, sei sie tot oder lebendig. Jede solche Ähnlichkeit ist völlig unbeabsichtigt und ohne jede böse Absicht zustande gekommen. S.W.

TEIL I

Sitzungsperiode Frühjahr 1973

Prolog

»Das glaube ich einfach nicht«, protestierte Antony Maitland entschieden. Er stand in seiner Lieblingshaltung mit dem Rücken zum Kamin in dem großen, behaglich mit alten Möbeln eingerichteten Wohnzimmer. Die Wohnung, die er mit seiner Frau bewohnte, lag im obersten Stockwerk des Hauses am Kempenfeldt Square, das Antonys Onkel gehörte. Er wirkte fassungslos. Sir Nicholas Harding erklärte mit ebensolcher Heftigkeit, das sei bei einem Mann seiner Profession unsinnig; nach so vielen Jahren juristischer Tätigkeit müsse er eigentlich auf alles gefaßt sein, was menschliche Torheit zustandebringe.

»Aber ... Scheidung«, sagte Antony dumpf. »Du hast in deinem ganzen Leben keine Scheidungssache angerührt und immer erklärt ...«

»Die Umstände«, meinte sein Onkel, lehnte sich im Sessel zurück und war mit der Wirkung seiner Neuigkeit offenbar sehr zufrieden. »Sie setzen selbst die strengsten Regeln außer Kraft.«

»Aber das ist doch einfach nicht dein Gebiet«, protestierte Antony erneut. »Was verstehst du überhaupt von Scheidung?«

»Genug, um sie zu mißbilligen«, stellte Sir Nicholas in aller Ruhe fest und warf einen Blick auf seine Frau, mit der er inzwischen fast zwei Jahre verheiratet war; bei einem Mann von geringerer Würde hätte er beinahe als schwärmerisch-verliebt gelten können. Lady Harding, die bis zu ihrer Heirat Miss Vera Langhorne gewesen war, Rechtsanwältin und Strafverteidigerin, quittierte den Blick mit ihrem fast grimmigen Lächeln und wandte sich dann ihrem Neffen zu, um die Worte ihres Mannes zu bekräftigen.

»Laß dir das von mir sagen, Antony – kein gewöhnlicher Fall.«

»Nein, natürlich nicht«, pflichtete Antony ungeduldig bei. »Aber das ist keiner.« In diesem Augenblick unterbrach ihn zur Verwunderung aller seine Frau.

Jenny Maitland hatte es sich ebenfalls an ihrem Lieblingsplatz, zusammengerollt in einer Sofaecke, bequem gemacht. Das Abendessen war vorüber, Kaffee und Kognak serviert – ein Dienstagabend, an dem die Maitlands wie gewöhnlich die Hardings zu Gast hatten – und seit mindestens sechs Wochen war das Leben glatt verlaufen. Sie war schon immer eine bessere Zuhörerin als Rednerin gewesen und hatte sich vor dem Kaminfeuer behaglich gefühlt wie eine Katze, aber nun richtete sie sich auf, um ihre Einwände vorzubringen.

»Das ist nicht vernünftig, Onkel Nick«, warf sie ein, »und außerdem auch nicht fair. Jahrelang hast du uns Vorträge über eheliche Treue und häusliche Harmonie gehalten, obwohl dafür von uns aus nicht der geringste Anlaß bestand. Und jetzt läßt du dich auf anderer Leute Probleme ein.«

»Es gibt Dinge«, erklärte Sir Nicholas bestimmt, »die kein Mensch zu ertragen gezwungen ist. Die Dame, meine Mandantin ...«

»Ah, eine Frau, wie?« Antony und Jenny tauschten einen verständnisvollen Blick. Sie wußten, daß es, auch als er noch überzeugter Junggeselle war, keine Frau auf der Welt gab, die Sir Nicholas nicht um ihren kleinen Finger wickeln konnte, wenn ihr der Sinn danach stand. Jedenfalls so lange, bis er vor Gericht auf sie traf; dann sah die Sache schon wieder anders aus.

In das Schweigen hinein sagte Vera barsch: »Solltet Nicholas Gelegenheit geben, das zu erklären.« Sie hatte die Angewohnheit, stark verkürzt zu sprechen, was sich noch steigerte, wenn sie emotional betroffen war; obwohl sie seit zwei Jahren in demselben Haushalt lebte und vorher während vieler Jahre beruflicher Zusammenarbeit an die häufigen, heftigen Diskussionen zwischen Onkel und Neffe gewöhnt war, betätigte sie sich doch manchmal als Vermittlerin.

»Natürlich will ich es wissen«, verlangte Antony. »Und zwar *alles*«, fügte er hinzu, um alle Mißverständnisse auszuschließen. »Zunächst noch einmal die Frage, die ich vorhin schon gestellt habe, Onkel Nick. Was verstehst du von Scheidung?«

»Wenn du die Theorie meinst, sehr wenig«, gab Sir Nicholas zurück. »Mein beauftragender Solicitor jedoch –«

»Ja, wer hat dir denn das eingebrockt?«

»Unser Freund Mr. Bellerby.«

»Aber du weißt doch, was der einem alles einredet«, rief Maitland erschrocken. »Wenn er dir vorgemacht hat –«

»Ich kenne Bellerby so gut wie du«, erwiderte sein Onkel. »Eher noch besser und auf jeden Fall länger. Meine berufliche Neugier ist immerhin stark genug, um mich veranlaßt zu haben, mit meiner Mandantin selbst zu sprechen. Und das, was sie mir erzählt hat, machte mir klar, daß dies ein Fall ist, wo eine Trennung herbeigeführt werden *muß*. Ich habe sogar versucht, sie davon zu überzeugen, daß es ausreicht, wenn es rechtlich abgesichert werde, aber sie befürchtete, sie werde sich nie mehr sicher fühlen, wenn kein endgültiger Bruch stattfinde.«

»Ich sehe immer noch nicht ein, wozu sie dich brauchen«, murrte Antony. »Heutzutage läßt sich so etwas doch in ein paar Minuten erledigen, oder?«

»Ein Antrag auf Scheidung wird erst nach dreijähriger Ehe behandelt«, betonte sein Onkel. »Das ist hier nicht der Fall. Außerdem wird der Klage heftigst widersprochen.«

»Augenblick!« Maitland wurde argwöhnisch. »Wie heißt denn das arme geknechtete Wesen?«

»Diese Bezeichnung finde ich wenig angebracht«, mißbilligte Sir Nicholas streng. »Sie ist eine junge Frau. Ende Zwanzig, würde ich sagen.«

»Schön und gut, aber wie heißt sie?«

»Elizabeth Coke.«

»Ach du lieber Himmel!« Antony verließ seinen Platz vor dem Kamin und sank in den Lehnstuhl auf der anderen Seite. »Das hat gerade noch gefehlt.«

»Mein lieber Junge, wenn du glaubst, dich so ausdrücken zu müssen...«

»Laß das jetzt mal beiseite. Mallory hat mir heute mitgeteilt, daß er ein Mandat für mich angenommen hat, das eine Verleumdungsklage betrifft.«

»Und?«

Diesmal waren es Jenny und Vera, die sich ansahen, Jenny leicht verwirrt, Vera dagegen entschieden belustigt.

»Verrätst du uns den Namen deiner Mandantin?« fragte sie. Sie war eine hochgewachsene Frau mit einer Vorliebe für Sackkleider, in denen sie noch größer wirkte; seit ihrer Verheiratung hatte sie jedoch ein gutes Gefühl für Farben entwickelt, von dem früher nichts zu bemerken gewesen war. Neben ihr wirkte Jenny geradezu zierlich; man hätte meinen mögen, daß nichts sie miteinander verband, aber sie hatten sich eng verbündet.

»Natürlich«, sagte Maitland. »Ein Solicitor namens Edward Coke. Er verklagt seine Frau Elizabeth.«

»Man möchte fast meinen, Mallory entwickele Sinn für Humor«, sagte Sir Nicholas nachdenklich. »Worin besteht die behauptete Verleumdung?«

»Die Einzelheiten kenne ich noch nicht, aber nach meinem ersten Eindruck ergibt sie sich aus dem, was sie angibt, um vom Gericht eine Entscheidung zu erhalten, bevor die drei Jahre um sind. Sie muß – wie heißt das? – ungewöhnliche Verderbtheit nachweisen. Da er, soviel ich weiß, Familienanwalt ist, würde ihm das nicht zum Guten gereichen.«

»Von wem hast du den Auftrag?« fragte Sir Nicholas.

»Von einem Desmond Barleycorn. Er ist Cokes Sozius und vertritt ihn.«

»Ich nehme an, euch beiden ist klar, daß alle Mitteilungen, die Mrs. Coke ihren Anwälten oder dem Gericht macht, vertraulich sind«, stellte Sir Nicholas fest.

»Freilich weiß ich das«, gab Antony zurück, wieder voller Ungeduld. »Du hast mich oft genug dafür gerügt, daß ich zu voreilig sei, und jetzt machst du es genauso.«

»Was soll das heißen?«

»Nur, daß die Klage auf einem Brief beruht, den Elizabeth an eine Freundin geschrieben hat. Aber, wie gesagt, Einzelheiten sind mir noch nicht bekannt.«

»Aber was die Scheidung anbetrifft, werden wir uns vor Gericht doch wohl kaum begegnen.«

»Das nicht, aber –«

»Von Verleumdung hat zu mir kein Mensch etwas gesagt«, erklärte Sir Nicholas. Er war groß und breiter gebaut als sein Neffe und hatte so hellblonde Haare, daß man kaum zu erkennen vermochte, wie weiß sie schon wurden. Er strahlte eine Autorität aus, die ihm selbst nicht bewußt zu sein schien.

»Das kommt aber noch«, sagte Antony. »Muß ganz neu sein, die Sache.«

»Amüsante Situation«, meinte Vera. »Werde mir das bei Gericht wohl anhören.«

»Sollte mir leid tun, wenn ich dich enttäuschen muß, meine Liebe«, bemerkte Sir Nicholas, »aber ich bin ganz und gar nicht sicher, ob Antony das Mandat annehmen soll.« Er blickte seinen Neffen an. »Da es sich um einen Zivilprozeß handelt, kannst du jederzeit ablehnen.«

»Und warum sollte ich das tun?«

»Weil ich, offen gesagt, glaube, daß dein künftiger Mandant all das, was er wird einstecken müssen, auch verdient, und es mir lieber wäre, wenn du dich mit einem Mann seines Schlages nicht einlassen würdest.«

»Ich werde bestimmt keinen Schaden davontragen«, sagte Maitland, nun ebenfalls belustigt. »Im übrigen möchte ich mir die letzte Entscheidung schon selbst vorbehalten.«

»Du hast ihn also noch nicht gesprochen?«

»Nein, er kommt morgen mit Barleycorn in die Kanzlei. Gegen elf Uhr, wenn ich mich recht erinnere.«

»Tja, ich hoffe, du berücksichtigst das, was ich gesagt habe. Wenn man Mrs. Coke glauben kann – und ich glaube ihr voll und ganz –, ist er durch und durch schlecht.«

»Mag sein, Onkel Nick, aber sie sagt vielleicht nicht die volle Wahrheit.«

»Das war keine Sache, die sie gern erzählt hat, keine erbauliche Geschichte«, betonte sein Onkel. »Die Tatsache, daß sie sich dazu überwunden hat, sie mitzuteilen, zuerst Bellerby und dann mir, beweist hinreichend, daß sie völlig verzweifelt war.«

»Dafür kann es auch andere Gründe geben.«

»Und wer urteilt jetzt vorschnell?« fragte Vera plötzlich. »Ich finde, du solltest auf deinen Onkel hören, Antony.«

»Natürlich mache ich das, wie immer«, fügte er mit dem ungezwungenen Lächeln hinzu, das den für ihn typischen belustigten Ausdruck noch verstärkte, »weil ich gar keine andere Wahl habe, aber am Ende muß ich doch selbst entscheiden.«

»Halsstarriger Narr«, meinte sie.

»Ja, vielleicht. Willst du mir verraten, was sie gesagt hat, um dich davon zu überzeugen, daß sie deine Hilfe verdient, Onkel Nick? Oder hältst du es unter den gegebenen Umständen für unzulässig, daß wir darüber reden?«

»Es gibt keinen Grund, den ich sehen kann, warum ich dir nicht in Umrissen mitteilen könnte, worum es geht«, erklärte Sir Nicholas. »Sollten wir uns allerdings vor Gericht begegnen, werden wir es wohl beide vorziehen, die Einzelheiten unserer Prozeßführung für uns zu behalten.«

»Ja, gewiß. Wie Vera schon sagte, es müßte amüsant werden.« Antony verspürte leichtes Unbehagen und gab sich große Mühe, es nicht zu zeigen. »Was ist das für eine ungewöhnliche Verdorbenheit, die den unwiderruflichen Bruch ihrer Ehe bedeutet?«

Zum erstenmal zögerte Sir Nicholas.

»Das ist keine hübsche Geschichte«, sagte er.

»Wie wir schon gehört haben«, gab Antony ungerührt zurück.

»Hm –« Er blickte zweifelnd auf Jenny. »Ich glaube, es wäre vielleicht angebrachter, wenn wir die Angelegenheit in der Kanzlei besprechen würden, Antony.«

»Also wirklich, Onkel Nick«, protestierte Jenny aufgebracht. »Ich bin schließlich kein Kind mehr.«

»Nein, meine Liebe, aber mit den Vorgängen auf der Welt vielleicht doch nicht so vertraut wie wir anderen, Vera eingeschlossen, wenn man an ihren Beruf denkt.«

»Ich habe nicht die ganzen Jahre hier im Haus verbracht und bin ein Unschuldslamm geblieben«, erklärte Jenny. Dann lächelte sie ihn an. »Man könnte das vielleicht auch anders ausdrücken, aber du weißt schon, was ich meine.«

»Ich denke schon«, meinte Sir Nicholas und erwiderte ihr Lächeln. Jenny gehörte zu den Menschen, bei denen es schwerfällt, sie nicht anzulächeln. »Hast du schon einmal etwas von Adelaide Bartlett gehört?«

»Natürlich, Onkel Nick. Ich habe alles über sie gelesen.«

»Dann wird dich die Geschichte vielleicht nicht so entsetzen.«

»Aber wir reden doch nicht von einem Mord, oder«, wandte Jenny ein.

»Nein, meine Liebe, ich spreche vom Leben der Bartletts, bevor der Ehemann umgebracht wurde. Du erinnerst dich vielleicht, daß ein junger Geistlicher Beziehungen zu Adelaide aufgenommen hatte. Aus der Lektüre ist mir nie ganz klar geworden, wie weit das Verhältnis ging, aber fest steht auf jeden Fall, daß Bartlett die Sache ganz und gar billigte, von dem jungen Mann als dem künftigen Ehegatten seiner Frau sprach und ihn in jeder Beziehung ermutigte.«

»Ja, das weiß ich alles«, erwiderte Jenny. »Machst du deshalb ein solches Aufhebens davon? Dieser Mr. Coke soll seine Frau ermutigt haben, sich mit einem anderen Mann einzulassen?«

»Nicht direkt«, sagte Sir Nicholas. Trotz ihres heftigen Widerspruchs war Jenny beinahe kindlich unschuldig geblieben. »Wenn ich mich eines Ausdrucks der modernen Umgangssprache bediene, mußt du mir verzeihen, weil ich wirklich nicht weiß, wie ich es anders formulieren soll. Es gibt einen jungen Mann, einen Freund der Familie, der Mrs. Coke liebt, obschon sie seine Gefühle nicht erwidert. Dem Ehemann hat es gefallen, seine Frau gegen ihren Willen zu einer Beziehung mit diesem Mann zu zwingen.«

»Schön und gut, aber wo bleibt der Ausdruck aus der modernen Umgangssprache?« fragte Antony.

»Wenn es denn sein muß: Coke geilt sich daran auf – heißt das so? – wenn er zusieht, wie das Paar in seiner Gegenwart – äh – miteinander bumst, wiewohl er selbst es nie für angebracht gehalten hat, seine Ehe zu vollziehen. Was sagst du dazu?«

»Dazu sage ich, daß der junge Mann, von dem du gesprochen hast, also der Dritte im Bunde, ein ganz merkwürdiger Kerl sein muß«, erklärte Antony unverblümt.

»Sehr wahrscheinlich, aber darauf kommt es nicht an. Mein verbaler Ausrutscher rechtfertigt auch nicht, daß du dich ständig eines Slangs bedienst. Aber lassen wir das einmal beiseite«, fügte er großzügig hinzu. »Die Sache ist die: Meine Mandantin fand dies perverse Verhältnis auf die Dauer unerträglich und will das einzige

Mittel nutzen, welches ihr zur Verfügung steht. Ich darf betonen, daß sie mir als eine wahrheitsliebende und offene Frau erschien, die ganz verzweifelt war.«

»Ja, das kann ich mir vorstellen.«

»Wenn du sarkastisch werden willst –«

»Das war kein Sarkasmus, Onkel Nick, sondern die pure Wahrheit. Trotzdem –«

»Kannst ihm die Gelegenheit nicht verweigern, mit dem Mann zu reden«, warf Vera ein, als ihr Mann unterbrechen wollte. »Einzige Möglichkeit, seine Meinung zu hören.«

»Mag wohl sein«, gab Sir Nicholas widerstrebend zu, lächelte diesmal aber. »Ist dir an dem Namen deines Mandanten nichts aufgefallen, Antony?«

»Durchaus nichts Negatives«, erwiderte Antony. »Er hat ja einen berühmten Vorgänger, aber das wird ihn jetzt kaum trösten.«

»Das nehme ich auch nicht an«, meinte Sir Nicholas und ergriff sein Kognakglas. »Tja, du wirst ja morgen mit ihm reden, Antony. Ich wünsche dir viel Vergnügen. Ich muß allerdings auch ein gewisses Bedauern eingestehen.«

»Warum, wenn die Dame so hübsch ist?«

»Das hat mit der Sache überhaupt nichts zu tun«, erwiderte sein Onkel mit Würde. »Die Anwaltspraxis ist eine sehr alte – Coke, Coke & Barleycorn.«

»Nie gehört.«

»Das liegt nahe, es ist eine reine Familienpraxis. Dieser Coke ist der zweite, glaube ich. Ich kannte seinen Vater recht gut, aber er ist vor einigen Jahren verstorben. Jetzt tut es mir leid, daß ich nie auf den Gedanken gekommen bin, ihn zu fragen, warum er seinem Sohn –, ob er seinem Sohn den Vornamen bewußt gegeben hat.«

»Ist Edward wie Adelaide Bartletts Ehegatte ein älterer Mann?«

»Ich glaube, sie sagte, er sei zehn Jahre älter. Demnach müßte er Ende Dreißig sein. Kein allzu großer Unterschied.«

»Verstehe.« Er erhob sich, wieder ruhelos geworden, und ging zum Tisch, wo die Karaffen standen. »Man lernt, solange man lebt«, meinte er beiläufig. »Morgen abend um diese Zeit sind wir beide vielleicht schon klüger.«

Mittwoch, 9. Mai

1

Desmond Barleycorn und Edward Coke trafen etwa zehn Minuten vor der vereinbarten Zeit in Sir Nicholas Hardings Kanzlei im Inner Temple ein. Antony, der mit Akten über die Erschleichung von Vermögensvorteilen durch betrügerische Machenschaften rang und der allgemeinen Ansicht, hier handele es sich um einen juristischen Alptraum, ohne Vorbehalt zustimmte, war froh, die Unterlagen beiseiteschieben und Willett bitten zu können, die Besucher sofort hereinzuführen. Sein Zimmer war lang und schmal und selbst an sonnigen Tagen ziemlich dunkel. An diesem Vormittag hatte die Sonne sich überhaupt nicht hervorgewagt, und er ging zur Tür, um das Licht seiner Schreibtischlampe durch das der Deckenbeleuchtung zu verstärken, bevor seine Besucher eintrafen.

Trotz der Mitteilung seines Onkels hatte er einen älteren Mann erwartet. Edward Coke, der vor seinem Sozius und anwaltschaftlichen Vertreter den Raum betrat, war ein hochgewachsener Mann, der höchstens Mitte Dreißig zu sein schien. Dunkelhaarig und mit regelmäßig geschnittenen Zügen, beinahe gutaussehend. Ein äußerlich konservativer Mann, auch und vor allem in der Kleidung. Man konnte leicht begreifen, daß die Unterstellung perverser Neigungen ihn beruflich wie persönlich schwer schädigen würde. Seine Erscheinung war, wie Maitland fand, ein Punkt zu seinen Gunsten; was er sonst noch vorzubringen hatte, würde man sehen müssen.

Desmond Barleycorn war unverkennbar mehrere Jahre jünger und ahmte seinen Partner offenkundig nach, wenn auch ohne allzugroßen Erfolg. Er hatte eine nervös eifrige Art an sich, seine Haare waren rötlichblond und verrieten eine deutliche Neigung, sich in natürliche Wellen zu legen. Im großen und ganzen machte er den Eindruck, als hätte er sich in rustikaler Kleidung wohler gefühlt als in dem konventionellen Anzug, den seine Stadtpraxis von ihm verlangte. Er ging mit ausgestreckter Hand an Coke vorbei.

»Mr. Maitland«, begann er. »Ich freue mich sehr, Ihre Bekanntschaft zu machen. Das ist mein Partner Edward Coke.«

Antony ergriff notgedrungen die Hand – Coke bot ihm die seine nicht an – und deutete auf zwei Stühle. Durch die Deckenbeleuchtung konnte er die beiden Männer genau in Augenschein nehmen, ohne den Eindruck zu erwecken, er gedenke sie einem Verhör zu unterziehen.

»Sie haben das Wort, Mr. Barleycorn«, sagte er und reichte damit die Verantwortung für das Gespräch dorthin zurück, wo sie nach seiner Meinung hingehörte.

Der Solicitor, der ihn nur allzu offensichtlich einer genauen Prüfung unterzogen hatte – ein breitschultriger Mann von lässiger Art, mit dunklen Haaren, grauen Augen und schmalem, intelligentem Gesicht – sah seinen Partner an.

»Ja, ja, natürlich«, sagte Barleycorn. »Könnten Sie nicht Desmond zu mir sagen? Der Name ist ja wirklich albern, ich nehme mir manchmal vor, ihn zu ändern, aber das ist so kompliziert und keiner weiß mehr, wer du bist.«

»Ja, die Schwierigkeiten kann ich mir vorstellen. Ich hatte leider noch keine Gelegenheit, mir die Unterlagen anzusehen« – tatsächlich hatte er sie noch gar nicht in die Hand genommen – »aber ich habe außerdem eine Schwäche dafür, alles aus erster Hand zu erfahren. Soviel ich weiß, können wir uns mit der Sache aber nicht befassen, ohne auch die Scheidungsklage zu berücksichtigen, die Ihre Frau gegen Sie erhebt.«

»Das ist richtig.« Edward Coke ergriff zum erstenmal das Wort, wenn man von der gemurmelten Begrüßung absah. Seine Stimme klang unerwartet tief und angenehm. Mit etwas mehr Lebendigkeit hätte man ihn für einen Schauspieler statt für einen Juristen halten können.

»Mein Bürovorstand sagt mir aber, daß Sie meine Dienste nur im Zusammenhang mit der Verleumdungsklage in Anspruch nehmen wollen.«

»Es hat sich einiges getan«, erklärte Desmond.

»Dinge, die ich auch erfahren sollte?«

»An den Fakten ändert das nichts, aber wir hatten gedacht, die Scheidungsklage würde zuerst verhandelt werden. Da es sich um eine strittige Sache handelt, scheint sich das aber hinzuziehen. Die Verleumdungsklage dürfte vorher zur Verhandlung anstehen. Mit dem Urteil dürfte praktisch auch über die Scheidungsklage entschieden werden.«

»Verstehe. Ich glaube, ich sollte Ihnen mitteilen, daß mein Onkel, Sir Nicholas Harding, von Mrs. Cokes Solicitor beauftragt worden ist. Das galt lediglich für die Scheidung, aber man dürfte seine Hilfe wohl auch in der anderen Sache in Anspruch nehmen.«

»Das mag für Sie ein wenig peinlich werden«, erklärte Barleycorn, »auch wenn ich nicht erkennen kann, welchen Unterschied das für uns macht. Es gibt keine Einwände dagegen, daß Angehörige derselben Kanzlei oder sogar derselben Familie vor Gericht auf verschiedenen Seiten auftreten.«

»Nein, das ist wahr, aber ich hatte das Gefühl, das erwähnen zu müssen. Das bringt uns aber zu einer anderen Frage, die, wie ich meine, unser Mandant nur sich selbst beantworten kann. Wenn die Scheidung nicht strittig wäre, Mr. Coke, gäbe es keinen Anlaß dafür, diese Behauptungen, die Sie so tief treffen, publik zu machen. Mrs. Coke könnte warten, bis die drei Jahre um sind, und dann auf die übliche Weise die Auflösung der Ehe beantragen.«

»Ich halte nichts von Scheidung«, sagte Edward Coke nur.

»Hat das religiöse Gründe?«

»Ich bin Katholik. Elizabeth trat in die Kirche ein, bevor wir heirateten, so daß vom religiösen, nicht vom weltlichen Standpunkt her, die Gültigkeit unserer Ehe nicht im Zweifel sein kann, und darum geht es mir.«

»Haben Sie sich überlegt – wenn meine Bemerkung fehl am Platz ist, müssen Sie verzeihen, Mr. Coke – aber es ist meine Pflicht, Sie auf etwas hinzuweisen. Sie könnten einen Dispens erwirken, um Ihrer Frau die Scheidung zu ermöglichen. Die Konsequenzen Ihres Widerspruchs können für Sie ja sehr schwerwiegend sein.«

»Damit habe ich mich nicht befaßt.«

»Ich kann durchaus verstehen, daß Sie für sich die Möglichkeit einer Wiederverheiratung nicht ins Auge fassen würden, aber –«

»Das verstieße gegen alles, woran ich glaube. Ich werde nie kampflos zustimmen, Elizabeth hier ihren Willen zu lassen.«

»Und Sie glauben, wenn Sie nachweisen können, daß Sie verleumdet worden sind –«

»Würde dem Scheidungsbegehren der Boden entzogen werden.

Das kann nicht im Zweifel sein.«

»Das bringt uns zu der Frage: Sind Sie davon überzeugt, sich durchsetzen zu können?« Er blickte dabei Desmond Barleycorn an, und dieser gab ihm auch die Antwort.

»Was diese Frage nach konkreten Schäden angeht, ist die Sache ganz klar. Ebenso der Beweis, daß die nachteiligen Behauptungen schriftlich niedergelegt und im juristischen Sinn der Öffentlichkeit zugänglich gemacht wurden. Dagegen –« Er zögerte.

»Mrs. Coke könnte sich durch Berufung auf die Wahrheit verteidigen«, sagte Maitland. »Meinen Sie das?«

»Genau das meine ich.« Barleycorn wirkte erleichtert. »Das ist der Grund –« Er zögerte wieder. Sein Eifer schien ein wenig nachgelassen zu haben. »Deshalb habe ich Edward erklärt, daß wir Sie brauchen«, fuhr er dann fort, wobei er offenbar seinen ganzen Mut zusammennahm.

»Warum?« fragte Maitland ohne Bereitschaft zu einem Kompromiß.

»Weil ich Ihrem Ruf vertraue, versteht sich.«

Das war eine Feststellung, die Maitland schon oft gehört hatte, und über die er sich immer wieder ärgerte. Neben einer berufsbedingten Abneigung gegen Aufsehen in der Öffentlichkeit haßte er das auch aus persönlichen Gründen in höchstem Maß, und es mißfiel ihm besonders, an die Aufmerksamkeit erinnert zu werden, die ihm in der Presse manchmal zuteil geworden war.

»Im Zusammenhang mit Strafsachen«, erwiderte er scharf. »Sie können keinesfalls davon gehört haben, daß ich mich jemals mit Dingen wie diesen abgegeben hätte.«

»Dann vergessen wir diese Seite, wenn Ihnen das lieber ist«, meinte Desmond entgegenkommend. »Sie waren schon früher an Verleumdungsprozessen beteiligt, erzählen Sie mir nichts. Die Sache hier ist wie jede andere, wenn Sie außer acht lassen, daß die Gegner Mann und Frau sind.«

»Leider scheint aber genau das der Kern der Sache zu sein«, sagte Maitland düster. »Soll ich aber Ihren Worten entnehmen, daß, wenn Mrs. Coke ihre Behauptung als Wahrheit unterstellt, wir nichts Gegenteiliges beweisen können?«

»So, wie die Dinge zur Zeit stehen«, gab Desmond zurück.

»Aber sehen Sie, Mr. Maitland, die Leute sagen, daß Sie tiefer hinter die Dinge sehen als die meisten von uns, und da hoffte ich –«

»Daß ich mich dazu in der Lage sehen würde, in meinem Einsatz etwas weiter zu gehen, als die Annahme des Mandats mich verpflichtet«, ergänzte Maitland. Er schwieg eine Zeitlang und dachte nach. »Hm ... von Ihrem Standpunkt aus ja wohl zu verstehen, aber den meinen wird man wohl auch berücksichtigen müssen.«

»Sie denken an die Zeit, die das kosten wird.«

»Nicht unbedingt.«

»Er meint«, warf Edward mit seiner tiefen Stimme ein, »daß er mir meine Geschichte vielleicht nicht abnimmt, wenn er sie gehört hat.«

»Na, ich muß schon sagen!« Desmond schien durch diese offene Redeweise ein wenig aus dem Konzept zu geraten, bemerkte dann aber, daß Maitlands Miene sich aufgehellt hatte.

»Genau daran habe ich gedacht, Mr. Coke«, erklärte Antony verbindlich. »Sie sollten also lieber zum Anlaß Ihres Besuches kommen. Wollen Sie mir sagen ... oder möchten Sie lieber, daß Mr. Barleycorn für Sie spricht?«

»Desmond weiß von der Sache natürlich ebensoviel wie ich«, sagte Edward Coke, »aber ich kenne die juristische Seite auch so gut wie er, kann es also ruhig selbst sagen. Haben Sie aus den Unterlagen, die Desmond zur Verfügung stellte, die Art der Beschuldigung ersehen, die Elizabeth vorbringt?«

»Ich weiß in Umrissen davon, ja«, gab Antony zurück und blieb damit bei der Wahrheit, so gut er konnte, ohne das Gespräch mit seinem Onkel zu erwähnen.

»Dann brauchen wir im Augenblick vielleicht nicht näher darauf einzugehen.«

»Nein, aber es geht um die Frage, ob die Verleumdung öffentlich gemacht wurde.«

»Das müssen Sie sich freilich fragen. Elizabeth ging zu ihrem Solicitor, der Ihnen vielleicht bekannt ist –«

»Mr. Bellerby? Ja, sogar sehr gut bekannt.«

»Tja, über den Verlauf dieses ersten Gesprächs kann ich nur Vermutungen anstellen. Ich nehme an, er wies sie auf die Schwierigkeiten hin, eine Scheidung durchzusetzen, da wir erst zweieinhalb

Jahre verheiratet sind. Ich weiß natürlich nicht, wie sie es ausgedrückt hat, aber sie erklärte ihm, sie könne gute Gründe dafür anführen, das Begehren schon jetzt einzureichen. Sie ging ein zweites Mal zu ihm und nahm David Barrie mit. Das ist der Mann, den ich angeblich ... mit dem sie angeblich ... nun, auf jeden Fall bestätigte er alles, was sie behauptete. Und sie muß diesen Mr. Bellerby völlig eingewickelt haben, weil er ihr offenbar erklärte, der Fall sei ganz eindeutig. Ich gebe zu: Wenn das zuträfe, wäre er auch unangreifbar. Elizabeth war töricht genug, einer Busenfreundin von ihr zu schreiben, Primrose Ross, die selbst eine sehr törichte Frau ist, wenn auch im übrigen gar keine schlechte Person, und sich händereibend über die ganze Geschichte auszulassen. ›Wir haben ihn, wo wir ihn brauchen‹, in dieser Art, und prompt alles ausgebreitet.«

»Und diese Mrs. – Miss? – Ross kam mit dem Brief zu Ihnen?«

»Miss Ross. Nein, so war es nicht. Sie sprach vielmehr mit mindestens zwei Ehepaaren darüber, die wir kennen, Roland und Frances Walpole und Terence und Joanna Stowe. Wer mir davon erzählte, war Roland. Er und Fran glaubten kein Wort davon. Jedenfalls behauptete er das, und ich denke, daß er die Wahrheit gesagt hat. Terence und Joanna dagegen gingen mir offenkundig aus dem Weg, so daß ich ihn zur Rede stellte. Nach einiger Zeit gab er zu, daß Primrose mit ihnen gesprochen hätte. Sie hatten ihrerseits bei anderen Leuten von der Sache etwas erwähnt. Ich weiß nicht, wie viele das waren, aber vielleicht erfahren Sie es, wenn Sie mit ihnen reden. Beide Ehepaare könnten vor Gericht aussagen, obwohl ich das Gefühl habe, daß Terence und Joanna es nur widerstrebend tun würden. Die Fabel würde mich beruflich ganz gewiß schädigen, ganz abgesehen von meinen persönlichen Empfindungen. Auf mein Gespräch mit Terence folgte ein knapp gehaltener Brief, der bei unserem Gespräch schon unterwegs gewesen sein muß. Er enthielt die Bitte, seine Rechtsangelegenheiten einer anderen Kanzlei zu übertragen. Aber wie ich schon sagte, habe ich auch mit Primrose gesprochen.«

»Und sie gab zu, den Brief erhalten zu haben?«

»Mehr noch, sie gab ihn mir sogar. Ich sprach schon davon, daß sie eine sehr törichte Frau ist. Ich glaube nicht, daß sie auch nur von fern die Absicht hatte, Elizabeth damit zu schaden.« Er verstummte kurz und lächelte. »Ich fange an, Ihnen zu glauben, wenn Sie sagen, Sie hätten die Unterlagen noch nicht studiert, Mr. Maitland. Sie enthalten eine Abschrift des Briefes.«

»Gut, aber Sie sehen –«

»Sie sind sich noch nicht einmal jetzt sicher, ob Sie den Fall übernehmen. Das verstehe ich vollkommen. Und Sie werden mich noch auf etwas anderes hinweisen: Wenn wir nicht beweisen können, daß Elizabeth lügt, wird ihr das, was Primrose getan hat, in keiner Weise schaden, außer, daß sie vor Gericht erscheinen muß, was wohl niemand sonderlich schätzt. Aber wenn sie im Verleumdungsprozeß positiv abschneidet, hat sie die Scheidung so gut wie in der Tasche.«

»Ja, und das ist der nächste Punkt, der mir Kopfzerbrechen bereitet. Warum will sie die Scheidung, wenn ihre Behauptung gar nicht der Wahrheit entspricht, Mr. Coke? Sie sagten, Sie wären erst, wieviel? – zweieinhalb Jahre verheiratet?«

»So ungefähr. Dezember 1970, um genau zu sein. Und warum sie die Scheidung will ... Ich glaube, die Ehe ist ihr zuwider, wir haben seit der Anfangszeit nicht mehr miteinander geschlafen. Ich sehe aber keinen Grund dafür, daß sie so weit geht.«

»Hat Sie die Sache mit Ihnen besprochen, bevor sie zu Mr. Bellerby ging?«

»Ja, sie verlangte direkt die Scheidung von mir. Ich erklärte ihr natürlich, was sie schon ganz genau wußte, daß uns als Katholiken dieser Weg nicht freisteht. Sie erwiderte darauf nur, ich solle nicht so spießig sein. Ich bot ihr die Trennung an und wollte weiterhin für ihren Unterhalt aufkommen, so, als lebten wir noch zusammen, aber damit war sie ganz und gar nicht einverstanden. Wir stritten eine ganze Weile darüber, vor allem sie, dann ging sie und stieß Drohungen aus, packte ihren Koffer und zog in ein Hotel. Bevor ich mich versah, wurde mir die Scheidungsklage zugestellt. Angesichts der kurzen Zeit, die wir verheiratet sind, wußte ich natürlich, daß sie irgendwelche extremen Dinge angeben mußte, aber ich hatte keine Ahnung, worum es eigentlich ging, bis mich Roland besuchte. Ich räume ein, daß mich das alles tief erschüttert hat.«

»Und an ihren Behauptungen ist kein Wort wahr?«

»Nicht die Spur. Überlegen Sie doch, Mr. Maitland –«

»Das tue ich«, sagte Antony reumütig.

»– wenn ich so ein Mensch wäre, ein so perverser Lüstling, wie sie behauptet, glauben Sie dann, ich würde trotz meiner religiösen Einstellung nicht einer Scheidung ohne Skandal zustimmen?«

»Ein Punkt, der etwas für sich hat.«

»Er überzeugt aber nicht ganz«, fuhr Edward Coke fort. »Wenn die Menschen immer logisch wären... wir sind es nicht, und ich weiß das so gut wie Sie. Ich kann Ihnen nur versichern –«

»Er sagt die Wahrheit, wissen Sie«, erklärte Desmond Barleycorn, unerwartet wieder ins Gespräch eingreifend.

»Erzählen Sie mir von David Barrie«, sagte Maitland unvermittelt.

»David?« Cokes Stimme klang erstaunt.

»Ich denke, es ist doch naheliegend, daß ich über ihn etwas wissen muß. Sie sagen, Sie können mir keine Erklärung dafür geben, weshalb Mrs. Coke so entschieden auf einer Scheidung besteht. Vielleicht können Sie mir aber erklären, warum dieser junge Mann ihr bei einer Lügengeschichte Deckung gibt?«

»Das kann ich Ihnen auch nicht sagen«, gab Edward Coke eher verzweifelt zurück.

»Kommen Sie, Sie können es wenigstens versuchen«, ermunterte Maitland. »Ist er ein Freund der Familie? Hat er Sie öfter besucht?«

»Man kann wohl behaupten, daß er und sein Vater Freunde von uns sind, obwohl er im Verhältnis zu mir ein noch jüngerer Mann ist, so wie Owen, sein Vater, älter ist als ich. Mrs. Barrie ist vor einigen Jahren gestorben.«

»Freunde von Ihnen, oder Freunde von Mrs. Coke?«

»Von uns beiden wohl. Früher luden wir sie öfter zum Abendessen ein und wurden ebenso regelmäßig von ihnen eingeladen, aber in den letzten sechs Monaten oder vielleicht ein bißchen länger, gewöhnte David sich an, unangemeldet bei uns zu erscheinen und mitzuessen, was es gerade gab. Mir machte das nichts aus, Elizabeth schien ihn gerne um sich zu haben, und um die Wahrheit zu sagen, unser Verhältnis war so getrübt, daß die Anwesenheit eines Dritten gewissermaßen als Erleichterung empfunden wurde.«

»Das erste Mal kam er...?«

»Auf Elizabeths Einladung. Ich glaube jedenfalls, daß sie zu ihm sagte, er sei jederzeit willkommen. Sie erklärte, Owen mache sich wegen seines – Owens – Lebensstils Sorgen, und sie meinte, die Besuche bei uns könnten ihn in eine andere Richtung lenken. Wenn sie es so ausdrückte, konnte ich mich natürlich nicht weigern, ihn dabeizuhaben, und wenn ich das noch so gerne getan hätte.«

»Sie können aber nicht bestreiten, daß Sie zu dritt allein waren.«

»Nein, und wir haben auch kein Personal, das im Haus wohnt, so daß in dieser Beziehung keine Aussagen einzuholen sind.«

»Wie alt ist David Barrie? Was für einen Beruf übt er aus?«

»Ich würde sagen, um die Dreißig, nicht viel älter als Elizabeth. Und Owen ist ein sehr wohlhabender Mann. Ich glaube nicht, daß David in seinem Leben schon einmal etwas gearbeitet hat. Ein Kunstliebhaber. Ist bei allen Premieren dabei, besucht sämtliche Kunstausstellungen ...«

»Und soll diesen sonderbaren Vorgängen zugestimmt haben, weil er in Ihre Frau verliebt ist.«

»Ich nehme an, daß er das ist. Ich wäre ja offenkundig der letzte, der das erfahren würde.«

»Eine seltsame Leidenschaft. Und Mrs. Cokes Gefühle in diesem Zusammenhang?«

»Sie sagt, sie hätte Angst vor mir gehabt«, stellte Edward bitter fest, »und deshalb hätte sie mitgemacht.«

»Haben Sie sie jemals geschlagen, nur als Beispiel?«

»Nein.«

»Das habe ich eigentlich auch nicht gemeint, sondern: Was können Sie mir über ihre Empfindungen David Barrie gegenüber sagen?«

»Auch das hätte ich wohl als letzter erfahren. Wenn sie in ihn verliebt ist, meine ich. Aber ganz ehrlich, Mr. Maitland: Ich halte das für sehr unwahrscheinlich. An der Oberfläche scheint sie eine gefühlvolle, liebesfähige Frau zu sein, aber in Wirklichkeit halte ich sie für frigide.«

»Verstehe. Aber ich muß Sie darauf hinweisen, Mr. Coke, daß sie, wenn Sie mir die Wahrheit sagen, nicht nur Mr. Bellerby angeführt hat, der ganz und gar kein Dummkopf ist, sondern auch meinen Onkel, der einer der scharfsinnigsten Menschen ist, die ich kenne.«

»Dann glauben Sie mir also nicht?« Edward Coke wollte aufstehen, aber Maitland winkte ungeduldig ab.

»Nicht so schnell«, klagte er. »Davon habe ich kein Wort gesagt, wissen Sie.« Und er lächelte vor sich hin, als ihm Geoffrey Hortons Worte einfielen, wonach er zu seinen Mandanten erst dann grob werde, wenn er anfange, ihnen zu glauben. In diesem Fall stellte er fest, daß seine inneren Empfindungen im Streit lagen mit dem Respekt vor dem Urteil seines Onkels, aber der Standpunkt seines künftigen Mandanten mußte ebenfalls Berücksichtigung finden. Wenn er der rechtschaffene Mann war, als der er erschien, und die Behauptungen seiner Frau eine gemeine Erfindung, würde er Schweres durchmachen müssen, falls die Sache allgemein Glauben fand, und das nicht allein in seinem Berufsleben.

»Erzählen Sie mir von Anfang an über Ihre Beziehung zu Mrs. Coke«, forderte Antony sein Gegenüber auf.

Edward hatte wieder Platz genommen, legte aber eine zweifelnde Miene an den Tag.

»Sie war fünfundzwanzig, als wir heirateten. Jetzt ist sie achtundzwanzig. Vorige Woche hat sie übrigens Geburtstag gehabt«, sagte er. »Und ich war fünfunddreißig. Zu alt für Sie, werden Sie vielleicht sagen. Aber bevor ich sie kennenlernte, kannte ich keine Frau, mit der ich mein ganzes Leben hätte verbringen mögen. Wie Sie schon gemerkt haben werden, Mr. Maitland, war das für mich eine Entscheidung auf Lebenszeit.«

»Ja, das ist mir klargeworden«, sagte Antony ernsthaft.

»Sie war Gesellschaftsdame und Pflegerin einer alten Tante von mir, als ich sie kennenlernte«, fuhr Edward fort. »Ich hing an Tante Harriet, wußte aber, daß sie sehr schwierig sein konnte. Elizabeth ging so sanft mit ihr um. Das war wohl das erste an ihr, was mich anzog. Sie ist... Ich glaube, man kann sie eine Schönheit nennen, Mr. Maitland. Ich begreife wirklich nicht, warum sie so lange ledig geblieben ist. Jedenfalls heirateten wir nach etwa vier Monaten.«

»Was hielt Ihre Tante davon?«

»Ach, sie schien sich sehr zu freuen. Deshalb war ich so überrascht... aber das gehört nicht zur Sache.«

»Was wollten Sie sagen, Mr. Coke?«

»Nur, daß sie im vorigen Jahr gestorben ist, Ende November,

glaube ich, und ihr ganzes Geld Zwecken der Wohltätigkeit vermachte. Sie dachte wohl, ich brauche es nicht, was in einer Beziehung völlig richtig ist, obschon ich nicht wohlhabend bin. Sie war es«, fügte er ein wenig wehmütig hinzu. »Wohlhabend, meine ich.«

»Erzählen Sie weiter über Ihre Ehe.«

»Ich habe schon alles berichtet. In den ersten Wochen ... aber jetzt glaube ich, daß Elizabeth mir nur entgegenkommen wollte. Dann erfand sie Ausreden, zog schließlich ganz in ein anderes Zimmer und ließ mich einfach nicht mehr an sich heran. Unser Alltagsleben ging so weiter wie vorher, aber Sie werden sich vielleicht vorstellen können, daß das, was ich für unsere gegenseitige Zuneigung gehalten hatte, mit der Zeit verblaßte. Unsere Beziehung wurde immer gespannter. Ich wunderte mich nicht, als sie eine Trennung wollte, aber der Gedanke an eine Scheidung war mir nie in den Sinn gekommen.«

»Das erinnert mich an etwas, das Sie ausgelassen haben, Mr. Coke. Sie sagen, Mrs. Coke sei nicht katholisch gewesen, als Sie sie kennenlernten.«

»Nein, aber ich glaube – damals glaubte ich – sie sei ein gläubiger Mensch. Jedenfalls war sie sofort bereit, sich unterweisen zu lassen. Unsere Hochzeit verzögerte sich dadurch ein bißchen, wenn auch nicht sehr lange.«

»Nach allem, was Sie mir erzählt haben, war die Verzögerung kaum der Rede wert«, meinte Antony lächelnd.

»Nein, das ging wohl alles ziemlich schnell«, bestätigte Edward.

»Und nach Ihrer Hochzeit?«

»Zuerst gingen wir gemeinsam zur Kirche, dann beschloß sie, lieber eine spätere Messe zu besuchen. Ich habe mich seither gefragt, ob sie überhaupt hingegangen ist und statt dessen nicht eine Freundin besucht hat.«

»Diese Primrose Ross, etwa.«

»Hm, ja, die so gut wie irgendeine andere. Aber wenn Sie glauben, Mr. Maitland, ihre Einstellung zum Sex sei gefärbt gewesen von ... von, sagen wir, lesbischen Neigungen, kann ich Ihnen, glaube ich, versichern, daß davon keine Rede sein konnte.«

»Sie sagen, David Barrie hat Geld?«

»Das könnte man sagen, aber es ist eigentlich nicht das seine.

Einen ordentlichen Monatswechsel von seinem Vater, denke ich, der alle verurteilt, die nicht arbeiten, für seinen Sohn aber trotzdem ein weiches Herz hat.«

»Gibt es Brüder oder Schwestern? Oder kann David damit rechnen, der einzige Erbe zu sein?«

»Er hat keine Geschwister, aber, Herrgott noch mal, Owen ist erst Mitte Fünfzig.«

»Verstehe.« Er wandte den Kopf und lächelte Desmond Barleycorn an. »Und wenn ich mir die Akten ansehe, finde ich die Namen und Adressen all dieser Leute«, meinte er.

»Heißt das, Sie gehen zu ihnen?«

»Ich denke, das scheint notwendig zu werden, nicht?«

»Ja, aber was es nützen soll, weiß ich nicht«, gab Desmond ehrlich zu.

»Ein Anfang, das ist alles, außer Sie haben einen anderen Vorschlag, wo ich hingehen soll.«

»Nein ... nein. Mit David Barrie können Sie wohl nicht reden.«

»Aber mit seinem Vater. Und an Ihrer Stelle, Mr. Barleycorn – Desmond – würde ich Miss Primrose sofort eine Vorladung schikken.«

»Daran habe ich zwar schon gedacht, aber es scheint mir keine große Rolle zu spielen, von welcher Seite sie als Zeugin benannt wird. Was den Empfang des Briefes angeht, ist sie unsere Zeugin, aber sie versteht sich mit Elizabeth so gut, daß ich wetten möchte, sie würde alles bestätigen, was von Mrs. Coke kommt. Und ihre Aussage zu der von David ist genau das, was wir nicht brauchen.«

»Nein, aber der Vorteil, wenn ich sie vor der Verhandlung aufsuche, könnte das alles aufwiegen. Wie Sie schon sagten: Sie wird auf jeden Fall Gelegenheit bekommen, Mrs. Cokes Sicht der Dinge vorzutragen.«

»Also gut, das mache ich. Möchten Sie, daß ich die Vereinbarungen treffe?«

Maitland überlegte.

»Ja, wir könnten diese Expedition Hand in Hand unternehmen«, sagte er schließlich leichthin, obwohl ihn alles dazu drängte, seine Gespräche allein zu führen. »Wenn es Ihnen nichts ausmacht, sich mit Willett im Büro abzustimmen, bevor Sie gehen ... Unser Bürovorstand ist Mallory, wissen Sie, aber Willett ist mehr oder weniger der zweite Mann und nimmt ihm inzwischen viel Arbeit ab. Jedenfalls kennt er meine Termine. Würden Sie das tun?«

»Mit dem größten Vergnügen.« Die beiden Männer waren aufgestanden. Antony folgte ihrem Beispiel.

»Ich bin ein bißchen verwirrt«, sagte Edward mit gerunzelter Stirn. »Da alle Beweismittel fehlen, dachte ich, Sie würden mich ohne alle Umstände abweisen.«

»Meine Familie würde Ihnen sagen, daß ich ein eigensinniger Mensch bin«, meinte Antony leichthin und dachte belustigt an Jenny, die so etwas niemals gesagt hätte. »Aber es ist Ihnen natürlich klar, daß ich nicht verspreche, Ihnen helfen zu können. Nur, daß ich es versuchen will.«

»Für den Augenblick ist das wohl gut genug«, antwortete Edward mit mehr Wärme als bislang. »Sie haben es mir sehr leicht gemacht, Mr. Maitland, leichter, als ich es für möglich gehalten hätte. Lassen Sie mich wenigstens dafür dankbar sein.«

Maitland blieb noch einen Augenblick stehen, nachdem die Tür sich geschlossen hatte, und starrte sie mit eher leerem Blick an. Er fragte sich ein wenig reumütig, was ihn dazu bewogen hatte, sich auf die ziemlich triste Geschichte einzulassen; allerdings ließ sich nicht bestreiten, daß in einem Winkel seines Gehirns auch die Frage lauerte, wie sein Onkel es aufnehmen würde, daß er auf die gegnerische Seite getreten war. Entweder Edward Coke oder seine Frau Elizabeth, einer war der Lügner des Jahrhunderts, und in diesem Augenblick hätte er nicht die kleinste Wette auf die Lösung dieses Rätsels eingehen wollen.

2

»Aber bist du denn sicher, Antony?« fragte Jenny an diesem Abend, als er ihr von seinem Gespräch mit Desmond Barleycorn und seinem Mandanten berichtet hatte. »Ich meine, Onkel Nick ist ja wirklich ein guter Menschenkenner.«

»Das weiß ich, und natürlich bin ich mir nicht sicher«, gab Antony zurück. »Aber wenn Edward Coke doch die Wahrheit sagt... das kann man doch nicht riskieren, oder?«

»Du wohl nicht«, meinte Jenny. »Aber mich beunruhigen da zwei Dinge ganz besonders.«

»Das eine ist wohl, was Onkel Nick dazu sagen wird«, murmelte Antony. »Ich habe heute beim Mittagessen mit ihm gesprochen, und er hat sich sehr ätzend über meine Leichtgläubigkeit ausgelassen, aber im übrigen spielt das gar keine Rolle. Er weiß ganz genau, daß ich das Recht habe, mir meine Mandanten selbst auszusuchen.«

»Ja, sicher«, sagte Jenny zweifelnd. »Und wenn er recht hat, fällt das ja alles nicht ins Gewicht. Du hast dann deine Zeit verschwendet, und die Sache hat sich. Aber was ist, wenn *du* recht hast?«

»Ich glaube, du bist nicht gerecht zu ihm, Jenny. Du weißt so gut wie ich, daß es im Leben eines Barristers dauernd auf und ab geht. Keiner kann immer recht haben. Und der zweite Punkt, der dich bedrückt?«

»Wenn dieser Mr. Coke dir die Wahrheit sagt, wie, um alles in der Welt, willst du das beweisen? Die Dinge, die nach der Behauptung seiner Frau vorgegangen sein sollen, finden ja nicht gerade in der Öffentlichkeit statt, und wenn sie und David Barrie bei ihren Aussagen bleiben, kannst du überhaupt nichts dagegen machen.«

»Wohl kaum, aber ich kann wenigstens die Befriedigung haben, es zu versuchen.«

»Wenn es nur das wäre«, meinte Jenny.

»Was meinst du denn *damit*, Liebes?«

»Nur, daß ich dich kenne, Antony, und zwar viel zu gut. Du wirst dir vorwerfen, daß du keinen Erfolg gehabt hast, und keinen Augenblick Frieden finden«, sagte Jenny mit tragisch umflorter Stimme.

»Na komm, Schatz, so schlimm ist es doch wirklich nicht.«

Aber Jenny ließ sich von ihrem Gedankengang nicht abbringen.

»Wenn Onkel Nick im Irrtum ist«, sagte sie, »was kann der Grund dafür sein, daß er sich so hat täuschen lassen?«

»Nach allem, was man hört, ist Elizabeth Coke ein ganz tolles Mädchen«, erwiderte Antony. »Edward Coke ist – wenn man einmal unterstellen will, daß er die Wahrheit sagt – selbst getäuscht worden, und bei ihm stand viel mehr auf dem Spiel als bei Onkel Nick. Er ließ sich auf ein ganzes Leben mit dieser Frau ein.«

»Und wenn sie ihre Scheidung schließlich durchsetzt, wird er trotzdem nicht wieder heiraten?«

»Ich weiß nicht, ob er das will, aber er wird es für mein Gefühl nicht tun. Das ist wohl auch der wahre Grund, der mich auf seine Seite gebracht hat, Jenny. Wenn er da die Wahrheit sagt, und das glaube ich, wird ihm die Scheidung nicht das geringste nützen. Er weiß auch nicht, was Elizabeth sich davon verspricht, aber ich werde das Gefühl nicht los, daß da etwas dahintersteckt.«

»Um aus einer unerträglichen Situation herauszukommen, glaubt Onkel Nick«, sagte Jenny, aber nun waren auch Antonys Gedanken in eine andere Richtung gegangen.

»Ich weiß, das Ganze ist unerquicklich«, gab er zu, »aber eben auch faszinierend.«

»Wirklich?« fragte Jenny zweifelnd.

»Aber natürlich, Liebes. Denk nur einmal an David Barrie. Gleichgültig, wer die Wahrheit sagt: Was für ein Mann ist das?«

»Ein gräßlicher Mensch, für mein Gefühl«, sagte Jenny. »Und du sagst, die Verleumdungsklage wird vor der Scheidung verhandelt?«

»Ja. Das hat mich ein bißchen überrascht, aber so scheint es zu sein. Noch etwas habe ich dir nicht gesagt, Jenny. Onkel Nick erwähnte beim Mittagessen, daß Bellerby ihn gebeten hat, auch in dieser Sache tätig zu werden.«

»Vera wird sich freuen!« sagte Jenny.

»So? Warum denn?«

»Ich glaube, es macht ihr grimmigen Spaß, euch als Gegner zu sehen«, sagte Jenny. »Vielleicht gehe ich mit.«

»Nein, das würde ich nicht tun, Schatz. Das gefällt dir bestimmt nicht.«

Jenny lächelte ihn an.

»Na gut, dann nicht«, versprach sie. »Aber reden wir jetzt von etwas anderem. Ich habe satt, was Onkel eheliche Zwistigkeiten zu nennen pflegt, und der Ausdruck, mit dem ihr gestern abend dauernd um euch geworfen habt – diese extreme Verdorbenheit – hängt mir zum Hals heraus«, erklärte sie entschieden.

1

Es wurde Samstag, bis Maitland über seinen getreuen Schatten Willett einen der Terminvorschläge Desmond Barleycorns für die gewünschten Gespräche annehmen konnte.

»Ich habe alles in die Wege geleitet«, sagte der junge Solicitor abschließend, »möchte aber zuerst mit Ihnen reden, wenn das geht.«

»Ja, natürlich«, sagte Antony vage, obwohl er sich fragte, was zwischen ihnen noch zu besprechen sein mochte. »Wann haben wir unseren ersten Termin?«

»Um elf Uhr, bei Owen Barrie. Er wohnt nicht sehr weit von Ihnen.«

»Nein? Es gibt nicht mehr viele von diesen Häusern in privater Hand. Dann schlage ich vor, daß Sie gegen zehn Uhr herkommen. Wir können dann unser Gespräch so lang oder so kurz gestalten, wie wir wollen.«

Wie bei der Besprechung in der Kanzlei kam Desmond ein bißchen früher als zur vereinbarten Stunde. Jenny servierte Kaffee und zog sich diskret zurück. Die beiden Männer saßen einander vor dem Kamin gegenüber.

»Wenn Ihnen etwas Stärkeres lieber ist«, meinte Antony, als der andere zu zögern schien, bevor er das Gespräch aufnahm.

»Nicht jetzt, danke.« Desmond lächelte ihn unsicher an. »Obwohl ich zugebe, daß das Räderwerk ein bißchen Öl vertragen könnte, wenn Sie das gemeint haben. Sehen Sie, als Edwards Sozius weiß ich einiges mehr über ihn als bei der üblichen Beziehung zwischen Solicitor und Mandant. Ich rede nur nicht gern hinter seinem Rücken.«

»Durchaus begreiflich.«

»Trotzdem gibt es Dinge, von denen ich meine, daß Sie sie erfahren sollten. Schließlich vertrauen wir ja auf Sie, daß Sie uns aus diesem Schlamassel heraushelfen, nicht?«

»Sie können sich darauf verlassen, daß ich es versuchen werde«, erklärte Antony mit Entschiedenheit. »Was das übrige betrifft –«

»Ja. Ich weiß, daß Sie keine Garantien geben können«, sagte Desmond ein wenig ungeduldig. »Und wenn ich ganz ehrlich sein soll, glaube ich, daß Elizabeth uns in die Tasche steckt. Immerhin, wir müssen unser Bestes tun, und ich möchte, daß Sie ein paar Dinge über Edward erfahren, die Sie mir vielleicht abnehmen, während Sie bei ihm möglicherweise Zweifel hätten.«

»Ich bin ganz Ohr«, sagte Antony beiläufig, während er seinen Kaffee umrührte.

»Ja, mir ist aufgefallen, daß Sie die Gabe zu besitzen scheinen, aufmerksam zuhören zu können, auch wenn Sie gar nicht den Eindruck machen. Also, diese Sache, daß er nichts von Scheidung hält... er meint das ganz ernst. Er gehört zu den Seltenheiten heutzutage, weil er wirklich tief gläubig ist. Was die sogenannte duldsame Gesellschaft sich alles leistet, ist ihm ein Greuel. Ich hatte ihn schon auf das hingewiesen, was Sie auch angesprochen haben, nämlich, daß er einen Dispens erlangen könnte, und er sich nicht mehr als verheiratet betrachten müßte. Aber es hat keinen Zweck, er ist da halsstarrig, es verstößt gegen seinen Glauben, aus.«

»Ich bin natürlich froh über Ihre Bestätigung«, erklärte Maitland. »Ich nehme an, Sie kennen die Cokes auch privat und sind nicht bloß sein Sozius.«

»Ja, natürlich. Der alte Mr. Coke lebte noch, als ich in die Kanzlei eintrat. Bei ihm habe ich sogar meine Referendarzeit hinter mich gebracht. Edward war zu mir aber stets gut und hilfreich, und ich glaube sogar, es wäre besser für ihn gewesen, in dieser Sache jetzt einen erfahreneren Mann zu beauftragen, aber davon wollte er nichts wissen«, schloß Desmond ein wenig außer Atem.

»Ich bin sicher, Sie werden sich gut halten.«

»Das hoffe ich auch, aber nur dann, wenn Sie mich bei jedem Schritt führen«, gab Desmond offen zu. »Sie wollen wissen, was ich von Elizabeth halte, nicht wahr?

Nun, ich kann natürlich nur nach meinen eigenen Beobachtungen berichten. Edward sprach nie von ihr, außer am Anfang einmal zu erwähnen, er werde heiraten. Später sagte er vielleicht einmal: ›Wir fanden das nett, gestern abend‹, oder so ähnlich. Ich lernte sie erst bei der Hochzeit kennen. Sie blieb bis zum letzten Augenblick bei der alten Dame und heiratete von dort aus, um die neue Pflegerin noch einweisen zu können. Es war eine weiße Hochzeit mit allem Drum und Dran, und sie sah einfach hinreißend aus. Mich wunderte kein bißchen, daß Edward sich Hals über Kopf in sie verliebt hatte. Sie hat eine sanfte Art an sich, die ihm ebenfalls gefallen haben muß. Und ich hatte, bis das zum Platzen kam, überhaupt keine Ahnung, daß zwischen ihnen wirklich etwas nicht stimmte, auch wenn das schwer zu glauben sein mag.«

»Sie sagen, ›daß *wirklich* etwas nicht stimmte‹. Sie haben offenbar also gespürt, daß etwas nicht in Ordnung war, dachten aber an nichts Ernstes.«

»Es ist schwer zu erklären. Sehen Sie, Edward ist ein Mann, der eine Frau auf gleicher geistiger Ebene hätte heiraten sollen.«

»Und Elizabeth ist ihm nicht ganz gewachsen?«

»Vielleicht habe ich mich falsch ausgedrückt. Sie ist ganz sicher nicht auf den Kopf gefallen, wenn sie sich diese Geschichte selbst ausgedacht hat, und ich gehe davon aus, daß ihr Solicitor nichts damit zu tun hatte.«

Antony konnte ein Lächeln nicht unterdrücken.

»Mr. Bellerby ist die Achtbarkeit in Person«, versicherte er. »Wenn ein Betrug im Gange ist, kann ich die Hand dafür ins Feuer legen, daß er ebenso getäuscht wird wie alle anderen.«

»Das dachte ich mir. Außerdem ist das nicht so sehr eine Frage des Intellekts, der Schlauheit, oder wie immer Sie das nennen wollen, als die gleichen Interessen zu haben«, erläuterte Desmond. »Edward ist ein Mensch, den alles interessiert –«

»Das sollte von Nutzen sein.«

»Nein, ich meine Dinge wie Geschichte und Politik und Wirtschaft ... alles, bis auf jene Dinge, die Elizabeth gefallen. Sie hat etwas übrig für Mode, und zur richtigen Zeit am richtigen Ort in der richtigen Kleidung zu erscheinen. Verstehen Sie, was ich meine?«

»Ja, ich denke schon. Zwei, die nicht zusammenpassen, aber es ist schon bei gegensätzlicheren Naturen gutgegangen.«

»Ja, und das dachte ich bei den beiden eben auch. Sie war katholisch geworden, wissen Sie, und ich hatte keinen Grund, anzunehmen, sie nähme das nicht ebenso ernst wie Edward. Es war ein kleiner Schock, als ich erfuhr, daß sie ihn verlassen hatte; das war noch, bevor Edward selbst es mir sagte. Er sprach kein Wort davon, bis die Scheidungsklage eingereicht war. Und jetzt das alles!«

»Haben Sie jemals den Eindruck gewonnen, die sexuelle körperliche Komponente der Ehe sei ihr zuwider?«

»Bis vor kurzem nicht.«

»Warum, glauben Sie, will sie die Scheidung?«

»Keine Ahnung«, sagte Desmond kopfschüttelnd. »Wenn sie nur von ihm weg will, hätte eine Trennung doch auch genügt.«

»Vielleicht will sie wieder heiraten.«

»David Barrie, meinen Sie?«

»Wenn er bereit ist, für sie einen Meineid zu schwören, muß sie doch keinen geringen Einfluß auf ihn haben.«

»Darüber habe ich nachgedacht«, gestand Desmond. »Es könnte sein, daß ein kleiner Teil der Geschichte stimmt. Daß er in sie verliebt ist, meine ich, sie aber nichts für ihn übrig hat.«

»Das macht die Sache noch verworrener«, meinte Maitland nachdenklich. »Die einzige Erklärung, die mir einleuchtet, ist die, daß sie ihm versprochen hat, ihn zu heiraten, wenn sie frei wäre.«

»Das ergäbe wohl eher Sinn.«

»Glauben Sie, daß sie einer solchen Sache fähig wäre?«

»Ich muß es glauben, nicht wahr, wenn man bedenkt, was sie verbreitet? Aber ich kann nicht verstehen, warum sie David gegen Edward eintauschen wollte.«

»Sie hat es vielleicht nicht ernst gemeint. Sie braucht ihr Versprechen ja nicht zu halten, sobald die Scheidung ausgesprochen ist.«

»Und riskiert, daß David recht üble Andeutungen macht.«

»Das könnte ihr egal sein. Sie geht vielleicht davon aus, daß ihm niemand glauben wird. Ach, ich weiß nicht«, sagte Antony gereizt. »Das alles ist mir ein Rätsel.«

»Das ist das Ärgste, was sie gegen uns in der Hand haben, nicht? Die Unwahrscheinlichkeit, daß irgend jemand, schon gar eine sanfte Frau mit guter Kinderstube, eine solche Geschichte vor aller Öffentlichkeit ausbreiten würde, wenn sie nicht wahr wäre.«

»Ja, da haben Sie wohl recht. Können Sie mir etwas über die anderen Leute sagen, die in die Geschichte verwickelt sind? Über David Barrie, zum Beispiel?«

»Ich mag ihn nicht«, gestand Desmond unverblümt, »und obwohl ich nicht glaube, was er über Edward erzählt, muß ich einräumen, daß David nach meiner Meinung zu dem fähig wäre, was er getan haben soll.«

»Was für einen Eindruck wird er nach Ihrer Ansicht vor Gericht machen?«

»Man wird ihn für einen üblen Burschen halten und ihm jedes Wort glauben«, gab Barleycorn zurück.

»Das ist schade. Ich nehme an, Sie kennen auch alle anderen Beteiligten.«

»Ja. Ich habe sie bei den Cokes irgendwann alle kennengelernt, weiß aber eigentlich nichts Näheres über sie, außer, daß Primrose Ross wirklich so einfältig ist, wie Edward sagt. Die beiden anderen Ehepaare scheinen auf ihre Weise ganz nett zu sein, aber –«

»Ja?« sagte Antony nach einer kurzen Pause aufmunternd. »Sie sind doch nicht nur deshalb hergekommen, um mir zu erzählen, daß Sie Ihrem Mandanten glauben, oder?«

»Nein, ich bin hergekommen, weil ich meine, Sie sollten vielleicht noch mit jemandem sprechen. Mit Mary Jerrold.«

»Das ist ein neuer Name«, sagte Maitland beiläufig, aber seine Augen hatten sich ein wenig verengt.

»Ja«, bestätigte Desmond schlicht.

Antony wartete eine Weile.

»Und weshalb sollte ich mit ihr reden wollen?« fragte er.

»Weil sie Edward sehr liebt, und ich fürchte, daß Elizabeth auch sie mit hineinziehen wird, wenn sie in Schwierigkeiten geraten sollte.«

»Verstehe«, sagte Antony gedehnt. »Erzählen Sie weiter.«

»Mary arbeitet in der Kanzlei. Sie ist selbst Solicitor, gehört aber nicht der Sozietät an.«

»Und woran denken Sie bei ihr, Desmond?«

»Nur daran, daß sie ein grundguter Mensch ist, und ich nicht will, daß sie unter der Sache leiden muß. Ich will auch nicht, daß Edward über sie zu Schaden kommt.«

»Aha. Hat Mr. Coke sich Ihnen in diesem Punkt anvertraut?«

»Ich weiß nicht einmal, ob es da etwas anzuvertrauen gibt. Mary hat mit mir gesprochen, wir arbeiten viel zusammen und sind gute Freunde, und obwohl ich vermute, daß Edward ihre Gefühle vielleicht erwidert, kann ich da nichts Konkretes sagen. Er hat nie ein Wort davon gesprochen.«

»Wenn Miss Jerrold ihre Zuneigung zu ihm so unverhohlen zeigt –«

»Ich glaube nicht, daß sie zu irgendeinem anderen Menschen als mir darüber gesprochen hat«, sagte Desmond hastig. »Allerdings muß ich zugeben, daß es nicht gerade ein Geheimnis ist, wie sie empfindet. Sie ist sehr leicht zu durchschauen.«

»Und Sie halten es für möglich, daß Mrs. Coke davon weiß?«

»Das gehört zu den Dingen, die sie blitzschnell erfassen würde«, erwiderte Desmond entschieden.

»Das ist bedauerlich. Trotzdem könnte es mehr schaden als nützen, in diesem Stadium mit Miss Jerrold zu sprechen. Warum genau wollen Sie, daß ich mit ihr rede?«

»Um sie aufzufordern, sie möge vorsichtig sein. Auf mich hört sie nicht«, erklärte Desmond reumütig.

»Verstehe. Es könnte aber sein, daß sie sehr erfreut wäre, wenn die Scheidung ausgesprochen werden würde.«

»Sie weiß ganz genau, wie Edward zu einer Wiederverheiratung steht. Sie haben vorhin von Selbstaufopferung gesprochen. Dazu wäre Mary fähig, ihn um seiner selbst willen zu lieben«, sagte Desmond ganz so, als zitiere er aus einem literarischen Werk, was er vielleicht auch tat. »Ohne jede Aussicht auf Erwiderung und Erfüllung.«

»Das möchte ich gerne einmal sehen«, sagte Antony und stand auf. »Nein, bleiben Sie nur, wir müssen noch nicht gehen. Ich wollte Jenny nur bitten, den Kaffee aufzuwärmen; meiner ist kalt geworden. Und ist das die einzige Überraschung, die Sie für mich haben, oder können Sie noch mit mehr aufwarten?«

»Sonst ist nichts«, sagte Desmond und schüttelte den Kopf, was offenbar eine Eigenheit von ihm war. »Ich glaube, wir haben schon genug am Hals.«

»Coke sagte, es gäbe kein Personal, das im Haus wohnt. Sollten wir mit der ›Zugehfrau‹ sprechen?«

»Das habe ich schon getan. Sie nützt uns nichts. Abends war sie schon einmal grundsätzlich nicht da. Und sie muß aus meinen Fragen entnommen haben, daß da etwas ganz und gar nicht stimmte, noch über die Tatsache hinaus, daß Elizabeth in ein Hotel gezogen war. Aber alles, was ich aus ihr herausbringen konnte, war die Feststellung, alle Männer seien gemein ... unter den gegebenen Umständen nicht gerade nützlich, wie?«

2

Owen Barries Haus stand in einer Straße nicht weit vom Kempenfeldt Square und hatte von außen Ähnlichkeit mit Sir Nicholas' Villa. Im Inneren wurden die Unterschiede aber sofort deutlich. Hier gab es nichts von der behaglichen Verschlissenheit wie in Nummer 5, alles war modern, ganz im Gegensatz zum Alter des Gebäudes, und nicht nur modern, sondern ziemlich neu. Eine auffällige Darstellung von Reichtum, dachte Maitland, als er Desmond Barleycorn in einen Raum folgte, den die überaus selbstsicher wirkende Haushälterin als ›das Studio‹ bezeichnete. Er revidierte seine Meinung allerdings ein wenig, als ihr Gastgeber sich aus einem der Ledersessel beim Kamin erhob. Owen Barrie hatte eine Art an sich, die von jeder Protzerei weit entfernt war, und verbreitete eine Freundlichkeit, bei der die beiden jüngeren Männer sich trotz des eher peinlichen Anlasses ihres Besuches rasch wie zu Hause fühlten. Antony fühlte sich sofort an seinen Freund Sykes, den Kriminal-Chefinspektor erinnert; die gleiche nordenglische Aussprache, durch jahrelanges Leben in London abgeschliffen, die gleiche zugleich offene und freundliche Art. Und gleichzeitig fiel ihm ein, daß der Kühlschrank in seiner eigenen Küche ein Barrie war. Er war schon eine Reihe von Jahren alt; offenbar war der Umschlag durch Ersatzgeräte nicht hoch. Dafür war es wohl der Verkaufsgewinn gewesen; auf jeden Fall sprach alles dafür, daß die Herstellung von Küchengeräten seinen Mann gut ernährte.

»Also, dann«, begann Barrie und lud sie zum Sitzen ein. Antony selbst hätte viel dafür gegeben, frei im Zimmer umhergehen zu dürfen, während sie sich unterhielten, aber bei solch kurzer Bekanntschaft war das tunlichst nicht ratsam. Er nahm deshalb Platz und sah Owen an. »Das ist eine scheußliche Geschichte, in der Sie da zu mir kommen«, sagte Barrie ohne Umschweife, »und Sie beide stehen auch noch auf der falschen Seite des Zauns.«

»Es geht nicht darum, Sie als Zeugen aufzurufen«, erwiderte Desmond hastig. »Jedenfalls, soweit ich das beurteilen kann«, fügte er vorsichtig hinzu. »Aber sowohl Mr. Maitland als auch ich waren der Meinung, ein Gespräch könne nützlich sein.«

»Das ist Mr. Maitland, ja?« Es konnte keinen Zweifel daran geben, wem Barries Hauptinteresse galt. »Von Ihnen habe ich gehört«, fuhr er fort, und das klang in Antonys Ohren wie eine Anklage. »Aber ich war immer der Meinung, Sie wären einer, den ich gern in meiner Ecke hätte. Wieso lassen Sie sich mit einem Kerl wie Coke ein?«

»Er ist mein Mandant«, gab Antony in mildem Ton zurück.

»Mag sein, aber –«

»Beim letztenmal, als von ihm die Rede war, hieß er noch Edward«, unterbrach Desmond erneut; Antony erkannte daran zum erstenmal, in welchem Maß er sich Sorgen um seinen Partner machte. »Können Sie die Geschichte, die über ihn im Umlauf ist, wirklich glauben?«

»Ich kann glauben, was mein eigener Sohn mir erzählt, nicht? Außerdem ist da noch Elizabeth. Ein Engel ist das, kein Mensch, der Lügen erzählt, und was es sie gekostet haben muß, das alles auszusprechen, kann ich mir unschwer vorstellen.«

»Qualvoll, gewiß«, sagte Maitland, um das Gespräch wieder an sich zu ziehen. Er war nicht ganz sicher, wo sie durch Desmonds offenkundige Parteinahme landen würden. »Aber darf ich Sie daran erinnern, Mr. Barrie, daß die Sache rechtlich noch nicht entschieden ist. Aus bestimmten Gründen wird die Verleumdungsklage sehr rasch verhandelt werden, aber bis das Gericht zu einer Entscheidung gelangt ist ...«

»Vor der Scheidung?« Barrie schien verblüfft zu sein. »Ich war der Meinung, Eheleute könnten einander nicht verklagen«, gestand er, »und der Kerl könne Elizabeth nur deshalb vor Gericht ziehen, weil sie bis dahin geschieden sein würden.«

»Das ist nicht mehr der Fall. Die Gerichte haben da zwar immer noch eine gewisse Entscheidungsfreiheit – ›wenn es den Anschein hat, daß beiden Parteien kein wesentlicher Vorteil zufallen würde‹, heißt es im Text, nicht wahr, Desmond? – aber in einer so ernsten

Sache wie dieser kann nach meiner Meinung keine Rede davon sein, daß hier etwas beeinträchtigt wird.«

»Ah, ich verstehe. Unter den Umständen kann ich nämlich beim besten Willen nicht begreifen, warum Coke hier streiten möchte«, fuhr Barrie in vertraulichem Ton fort. »Wenn er das nicht getan hätte –«

»Mrs. Coke müßte trotzdem warten, bis sie drei Jahre verheiratet sind, bevor sie ihren Antrag stellen kann.«

»Ja, das weiß ich alles. Ich habe selbst zu ihr gesagt, sechs Monate sind doch keine so lange Zeit, aber ich glaube, sie war ganz verzweifelt, und sie konnte einfach nicht mehr länger warten.«

»Mein Mandant erklärt, er habe ihr eine sofortige Trennung und Unterhaltszahlung angeboten.«

»Das mag stimmen«, räumte Owen widerstrebend ein, »aber es war nicht das, was sie wollte. Er ist halsstarrig, was eine Scheidung angeht, nach den sechs Monaten wäre sie immer noch soweit wie heute.«

»Sie finden ihr Verhalten also richtig?«

»Sie muß ihre Freiheit haben«, erklärte Owen mit Bestimmtheit. »Das arme Kind, als sie mir erzählte –«

»Sie hat es Ihnen erzählt?« fragte Maitland. Einen Augenblick lang vergaß er die professionelle Gelassenheit.

»Natürlich hat sie das, hier in diesem Raum. Es war eine Qual für uns beide, das können Sie sich gewiß denken, aber als sie es mir erklärte, sah ich ein, daß das wirklich der einzige Weg war, wenn sie endlich frei sein wollte. Und das Warten hat, wie gesagt, keinen Sinn, weil Coke sich weigert, in eine Scheidung einzuwilligen.«

»Laut Mrs. Cokes Erzählung hat er Vorstellungen, die viel ausgefallener sind.«

»Für solche Dinge gibt es keine Erklärung. Und ich sage Ihnen ganz offen: Wenn Elizabeth nicht wäre, empfände ich fast so etwas wie Mitgefühl für ihn. Alles auf normale Art, das ist mein Wahlspruch, aber manche Leute haben eben die seltsamsten Dinge im Kopf und können vielleicht nichts dafür.«

»Und nach Ihrem Gespräch mit Mrs. Coke haben Sie mit Ihrem Sohn über die Sache geredet?« fragte Maitland.

»Was denken Sie? Natürlich habe ich mit ihm darüber gesprochen. Und wohlgemerkt, ich sage nicht, daß David in jeder Beziehung dem entspricht, was ich mir wünschen würde. Wenn Sie wissen wollen, was ich glaube«, sagte Owen Barrie mit einemmal vertraulich, »geht das in drei Generationen wieder dahin, wo's hergekommen ist, wie es bei uns daheim heißt. Hat Zeit seines Lebens keine Arbeit angerührt und lauter Flausen im Kopf.« Er verstummte und sah seine beiden Besucher zweifelnd an. »Aber Ihnen werden sie nicht so ausgefallen vorkommen, denke ich.«

»Was mich mehr interessiert, ist, wie sich seine Rolle bei der ganzen Geschichte begreifen läßt«, sagte Maitland offen.

»Liebe, sagt er«, gab Owen sofort zurück. »Aber wenn Sie wissen wollen, wie ich das nenne, Mr. Maitland: Für mich ist das schlicht und einfach Geilheit. Er wollte sie haben und sie ihn nicht, jedenfalls nicht so, obwohl sie sagt, daß sie ihn mag. Und das war der einzige Weg, wie er sie kriegen konnte. Deshalb ist er auf Cokes perverse Idee eingegangen.«

»Es hat in der Tat den Anschein, daß ›Liebe‹ nicht ganz das richtige Wort ist«, meinte Maitland trocken. »Hat Mrs. Coke Ihnen erklärt, warum sie sich darauf einließ?«

»Weil sie Angst hatte vor ihrem Mann, das war der Grund. Und immer noch hat. Was ihn angeht: Wenn das die Art ist, wie er sich sein Vergnügen verschafft, braucht er freilich keine Scheidung, was? Was er will, kriegt er dadurch, daß er dafür bezahlt, so ist das doch heute! Außer, der Kitzel ist größer, wenn seine Frau beteiligt ist«, fügte er nachdenklich hinzu.

»Das könnte der Fall sein.«

Irgend etwas an Antonys Ton ließ Barrie aufmerken.

»Sie glauben mir also nicht?« fragte er angriffslustig.

»Ich bin sicher, daß Sie die Geschichte glauben, Mr. Barrie«, sagte Maitland beschwichtigend.

»Das tut nichts zur Sache. Elizabeth würde nicht lügen«, wiederholte er, »und was David angeht ... tja, ich habe mein Bestes getan, um ihn richtig aufzuziehen, aber irgendwo scheint es schiefgegangen zu sein. Der Tod seiner Mutter, das wird es wohl gewesen sein. Ich möchte meinen, daß er so viel Moral hat wie ein Geißbock, aber wegen einer solchen Geschichte würde er nicht lügen. Was hätte er denn davon?«

»Das habe ich mich auch gefragt.«

»Die Antwort ist ganz klar: Nichts, absolut nichts.«

»Sie sagten, Mrs. Coke müsse frei sein, Mr. Barrie. Was meinten Sie damit?«

»Genau das, was ich gesagt habe, junger Mann.«

Maitland amüsierte sich im stillen über die Anrede. Jeden Augenblick würde der andere in seinen Heimatdialekt verfallen.

»Ich habe mich nämlich gefragt, ob ihm vielleicht irgendein Anreiz geboten worden ist, ob Mrs. Coke ihm beispielsweise versprochen hat, ihn zu heiraten, sobald die Scheidung ausgesprochen sei.«

Die freundliche Atmosphäre, in der das Gespräch begonnen hatte, war schon seit einiger Zeit merklich abgekühlt, und Antony rechnete eigentlich mit einem baldigen Wutausbruch. Zu seiner Überraschung starrte Barrie ihn aber sekundenlang mit offenem Mund an und brach dann in Gelächter aus. Die Echtheit seiner Belustigung litt keinen Zweifel.

»Das ist ehrlich gut«, sagte er.

»Wollen Sie das erklären, Mr. Barrie?«

Owen zögerte kurz.

»Elizabeth hat mir zwar das Versprechen abgenommen, nichts zu verraten«, sagte er dann zweifelnd, »aber gemeint hat sie ihre Freunde. Ich glaube, sie wird einsehen, daß Sie es erfahren sollten, weil Sie dann an Davids Worten vielleicht nicht mehr zweifeln. Es ist überhaupt keine Rede davon, daß sie ihn heiratet. Sobald sie geschieden ist, wenn sie mit dem Kerl und übrigens auch Ihnen beiden den Boden aufgewischt hat, obwohl ich nichts gegen Sie habe, wird sie mich heiraten. Das hat sie versprochen.«

3

Samstags aßen die Maitlands gewohnheitsmäßig unten im Haus zu Mittag, und Jenny hatte den Auftrag, Antony zu entschuldigen. Sie hatte aber versprochen, Suppe und belegte Brote für ihren Mann bereitzustellen. Nachdem sie Owen Barries Haus verlassen hatten, gingen sie deshalb zu Fuß zum Kempenfeldt Square zurück. Desmond war sehr schweigsam, und erst als die Suppe zum Aufwärmen auf den Herd gestellt war und sie sich bei einem Aperitif erholten, brachte er seine Meinung zum Ausdruck.

»Sie haben die ganze Zeit auf dieses Eingeständnis hingearbeitet, nicht?« fragte er.

»Daß er mit Elizabeth Coke verlobt ist, soweit man mit jemandem verlobt sein kann, der noch verheiratet ist? Ja, die Möglichkeit war mir durch den Kopf gegangen.«

»Ich kann Ihren Überlegungen dazu leider nicht folgen.«

»Wenn Ihnen das ein Trost ist – es hat viel dazu getan, mich zu überzeugen, daß Sie recht haben, was unseren Mandanten angeht«, teilte ihm Antony mit.

»Ja, darüber bin ich froh, aber ich möchte trotzdem wissen . . .«

»Das ist gar nicht so leicht zu erklären.« Antony fand sich aber damit ab, es versuchen zu müssen. »Das erste war Tante Harriet . . . hat Elizabeth Coke übrigens eigene Angehörige?«

»Keine Menschenseele, soviel ich weiß. Die alte Dame war Edwards Tante, jedenfalls angeheiratet, weil sie auch Coke hieß.«

»Ja, aber ich dachte da schon, und was Sie mir seither über Elizabeth erzählt haben, bestätigt den Gedanken, daß das eine merkwürdige Beschäftigung für sie war. Sie scheint nicht der Typ des helfenden Engels zu sein. Da die alte Dame aber so begütert war, kam mir der Gedanke, ob sie sich vielleicht etwas ausgerechnet hatte. Man hat schon gehört, daß alte Damen ihre Pfleger reichlich bedachten. Und wenn ich damit recht hatte, muß ihr das Auftauchen Edward Cokes wie ein Wink des Schicksals erschienen sein. Sie mag nicht viel von einer Ehe gehalten haben, aber das wäre immer noch unendlich besser gewesen, als einer alten Frau tagein, tagaus zur Verfügung stehen zu müssen, und sie dachte wahrscheinlich – wie Coke es wohl auch getan hat – Tante Harriet werde ihn als ihren Erben einsetzen.«

»Erscheint trotzdem ein wenig weit hergeholt«, zweifelte Desmond gedehnt.

»Schon, aber warten Sie noch. Tante Harriet starb – wann war das, laut Coke? – vergangenen November, glaube ich. Und es ist gerade sechs Monate her, daß David Barrie die Gewohnheit annahm, die Cokes zu besuchen, ohne auf eine Einladung zu warten, die seinen Vater einschloß. Sie sprachen doch davon, er sage möglicherweise die Wahrheit, wenn er behaupte, in Elizabeth verliebt zu sein, nicht wahr? Mein Gedanke ist der: Sie bewog ihn dazu, ihre Erzählung zu bestätigen, indem sie versprach, ihn zu heiraten.«

»Aber sein Vater sagt –«

»Ja, und er glaubt es wohl auch. Er sagte, Elizabeth hätte ihn zu Stillschweigen verpflichtet, nicht? Sie wird ihm dafür einen guten Grund genannt haben, daß es nicht recht sei, über eine Wiederverheiratung zu sprechen, bevor die Scheidung endgültig ist. Wenn sie David etwas vormachen kann, bis er so ausgesagt hat, wie sie es braucht, kann ihr nichts passieren.«

»Ja, ich verstehe, was Sie meinen. Was Owen Barrie dazu sagte, daß sie in Wirklichkeit versprochen hat, ihn zu heiraten, scheint ja auch den ersten Teil dieses Gedankens zu bestätigen, nicht? Sie hat Edward geheiratet, weil sie sich ein Vermögen erhoffte, aber als Tante Harriets Geld anderswo hinging, dachte sie, ein reicher Fabrikant sei ihrem mäßig wohlhabenden Solicitor immer noch vorzuziehen.«

»Ja, darauf wollte ich hinaus, Desmond. Sehen Sie jetzt, warum mich das in meiner Meinung bestärkt?«

»Ja, doch. Und ich verdenke Ihnen nicht, daß Sie an ihm gezweifelt haben«, fügte er großzügig hinzu. »Schließlich kennen Sie Edward ja nicht so gut wie ich.«

»Das Dumme ist nur, daß ich mir nicht klar bin, wie es weitergehen soll. Halten Sie es für möglich, daß irgend jemand von den Leuten, die wir besuchen wollen, uns Hilfestellung geben kann?«

»Ich weiß es nicht, aber ich habe gehört, daß Sie ein großes Talent dafür haben, zwei und zwei zusammenzuaddieren«, sagte Desmond zurückhaltend. Er hatte schon begriffen, daß es Themen gab, bei denen Maitland empfindlich reagierte. »Jedenfalls werden wir das Gefühl haben können, daß wir unser Bestes getan haben«, fügte er hinzu und legte damit ahnungslos den Finger auf eine andere wunde Stelle.

»Allerdings«, meinte Maitland und erhob sich. Er versagte sich edelmütig eine barsche Antwort. »Trinken Sie aus«, fuhr er fort, »während ich nach der Suppe sehe. Bei wem treten wir heute nachmittag übrigens zuerst an?«

»Bei Primrose Ross, und wenn Sie wissen wollen, warum«, sagte Desmond, zu seinem Gastgeber hinauflächelnd, »dann deshalb, weil ich das hinter mich bringen möchte. Sie gehört nicht zu meinen Lieblingspersonen.«

4

Diesmal fuhren sie mit Desmonds Auto, das seit seiner Ankunft am Morgen vor Nummer 5 Kempenfeldt Square geparkt war.

»Wenn wir einen Parkplatz finden«, sagte Desmond, als sie vom Randstein wegfuhren, »können wir von Primroses Wohnung zu Fuß zu den Walpoles und den Stowes gehen. Sie wohnen alle mehr oder weniger in der Gegend von Bayswater. Wenn es dann noch nicht zu spät ist, können wir Mary Jerrold anrufen und sie fragen, ob sie sich mit uns irgendwo auf ein Glas trifft. Sie gehört zu den absonderlichen Menschen, die gerne in der Großstadt wohnen, also wäre das für sie ganz leicht zu machen.«

»Scheint ein ausgezeichnetes Programm zu werden«, meinte Antony und lehnte sich bequemer zurück. Wie immer, wenn er einen anderen am Steuer sitzen sah, wurde er an seine Schulterverletzung erinnert, die ihn daran hinderte, selbst Auto zu fahren. Das brachte ihm auch die stets gegenwärtigen Schmerzen wieder zum Bewußtsein, die er manchmal für eine oder zwei Stunden zu vergessen vermochte. Aber davon wurde nie gesprochen, auch Jenny gegenüber nicht. Jemand hatte einmal die Kühnheit besessen, ihm ein Fahrzeug mit Steuerhilfen vorzuschlagen, und die entsprechende Quittung einstecken müssen, weil derjenige begriffen hatte, daß die ärgste Qual von den Umständen herrührte, denen er die Verletzung verdankte, und nicht von der Verletzung selbst. Um sich abzulenken, fragte er jetzt beiläufig: »Was ist eigentlich mit Miss Ross nicht in Ordnung? Warum mögen Sie sie nicht so besonders?«

»Sie ist eine trübe Tasse«, erwiderte Desmond unschmeichelhaft. »Um Ihnen die Wahrheit zu sagen: Ich habe ihre Freundschaft mit Elizabeth nie begreifen können. Nein, das stimmt nicht ganz... Ich konnte verstehen, daß Primrose an ihrer Freundin hing, aber nicht umgekehrt.«

»Warum, glauben Sie, hat Mrs. Coke diesen Brief geschrieben?«

»Rechtsunkenntnis, zum einen«, gab Desmond recht streng zurück. »Ich glaube – das ist aber nur eine Vermutung, wie ich zugebe –, daß sie etwas von vertraulich zu behandelnden Mitteilungen gehört hatte und dachte, das Vorrecht gelte auch dafür, weil der Brief mit ihrem Fall zusammenhing. Und ich nehme an, sie freute sich so darüber, Edward eins auswischen zu können, daß sie es einfach jemandem sagen mußte.«

»Und weshalb hat Miss Ross den Inhalt preisgegeben? Sind Sie sicher, daß darin nicht Bosheit lag?«

»Warten Sie nur, bis Sie sie sehen«, prophezeite Desmond. »Dann verstehen Sie schon, was ich meine.«

Miss Ross bewohnte eine winzige Wohnung in einem teuren Wohnblock, so daß Antony nicht entscheiden konnte, ob der Zuschnitt ihrem Wunsch oder wirtschaftlicher Notwendigkeit entsprach. Primrose Ross war zu groß und zu dünn geraten, sah aber dennoch nicht schlecht aus und begrüßte sie mit der Bemerkung, sie habe nicht die leiseste Ahnung, weshalb man sie zu sprechen wünsche.

»Nicht, daß es nicht sehr nett von Ihnen wäre, mich zu besuchen und Mr. Maitland mitzubringen, Desmond«, sagte sie. »Ich bin aber Elizabeths Freundin, wie Sie wissen. Es spricht kaum etwas dafür, daß ich Ihnen in irgendeiner Beziehung helfen würde, wenn ich bedenke, welche... welche Qualen dieser schreckliche Mann ihr zugefügt hat.«

»Was mich interessiert, Miss Ross«, erklärte Antony, »ist, daß ich sicher bin, Sie können uns helfen, eben weil Sie Mrs. Coke so gut kennen.«

»Aber ich will Ihnen doch gar nicht helfen«, protestierte sie schmollend.

»Das ist auch gar nicht der Punkt.« Er warf einen Blick auf Desmond, der mit allzu hervorgekehrter Geduld die Erklärung übernahm.

»Sie haben, glaube ich, eine Vorladung erhalten, um im Verleumdungsprozeß Coke gegen Coke auszusagen.«

»Wenn Sie den Wisch meinen, ja, den habe ich gestern erhalten.«

»Ein sehr wichtiger ›Wisch‹«, betonte Desmond. »Wir müssen

beweisen, daß die Verleumdung öffentlich gemacht worden ist...«

»Es war ein privater Brief!«

»Ich fürchte, rechtlich ist das eine Veröffentlichung, zumal da der Inhalt anderen Personen zugänglich gemacht worden ist. Außerdem geht es darum, einen Schaden zu beweisen.«

»Ich verstehe nichts von diesen juristischen Dingen. Was meinen Sie mit ›Schaden beweisen‹?«

»Beweisen, daß Edward durch die Behauptung, die über ihn in Umlauf gesetzt worden ist, einen Schaden erlitten hat, sowohl beruflich als auch in seinem Leumund.«

»Soll das heißen, daß er von Elizabeth Geld will? Geht es im Grunde darum, daß er sich nur rächen will?«

»Nein, das will er ganz und gar nicht. Er hat die Klage aus reiner Notwehr eingereicht. Elizabeth ließ ihm praktisch keine andere Wahl. Ohne den Schadensnachweis, von dem ich gesprochen habe, würde eine Klage aber nicht zulässig sein.«

»Das ist einfach zuviel!« Primrose mochte nicht Desmonds Lieblingsfrau sein, aber er war offenkundig auch nicht ihr Lieblingsmann. »Ich möchte nicht ungastlich erscheinen, Mr. Maitland, wäre aber sehr froh, wenn Sie beide gehen und mich in Ruhe lassen würden.«

»Das tun wir natürlich, wenn Sie das wünschen«, sagte Antony. Sein vernünftiger Tonfall lehnte sich eng an den von Desmond an. »Ist Ihnen aber klar, daß wir Ihre Aussage vor Gericht brauchen, und es leichter für Sie werden könnte, wenn wir Sie auf die Art der Fragen, die man Ihnen stellen wird, ein bißchen vorbereiten?«

»Ist das auch Recht?« Antony kam der Gedanke, daß sie gleich hinzufügen würde, das Recht sei himmelschreiend, aber sie begnügte sich damit, auf sein Nicken hin widerstrebend zu antworten: »Na, meinetwegen, dann rede ich eben mit Ihnen. Am besten setzen wir uns alle.«

In dem kleinen Zimmer war es zum Ersticken überheizt und so eng, daß sie sich zusammenquetschen zu müssen schienen. Antony dachte resigniert, daß er selbst dann, wenn ihn Bewegungslust angewandelt hätte, ihr nicht hätte nachgeben können, weil er mit Primrose Ross beinahe Knie an Knie saß.

»Als erstes möchte ich wissen, wie lange Sie Elizabeth Coke

schon kennen«, begann er einleitend.

»Erst seit ihrer Heirat. Sie kennen sie nicht, Mr. Maitland, sonst würden Sie nicht versuchen, ihr das anzutun. Ich wußte vom ersten Augenblick an, als ich sie sah, daß wir Freundinnen werden würden. Sie – sie ist eine echte Dame.«

»Ja, gewiß. Alles, was ich gehört habe, bestätigt das«, pflichtete Antony bei, fügte jedoch nicht hinzu: ›Jedenfalls an der Oberfläche.‹ »Sie haben Edward Coke also schon vorher gekannt?«

»Unsere Eltern waren befreundet, aber erst nach seiner Heirat mit Elizabeth habe ich sie regelmäßig besucht. Vorher, als mein Vater noch lebte, gab es ab und zu Einladungen zum Abendessen. Aber ich wurde zur Hochzeit eingeladen, und Elizabeth und ich verstanden uns auf Anhieb.«

»Und danach waren Sie ihre Vertraute?«

»Wir haben über alles gesprochen.«

»Auch über ihre Beziehungen zu ihrem Mann?«

»Darüber natürlich nicht.« Sie empfand die Frage offenbar als beleidigend. »Über solche Dinge spricht man nicht, egal, was die Männer unter sich tun mögen.«

»Kein Hinweis auf irgendwelche Probleme zwischen ihnen?«

»Sie hat einmal erwähnt, daß Edward ein sehr gefühlskalter Mensch sei«, gab Primrose widerwillig preis.

»Hat sie sich deutlicher ausgedrückt?«

»Natürlich nicht, und ich habe auch nicht gefragt.«

»Dann muß der berühmte Brief, als er Sie erreichte, ein kleiner Schock für Sie gewesen sein.«

»Oh, das war er!«

»Vielleicht etwas von der Art, das nach Ihrer Vorstellung eine Dame nicht an eine andere schreibt«, meinte Maitland.

»Nicht, normalerweise, nein«, bestätigte Primrose. »Aber unter den Umständen ... es war der Aufschrei einer gepeinigten Seele«, fügte sie mit Würde hinzu.

»Ja, ich verstehe.« Er war sich bewußt, daß Desmond seinen Blick zu erhaschen suchte, aber das war das letzte, was er wollte. »Wir haben den Brief beide gelesen, Miss Ross, und ich möchte Sie jetzt nicht erregen, indem ich auf Einzelheiten eingehe, muß aber darauf hinweisen, daß er vor Gericht verlesen werden wird. Sowohl ich als auch der Anwalt von Elizabeth Coke werden Ihnen Fragen dazu stellen.«

»Wenn das Recht es verlangt, daß ich antworten muß, werde ich das tun, so gut ich kann. Um genau zu sein, Mr. Maitland: Ich lege den allergrößten Wert darauf, daß alle erfahren, wie verkommen Edward ist.«

»Zu dieser Meinung sind Sie gelangt, als Sie den Brief gelesen haben?«

»Wie konnte ich etwas anderes denken?«

»Es hat Sie überhaupt nicht betroffen gemacht, daß Mrs. Coke Sie, eine unverheiratete Dame, auf eine solche Weise ins Vertrauen gezogen hat?«

»Keineswegs. Ich sagte schon, daß bei vielen Gelegenheiten die Konventionen in den Hintergrund treten, und das war eine solche. Es wäre viel unschicklicher gewesen, wenn Elizabeth über diese gräßliche Sache etwa ... mit einem Mann gesprochen hätte.«

Erneut widerstand Antony der Versuchung, den Blick seines Kollegen zu erwidern.

»Sie haben den Inhalt des Briefes aber selbst weitergegeben.«

»Weil es nur gerecht war, daß jedermann genau erfahren sollte, wie Edward in Wirklichkeit ist. Da lief er die ganzen Jahre in die Kirche und tat so, als sei er etwas Besseres. Und ich war auch der Meinung, Elizabeth verdiene Mitgefühl. Ihre Freunde sollten wissen, was sie gelitten hatte.«

»Aha.« Desmond hat recht, dachte er, hier war keine Bosheit im Spiel, außer der gegen Edward gerichteten. »Aber Sie geben zu, Miss Ross, daß Sie vorher von keinen Schwierigkeiten zwischen Elizabeth Coke und ihrem Ehemann wußten.«

»Das ist ganz richtig.«

»Es waren zwei Ehepaare, glaube ich, denen sie von diesem Brief erzählt haben?«

»Ja, die Walpoles und die Stowes. Ich hielt das nur für angemessen –«, begann sie erneut.

»Ja, ganz recht. Sie haben beispielsweise zu keinem der Barries etwas gesagt?«

»Zu David Barrie gewiß nicht. Ich halte ihn für ebenso schuldig wie Edward. Was das arme Mädchen gelitten haben muß!«

»Vielleicht nicht zu David Barrie, aber seinen Vater kennen Sie ja auch.«

»Allerdings kenne ich ihn, aber eine Sache, die einen derart engen Verwandten betrifft... selbst wenn ich es für schicklich gehalten hätte, mit einem Mann darüber zu sprechen...«

»Sie halten nicht viel von unserer Gattung, wie?« Auch jetzt sah Maitland sie belustigt an, ohne Erfolg damit zu haben. »Die beiden Ehepaare, von denen Sie sprachen, da war doch auch immer ein Mann beteiligt.«

»Das war ganz anders. Ich habe mit Fran am Nachmittag allein bei einer Tasse Tee gesprochen. Und mit Joanna traf ich mich auswärts; ich hätte Terence nicht ins Gesicht sehen können. Aber ich habe beiden ausdrücklich aufgetragen, das an ihre Männer weiterzugeben, weil ich der Meinung war, sie sollten Bescheid wissen über Edward, den sie als einen Freund zu betrachten schienen.«

»Wie Sie selbst, Miss Ross, wenn ich mich nicht sehr täusche.«

»Als Ehemann einer Freundin«, verbesserte sie. »Er war nicht gut genug für sie, obschon ich meine, daß keiner es wäre, aber ich wußte nicht, daß er ein solcher Heuchler ist.«

»Und das«, sagte Antony, als sie fünf Minuten später das Haus verließen, »ist noch das Freundlichste, was über unseren Mandanten gesagt werden wird, wenn wir der Geschichte nicht auf irgendeine Weise Einhalt gebieten können.«

»Glauben Sie, daß wir das schaffen können?«

»Ich würde im Augenblick keine Wetten darauf annehmen. Und ich will Ihnen etwas sagen, Desmond: Ich halte nicht viel von unseren Chancen, wenn mein Onkel mit dieser Dame eben fertig ist. Sie ist inzwischen so fest davon überzeugt, Coke sei ein Schuft, daß ihr bis zum Gerichtstermin hundert Sachen einfallen werden, die ihre Einschätzung bestätigen.«

Er blieb plötzlich stehen.

»Sagten Sie, wir lassen das Auto hier stehen?« fragte er. »Ich kenne die Gegend hier nicht so gut und würde keinen Heller dafür geben, daß ich es wiederfinden könnte.«

»Ich denke, das schaffe ich schon«, gab Desmond zurück. »Zu den Walpoles brauchen wir nur zehn Minuten.«

5

Die Wohnung der Walpoles mußte nach Antonys Meinung in die gräßliche Kategorie fallen, die Immobilienmakler als ›Maisonette‹ bezeichnen. Es war die obere Hälfte eines alten Hauses, aufgeteilt, damit die Mieter möglichst für sich sein konnten, und eine besonders gute Adresse, weil die Fenster des großen Zimmers, in das sie geführt wurden, auf den Park hinausgingen. Mrs. Walpole hatte sie eingelassen, eine kleine, zierliche Frau, deren schwarze Haare zugleich ungewellt und flauschig waren. Das entsprach in gewisser Weise ihrem Gebaren. Sie war sich der Ernsthaftigkeit des Themas nur allzu deutlich bewußt, von Natur aus aber ein heiterer Mensch, und konnte das nicht völlig verbergen. Als sie ihren Mann vorstellte, entpuppte er sich als ein zweites Exemplar dieser Sorte. Erheblich größer als seine Frau, schien er keine Gefühllosigkeit zeigen zu wollen, war sich der grundlegenden Richtigkeit der Dinge aber stets bewußt. Er war Steuerberater – Antony hatte die Akten inzwischen gelesen – und Frances, von der Antony sich gut vorstellen konnte, daß sie tüchtig war, half manchmal in seinem Büro aus.

»Aber nur weil ich das mag«, versicherte sie ihm, »weil wir gerne zusammen sind. Wir sind seit acht Jahren verheiratet, von Kindern ist immer noch nichts zu sehen, also werden wohl auch keine mehr kommen.«

Antony gestattete sich den beiläufigen, aber nicht nur belustigenden Gedanken, daß er seit der Übernahme dieses Falles mehr vertrauliche Mitteilungen erhalten hatte als in den letzten fünf Jahren zusammen. Obwohl das nicht ganz stimmte, empfand er die Angelegenheiten Edward Cokes als noch unerfreulicher. Immerhin schienen die Walpoles ein nettes Paar zu sein, und wenn das Gespräch etwas Interessantes bringen sollte...

Roland hatte vielleicht sein Mienenspiel beobachtet. Er sagte freundlich: »Mr. Maitland will nichts über uns hören, Fran. Er und Desmond wollen über Edwards Angelegenheiten sprechen.«

»Das weiß ich ja«, gab sie zurück. »Und ich möchte Ihnen gleich sagen, daß das alles Unsinn ist. Wir glauben kein Wort davon.«

»Das müssen Sie uns näher erläutern, Mrs. Walpole. Kein Wort – wovon?«

»Setzen Sie sich mal erst«, sagte Roland, der einen vernünftigen Sinn für das Nächstliegende zu besitzen schien. Dann fuhr er fort: »Ich habe mich mit dieser Verleumdungsgeschichte befaßt und versucht, sie Fran zu erklären, aber ich glaube nicht, daß Frauen einen Sinn fürs Juristische haben, ja?«

»Meine Tante würde Ihnen nicht recht geben«, erwiderte Maitland. »Sie war Strafverteidigerin im West Midland, bis sie vor zwei Jahren meinen Onkel heiratete.« Er lächelte Frances an. »Immerhin will ich zugeben, daß sie eine Ausnahme sein könnte.«

»Also ich finde das alles ganz blöd«, sagte Frances unverblümt. »Sie müssen einen Schaden nachweisen, obwohl es Edward darauf gar nicht ankommt. Er möchte nur seinen guten Ruf wiederherstellen.«

»Und wenn er dazu nicht in der Lage ist?«

»Das bricht ihm beruflich das Genick, aber seine Freunde hat er dann noch immer«, meinte Roland.

»Sie sind also beide davon überzeugt, daß eine Verleumdung öffentlich gemacht worden ist –«

»Aber natürlich, ich habe das gesehen«, sagte Fran entschieden.

»– und mit der Wahrheitsbehauptung nicht durchzukommen wäre?«

»Ja.« Roland lächelte seine Frau kurz an und wandte sich wieder an Maitland. »Und ich muß Ihnen noch einmal sagen, daß Sie vor Gericht in Schwierigkeiten kommen, wenn Sie aus Fran logische Gründe herauszuholen versuchen. Bei ihr ist alles Instinkt. Wir kennen Edward schon lange, und obwohl wir beide nichts gegen Elizabeth haben, wenn ihre Behauptungen sich total widersprechen ... sie könnte so etwas von ihm einfach nicht glauben.«

»Aber bei Ihnen ist es anders, Mr. Walpole?«

»Wenn ich ganz ehrlich sein soll, nicht unbedingt. Als Fran mir von dem Brief erzählte, den Primrose ihr gezeigt hatte, glaubte ich zunächst instinktiv kein Wort. Wenn ich es mir recht überlege, kann ich das aber mit ein bißchen Logik untermauern. Edwards Haltung stimmt mit allem zusammen, was wir über ihn wissen. Er hat nichts zu gewinnen, außer das Gefühl, daß er das Richtige tut, wenn er ihr die Scheidung verweigert. Elizabeth scheint die Freiheit zu wollen, also könnte man sagen, daß ein Motiv dafür vorhanden ist, ihn auf diese Weise zu beschuldigen.«

»Ich habe das Gefühl, daß hier irgendwo ein logischer Fehler steckt«, meinte Antony nachdenklich. »Das ist aber eine Sicht der Dinge, die ich ganz dringend glaubhaft machen möchte, und ich bin Ihnen für Ihre Hilfe sehr dankbar. Haben Sie Mrs. Coke vor ihrer Heirat gekannt?«

»Gekannt wäre übertrieben. Wir haben die alte Mrs. Coke ab und zu besucht und sie dort gesehen.«

»Welchen Eindruck hatten Sie von ihr?«

»Sie war sehr zurückhaltend. Findest du nicht auch, Fran?«

»Sie hat die alte Dame förmlich erdrückt«, sagte Fran rebellisch.

»Na komm, Kleines, das sagst du, weil du aus dem Rathaus kommst. Und du kannst nicht bestreiten, daß wir uns beide gefreut haben, als wir erfuhren, daß sie heiraten wollten. Edward ist so ein feiner Kerl, und es macht gar keinen Spaß, allein älter zu werden.«

»Hat einer von den beiden nach der Verheiratung jemals über ihr persönliches Verhältnis gesprochen?«

»Nein, natürlich nicht. Edward würde so etwas unter keinen Umständen tun, und obwohl ich glaube, daß Frauen in persönlichen Dingen manchmal offener reden, wenigstens untereinander, sind Fran und Elizabeth in dieser Beziehung nie eng verbunden gewesen.«

»Ist das richtig, Mrs. Walpole?«

»Durchaus. Edward ist ein ganz lieber Mensch, vielleicht ein bißchen puritanisch –«

»Das ist nun etwas, was man falsch beurteilen könnte«, erklärte Antony. »Jeder Hinweis auf unterdrückte Emotionen würde genau den entgegengesetzten Eindruck zu dem erwecken, den wir erreichen wollen.«

»Ja, natürlich, das sehe ich ein. Aber eigentlich habe ich das gar nicht gemeint.«

»Erzählen Sie«, sagte Antony aufmunternd.

»Es geht um das Gläubigsein, um das echte. Ich wollte aber nicht andeuten, er sei in dem Sinn puritanisch, daß er keinen Spaß verstehen konnte. Er hat wirklich Humor.«

»Vielleicht betrachten die Geschworenen das als mildernden Umstand«, sagte Maitland leichthin, fing Rolands Blick auf und tauschte ein Lächeln mit ihm. »Sie können uns beweisen helfen, daß die Verleumdung öffentlich gemacht worden ist, aber zumindest in Ihren Augen hat das meinem Mandanten nicht geschadet. Würden Sie mir, bitte, genau berichten, was geschehen ist, als Miss Ross mit Mrs. Cokes Brief zu Ihnen kam?«

»Ich habe sie nicht gesehen«, erwiderte Roland. »Das erzählt besser Fran.«

»Ich war an diesem Tag nicht im Büro, und sie kam zum Tee«, berichtete Fran. »Das tut sie oft, wenn ich einen freien Nachmittag habe, und ich wäre natürlich genauso gern allein, aber ich weiß nicht, woher sie weiß, daß ich hier bin. Roland und ich behaupten im Spaß, sie hätte hellseherische Fähigkeiten. Jedenfalls kam sie und ging mit mir in die Küche, als ich das Teewasser aufsetzte. Unverkennbar hatte sie etwas ganz Wichtiges auf dem Herzen. Ich trug das Tablett also gar nicht hinüber, sondern setzte mich, als alles fertig war, zu ihr an den Tisch. ›Was hältst du davon?‹ fragte sie und schob mir den gräßlichen Brief hin.«

»Und was hielten Sie nun davon, Mrs. Walpole?«

»Das habe ich Ihnen schon gesagt. Ein Lügengespinst vom Anfang bis zum Ende.«

Nicht nur in Gänsefüßchen reden, nein, auch noch Klischees, dachte Maitland resigniert. Aber er mochte die beiden, und daß er zu schätzen wußte, wie sie ihren Freund verteidigten, hing nicht nur mit seiner beruflichen Aufgabe zusammen.

»Haben Sie Miss Ross das gesagt?« wollte er wissen.

»Aber natürlich. Und um die Wahrheit zu sagen – ich weiß, es ist albern – aber ich schob ihr den Brief wieder hin und ging an den Wasserhahn, um mir die Hände zu waschen. Ich hatte das Gefühl, mich schmutzig gemacht zu haben. Und Primrose stopfte die Briefbögen wieder in ihre Handtasche und sagte ganz gelassen: ›Ich war der Meinung, das müßtest du erfahren.‹«

»Und am Abend haben Sie es Ihrem Mann erzählt?«

»Beinahe nicht«, sagte sie. »Ich konnte mich kaum dazu überwinden. Nur war ganz deutlich, daß Primrose sich nicht damit zufriedengeben würde, den Brief nur mir gezeigt zu haben. Ich hielt es für besser, wenn Roland das von mir erfuhr, bevor ihm das jemand anderer beibrachte. Und er war genauso entsetzt und ungläubig wie ich, und ich glaube, er wäre zu Primrose viel barscher gewesen als ich, wenn sie in diesem Augenblick da gewesen wäre.«

»Leicht möglich, ja«, bestätigte Roland. »Wir haben das natürlich miteinander besprochen und uns dann darauf geeinigt, die ganze Sache zu vergessen. Elizabeth hatte Edward verlassen, und ob sie die Scheidung nun durchsetzte oder nicht, so, wie wir ihn kannten, würde er den Rest seines Lebens wohl allein verbringen. Je weniger darüber geredet wurde, desto besser, schien es uns.«

»Wenn nur mehr Leute so über die Angelegenheiten ihrer Mitmenschen denken würden«, meinte Maitland. »Aber was mich beschäftigt, ist folgendes... Kennen Sie die Barries?«

»O ja, recht gut sogar.«

»Dann sagen Sie mir, was Sie von David Barrie halten.«

»Das ist ein bißchen peinlich. Owen Barrie war ein Freund meines Vaters, wenn auch erheblich jünger als er. Ich möchte nicht –«

»Das bleibt unter uns, wenn Sie wollen.«

Roland sah ihn einen langen Augenblick an.

»Heißt das, Sie fragen mich vor Gericht nicht danach?«

»Ja. Allerdings kann ich nicht dafür garantieren, was Mrs. Cokes Prozeßvertreter Sie fragen oder auch nicht fragen wird«, sagte Antony aufrichtig.

»Dann will ich mich äußern. Er ist in jeder Beziehung ein merkwürdiges Huhn, und was ihn betrifft, klingt Elizabeths Behauptung nicht unglaubwürdig.«

»Hatten Sie Hinweise darauf, daß er in sie verliebt sein könnte?«

»Nein, aber soviel könnte stimmen. Was meinst du, Fran?«

»Ich habe mir ein paarmal Gedanken gemacht, dachte dann aber, ich hätte mir das eingebildet. Elizabeth erscheint immer so – so zurückhaltend«, meinte sie.

»Und trotzdem sagen Sie, Sie hätten ihr von Anfang an nicht geglaubt.«

»Wir kannten Edward, wissen Sie«, gab Fran zurück, als genüge das als Antwort.

»Zu ihrer Beziehung – zwischen Edward und Elizabeth Coke. Haben Sie jemals bemerkt, daß sie Angst vor ihm hätte?«

»Nein, und das glaube ich keine Sekunde lang. Das ist einfach lächerlich.«

»Um auf David zurückzukommen: Jemand hat gesagt, er habe die Moral eines Ziegenbocks.«

»Das würde gut auf ihn passen, meine ich«, sagte Roland bedächtig, lächelte aber dann. »Sehr gut sogar«, ergänzte er.

»Was mir da durch den Kopf geht, wissen Sie... Daß diese Geschichte an die Öffentlichkeit kommt, würde ihn nicht maßlos stören?«

»Um die Wahrheit zu sagen, ich habe das Gefühl, er würde sie als Mordsspaß auffassen«, erklärte Roland angewidert.

»Das wäre dann alles, denke ich.« Maitland erhob sich ein wenig widerstrebend. »Ich werde mein Versprechen Ihnen gegenüber nicht vergessen, Mr. Walpole, und auch Mrs. Walpole keine peinlichen Fragen über David Barrie stellen.«

»Wenn ich nur erkennen könnte, wie unsere Aussage Edward helfen kann«, meinte Roland.

»In erster Linie zugunsten seines Leumunds. Ihr Vertrauen in ihn beeindruckt das Gericht vielleicht.«

»Das reicht aber nicht«, sagte er resigniert zu Desmond, als sie auf die Straße traten. »Die Geschworenen werden eben meinen, sie wären zu nette Menschen, um von irgend jemandem Böses zu denken.«

»Jetzt sind Sie selbst unlogisch«, betonte Desmond. »Gleichgültig, auf welche Seite man sich in dem Fall stellt, einem muß man Böses zutrauen.«

»Auch wahr«, sagte Antony seufzend. Er bewegte sich ein wenig steif, wie oft, wenn er müde war, und Desmond warf ihm einen prüfenden Blick zu, versagte sich aber klugerweise eine Bemerkung.

»Vielleicht haben wir bei Terence und Joanna mehr Glück«, ermunterte er hoffnungsvoll.

6

Die Stowes waren ein hochgewachsenes Paar, und Antony fühlte sich, als er den Ehemann sah, sofort an seinen Mandanten erinnert; allerdings fand er hier die Lebendigkeit, die er bei Edward Coke vermißte. Er sah aber ebenso gut aus, und als er sich Joanna Stowe zuwandte, spürte er innerlich Überraschung. Sie wirkte in dem Kreis, in dem Edward Coke und seine Frau zu Hause gewesen zu sein schienen, eigentlich fehl am Platz. Nicht, daß sie unschön gewesen wäre – sie hatte ein ziemlich schmales Gesicht, aber eine helle, klare Haut. Ihr Haar dagegen war glatt und strähnig und war auf altmodische Weise zu einem Knoten gebunden; sie unternahm offenkundig nichts, um der Natur nachzuhelfen. Und sie trug ein ziemlich ausgewaschenes, gemustertes Kleid, das passend gewesen wäre, wenn sie gerade ihren Haushalt hätte angehen wollen; an einem Samstagnachmittag in London, in einer Wohnung, die zwar nicht so üppig eingerichtet war wie bei Barrie, offensichtlich aber nicht einem armen Mann gehörte, wirkte es ganz und gar fehl am Platze. Terence Stowe war, wie er aus den Unterlagen wußte, Chirurg an einem der großen Krankenhäuser in London, seine Frau betätigte sich ehrenamtlich in einem Kindergarten und mußte dazu ziemlich weit hinaus an den Stadtrand fahren.

Sie wurden durchaus freundlich empfangen, von Joanna ein wenig geschäftig, aber die Atmosphäre wirkte kalt, und Antony wunderte sich nicht, als Terence Stowe unvermittelt und in beinahe anklagendem Ton sagte: »Sie stehen auf Edwards Seite?«

»Er ist auf jeden Fall unser Mandant«, gab Antony gelassen zurück.

»Tja, Desmond kann ich noch verstehen, er ist Edwards Sozius und muß tun, was er verlangt. Ich war aber stets der Ansicht, ein Barrister könne sich Zivilsachen aussuchen. Ich kann nicht behaupten, daß ich Ihre Urteilskraft bewundere, Mr. Maitland.«

»Das dürfte wohl Ansichtssache sein.«

»Wenn Sie Elizabeth kennen würden –« begann Joanna.

»Mr. Barleycorn kennt sie«, betonte Antony. »Dürfen wir gleich zur Sache kommen? Ich möchte gerne wissen, was vorgegangen ist, als Miss Primrose Ross Ihnen Mrs. Cokes Brief zeigte.«

»Das ist deine Geschichte, Liebling«, sagte Terence und lehnte sich im Sessel zurück.

Joanna verzog den Mund, als sei ihr das Thema widerwärtig, aber sie begann doch bereitwillig zu berichten.

»Sie rief mich an. Primrose, meine ich. Sie sagte, Elizabeth und Edward seien auseinandergegangen, an allem sei Edward schuld, und sie vertrete die Ansicht, alle ihre Freunde sollten Bescheid wissen, um der Gerechtigkeit willen Elizabeth gegenüber. Ich bin untertags nicht zu Hause – sie rief während der Frühstückszeit an –, und ich sagte, sie solle am Abend vorbeikommen. Als sie erschien und ich sie hereinließ, wollte sie mich nicht wieder zu Terence hineingehen lassen. ›So etwas kann ich vor ihm nicht aussprechen‹, erklärte sie. Wir gingen also in die Küche, und sie zeigte mir den Brief. Ich war natürlich entsetzt, sagte aber sofort, daß Terence das erfahren müsse. Sie wollte nicht so recht, aber er ging mit ihr hier herein und las den Brief ebenfalls. Und ich konnte sehen, daß er genauso reagierte wie ich, weil er sofort sagte: ›Wo ist Elizabeth untergekommen?‹«

»Das war eine dumme Frage, weil oben auf dem Brief der Name des Hotels stand«, entschuldigte sich Terence. »Primrose sagte, sie hätte dort angerufen und Elizabeth angeboten, sie bei sich unterzubringen, Elizabeth hätte jedoch erklärt, sie wolle lieber allein sein. Wenn Sie die Wohnung von Primrose gesehen haben, werden Sie sich darüber nicht wundern. Sie hätten sich nicht aus dem Weg gehen können. Ganz unerträglich. Ich bat Joanna deshalb, sie später anzurufen – das sagte ich nachher zu ihr, als Primrose wieder fort war, versteht sich – und zu fragen, ob sie bei uns wohnen wolle. Sie behauptete aber, sie käme gut zurecht, und wiederholte, daß sie in Ruhe nachdenken wolle.«

»Wie lange kennen Sie Mrs. Coke schon?«

»Seit der Hochzeit«, sagte Joanna und sah Terence an, der ihr zunickte. »Sie ist ein wunderbarer Mensch.«

»Und wie lange Edward Coke?«

»Terence kennt ihn fast sein ganzes Leben lang, ich, seit wir verheiratet sind. Das sind zehn Jahre.«

»Haben Sie ihn je als einen Menschen eingeschätzt, der seine Frau so behandeln würde?«

Es war Terence, der ihm antwortete.

»Natürlich nicht, an so etwas denkt man bei seinen Freunden ja nicht. Aber Sie müssen in Ihrem Beruf ebensogut wissen, wie ich in meinem eines deutlich sehen muß, Mr. Maitland: Es lag viel näher, daß Edward zumindest in dieser einen Beziehung abnorm war, als daß Elizabeth eine solche Geschichte erfunden hatte. Außerdem stand in ihrem Brief ganz deutlich, daß David Barrie alles bestätige. Dabei kommt er hier durchaus schlecht weg.«

»Man hat mir erzählt, daß das Aufsehen ihn nicht stören würde«, sagte Antony. »Daß er das alles eher als Witz auffassen würde.«

»Jeder würde sich wegen solcher Dinge Sorgen machen«, erklärte Joanna mit Nachdruck. »Er ist ein – ein Lebemann.« Es klang so, als sei sie stolz auf dieses Wort. »Ich glaube aber, daß nicht einmal er einer solchen Geschichte zustimmen würde, wenn sie nicht der Wahrheit entspräche.«

»Trotzdem haben Sie Ihr Urteil darüber auf Mrs. Cokes Charakter gestützt, nicht auf den seinen?« Er beobachtete dabei Terence Stowe und bemerkte, wie er kurz die Brauen zusammenzog. Einen Augenblick später lächelte er.

»David setzt sich über alle Konventionen hinweg«, erklärte er. »Sie werden damit etwas anfangen können, wenn auch meine Frau vielleicht nicht.«

»Ich weiß nicht, wie du dazu kommst, so etwas zu sagen«, zürnte sie und, so schien es jedenfalls Antony, sträubte zornig das Gefieder. Ich werde noch so schlimm wie diese Leute, dachte er, behielt seine Belustigung aber für sich.

»Weil du eine Frau bist, meine Liebe«, sagte Terence gelassen. »Aber da er nun einmal so ist, wie er ist, glaube ich nicht, daß seine Rolle in der ganzen Geschichte so schwer zu erklären ist. David ging auf Edwards reichlich bizarre Bitte ein, weil er sich in Elizabeth verliebt hatte und sie nur auf diese Weise haben konnte. Aus demselben Grund erklärte er sich bereit, ihre Angaben zu bestätigen.«

»Für mich klingt es gar nicht sehr nach Liebe, sich einer Frau aufzudrängen, die dazu gar nicht willens ist«, meinte Antony.

Terence runzelte wieder die Stirn, aber Joanna kam seiner Antwort rasch zuvor.

»Wir müssen David gegenüber gerecht sein«, sagte sie. »Ich

nehme nicht an, daß er sich über ihre innere Ablehnung im klaren war. Sie hatte solche Angst vor Edward –«

»Angst genug, um eine Bereitwilligkeit vorzutäuschen, die sie gar nicht empfand?«

»So muß es wohl gewesen sein, nicht wahr?«

»Das ist nicht die Antwort, die Mr. Maitland hören will, Joanna«, unterbrach ihr Mann. »Sag ihm, was Elizabeth dir erzählt hat, als du sie im Hotel angerufen hast.«

»Na ja, sie sagte, die Ehe sei nie vollzogen worden, aber Edward habe sie von Anfang an behandelt wie sein Eigentum, wie ein bloßes *Ding*«, erklärte Joanna nachdrücklich. »Ich glaube, er hat sie auch geschlagen, aber das würde sie natürlich nie zugeben.«

»Also da, glaube ich, tust du unserem Freund unrecht«, warf Terence ein.

»Mein Freund ist er nicht«, stellte Joanna mit Entschiedenheit fest.

»Meiner auch nicht mehr. Trotzdem, es gibt subtilere Methoden, jemanden zu terrorisieren, den man in seiner Gewalt hat, als körperliche Mißhandlung. Sogar Sie werden zugeben, Desmond, daß Edward kein schlichtes Gemüt ist.«

»Wer von uns ist das schon?« sagte Maitland leichthin, bevor sein Begleiter antworten konnte. Er war sich Barleycorns zunehmender Unbehaglichkeit im Verlauf des Gesprächs immer deutlicher bewußt geworden. »Im Brief war davon keine Rede, aber heißt das jetzt, Mrs. Coke behaupte, sie sei bis zu ihren Begegnungen mit David Barrie Jungfrau gewesen?«

»Sie sagt, sie sei Jungfrau gewesen, als sie Coke heiratete, was unter diesen Umständen auf dasselbe hinausläuft. Und Beweise kann es so und so nicht geben, Desmond«, sagte er und ließ seine Belustigung kurz erkennen. »Wenn sie vorher *Virgo intacta* gewesen ist, war sie es nach den Begegnungen mit David gewiß nicht mehr.«

»An die ich nicht glaube«, sagte Desmond hitzig, weil er sich nicht mehr zurückhalten konnte.

»Das ist, wie Ihr Kollege vorhin betont hat, Ansichtssache«, gab Terence zurück. »Ihre Einstellung wird, wie ich meine, von der Beziehung beeinflußt, in der Sie beruflich zu Edward stehen. Unsere Meinung ist da doch gewiß etwas weniger voreingenommen.«

»Und da Sie die Geschichte geglaubt haben, gaben Sie sie an einige Ihrer anderen Freunde weiter«, warf Maitland hastig ein.

»An ein, zwei Personen. Ich habe Desmond ihre Namen und Adressen schon gegeben.«

»Ja, wir suchen sie auf, falls das notwendig werden sollte«, versicherte Maitland. »Aber wir scheinen in diesem Zusammenhang schon alles erfahren zu haben, was wir brauchen.«

»Haß, Spott und Verachtung«, sagte Stowe nachdenklich. »Aber, wissen Sie, ich glaube nicht, daß Sie die geringsten Aussichten haben, wenn Sie beweisen wollen, es sei nicht wahr, was Elizabeth sagt. Und ich muß gestehen, daß ich für meine Person froh darüber bin. Wenn je eine Frau Anspruch auf Scheidung hatte, dann sie.«

»Wenn wir genau sein müssen«, sagte Joanna, die während dieses Wortwechsels im Hintergrund still vor sich hingebrodelt hatte, »war ich es, die das weitergegeben hat. Ich hielt das Elizabeth gegenüber nur für fair.«

»Ja, ich verstehe. Das scheint dann alles zu sein, was wir hier tun können«, fügte er hinzu, warf einen Blick auf Desmond und stand auf.

»Augenblick noch«, bat Terence Stowe hastig. »Da ist noch etwas, das Sie wissen sollten. Desmond hat vielleicht versäumt, es Ihnen mitzuteilen.«

»Ja?«

»Wenn Elizabeth nicht verzweifelt gewesen wäre, wenn sie sich imstande gefühlt hätte, noch sechs Monate auf ihre Scheidung zu warten, hätte sie sich auf diese höchst unerfreuliche Geschichte überhaupt nicht einzulassen brauchen.«

»Jetzt setzen Sie mich aber in Erstaunen, Mr. Stowe.«

»Sie hätte den unwiderruflichen Bruch der Ehe dadurch belegen können, daß sie Edwards Ehebruch mit einer Mitarbeiterin nachgewiesen hätte.«

Maitland stand schon, und Desmond hatte sich ebenfalls erhoben. Ohne sich umzudrehen, streckte er die Hand aus und legte sie auf den Arm seines Kollegen, weil er das Gefühl hatte, daß der junge Mann von einer Explosion nicht weit entfernt war.

»Also, wissen Sie, Mr. Stowe«, sagte er sachlich, »Sie können doch nicht beides haben. Entweder ist Edward Coke ein gefühlskalter Mensch, von dem man nicht einmal erwarten kann, daß er mit seiner eigenen Frau schläft, oder – oder er ist es nicht«, schloß er lahm.

Der Einwand mochte nicht gefällig ausgedrückt sein, aber den Sinn vermittelte er durchaus.

»Daran hatte ich nicht gedacht«, erwiderte Terence schleppend. »Trotzdem wird Joanna Ihnen sagen, daß Elizabeth ihre Zweifel an seiner Beziehung zu dieser Mary Jerrold hatte, und für mein Gefühl beweist das, wie verzweifelt die arme Elizabeth gewesen ist.« Er sprach in entschiedenem Tonfall, aber, wie Antony meinte, im Augenblick geradezu ins Blaue hinein.

Danach verabschiedeten sie sich unter angemessenen Höflichkeitsbezeugungen auf beiden Seiten und gingen zu Fuß zu der Stelle zurück, wo Desmonds Auto abgestellt war.

»Ich weiß, das war eine Qual für Sie, Desmond«, sagte Antony mitfühlend, als sie nebeneinander hergingen, »aber eine Zeitlang haben sie mich fast genauso geärgert.«

»Nur eine Zeitlang?«

»Na ja, um die Wahrheit zu sagen, ich bekam Zweifel daran, wieviel sie von dem, was sie erzählen, selbst glauben. Wahrscheinlich ist alles Einbildung«, fügte er achselzuckend hinzu, bevor er einen Blick auf seine Armbanduhr warf. »Ist es zu spät, um noch mit Miss Jerrold zu sprechen?«

»Auf der anderen Straßenseite steht eine Telefonzelle. Ich rufe sie von dort aus an«, erwiderte Desmond. »Und wenn Sie wissen wollen, was ich glaube: Ein ordentlicher Schluck ist genau das, was wir brauchen.«

7

Miss Jerrold war einverstanden und traf nur wenige Minuten nach den beiden Männern zur vereinbarten Zeit in dem Pub ein, das Maitland als Treffpunkt vorgeschlagen hatte. Das Lokal war noch nicht lange geöffnet, und eine Weile hatten sie es für sich.

Mary war ein hübsches Mädchen mit einer Mähne brauner Haare

und der sanften Art, die Antony so oft beschrieben gehört hatte, wenn von Elizabeth Coke die Rede gewesen war. Möglich, daß Edward sich von ihr angezogen fühlte, daß sie sein Typ war, aber im Verlauf des Gesprächs gelangte er zu der Meinung, daß in diesem Fall wenigstens nichts vorgetäuscht wurde. Sie war wirklich zurückhaltend – für seinen Geschmack vielleicht ein bißchen zu sehr – und an ihrer echten Zuneigung zu ihrem Arbeitgeber konnte es keinen Zweifel geben.

Sie wartete nur, bis die Vorstellung erfolgt war, um Maitland höflich mit den Worten zu begrüßen: »Ich bin so froh darüber, daß Sie Desmond helfen«, bevor sie sich Desmond zuwandte und eifrig fragte: »Haben Sie etwas herausfinden können, wie stehen seine Chancen?«

Desmond zeigte einen gehetzten Ausdruck und warf seinem Begleiter einen verzweifelten Blick zu.

»Wir ... ermitteln noch«, sagte er vorsichtig.

»Ach, seien Sie nicht albern, Desmond. Sie drücken sich aus wie ein Polizeibeamter. Ich möchte wirklich wissen –«

»Nehmen Sie es ihm nicht übel, Miss Jerrold. Obwohl Sie in derselben Kanzlei arbeiten, muß er diskret vorgehen, wie Sie wissen. Ich kann Ihnen nur sagen, daß wir viele Meinungen und sehr wenige Fakten gehört haben. Aber auf lange Sicht könnte manches von Nutzen sein.« Er hatte in dieser Beziehung eigentlich nicht viel Hoffnung, aber das auszusprechen, schien doch zu unfreundlich zu sein.

»Ich weiß genau, was Sie meinen«, erwiderte Mary. »Es hat alles nichts geholfen.« Er sollte, als er sie näher kennenlernte, dahinterkommen, daß sie zwei Persönlichkeiten in sich vereinigte: die Juristin, die so viel Durchblick hatte wie nur irgendein Mann, und eine sehr weibliche.

»Ich fürchte, das ist wahr«, gab er reumütig zu. »Auf alle Fälle –«

»Es gab sonst nichts, was er tun konnte, Mr. Maitland, das verstehen Sie doch«, sagte sie ernsthaft. »Als diese schreckliche Anschuldigung aufgestellt wurde, mußte er die Verleumdungsklage erheben, weil es sonst so ausgesehen hätte, als gäbe er alles zu. Und wenigstens wird er sich vor Gericht äußern und sie bestreiten können. Ich nehme an, wenigstens ein paar Leute werden ihm glauben«, fügte sie traurig hinzu.

»Sie glauben ihm, nehme ich an, Miss Jerrold?« fragte Antony lächelnd.

»O ja, natürlich, aber bei mir ist das etwas anderes –, denn ich liebe ihn«, sagte sie schlicht. »Und Sie brauchen mich nicht daran zu erinnern, daß es hoffnungslos ist, Desmond, selbst wenn es dieser Frau gelingt, sich von ihm scheiden zu lassen. Seine Prinzipien würden nicht zulassen, daß er mich heiratet, und ich mag ihn genauso, wie er ist, ich möchte ihn nicht anders haben.«

»Er hat ein paar gute Freunde«, meinte Maitland bewußt vage.

»Und manche nicht so gute. Mr. Stowe hat schon eine andere Kanzlei bevollmächtigt, und ich bin sicher, sobald Mr. Marrie die Zeit findet... aber weshalb wollten Sie mich eigentlich sprechen? Ich weiß nichts, außer, daß er das, was sie behauptet, nie und nimmer getan haben kann.«

Zum erstenmal ging Antony auf, daß sein Begleiter ihn in eine peinliche Situation gebracht hatte.

»Miss Jerrold«, begann er und verstummte sogleich wieder. »Es geht mir nicht um Ihre gerichtliche Aussage«, fuhr er nach einer Weile fort.

»Ich habe auch nichts zu sagen. Ich meine, Elizabeth habe ich nie gemocht, aber die Leute würden natürlich behaupten, das sei nur Eifersucht.«

»Das fürchte ich auch. Und da Sie mir die Ehre erwiesen haben, aufrichtig zu sein, Miss Jerrold, verübeln Sie es mir vielleicht nicht, wenn ich ein warnendes Wort ausspreche. Sollte die Verteidigung im Verleumdungsverfahren in irgendwelche Schwierigkeiten geraten, würde man möglicherweise versuchen, Ihren Namen mit hineinzuziehen.«

»Ich wüßte nicht, wie das möglich sein sollte. Zwischen uns ist nie etwas gewesen. Ich weiß nicht einmal, ob Edward mich überhaupt mag.«

»Sie kennen ihn aber nicht nur beruflich, sondern auch privat?«

»Ja, in der Kanzlei ging es immer sehr freundschaftlich zu, und ich bin jetzt drei Jahre dort, seit kurz vor seiner Heirat.«

»Haben Sie Elizabeth Coke schon vor dieser Zeit gekannt?«

»Nein. Ich war natürlich bei der Hochzeit, und sie war sehr lieb zu mir, wenn auch ziemlich von oben herab. Ich habe das noch zu keinem Menschen gesagt, weil es so gehässig klingt«, fügte sie mit einem Lächeln an. »Alle Männer waren von ihr hingerissen, sie ist ja auch sehr charmant, und die meisten Frauen, die sie dort erst kennenlernten, schienen sie so zu nehmen, wie sie sich gab. Wenn ich das zu Ihnen gesagt hätte, wäre Ihre Reaktion dieselbe gewesen, Desmond, nicht?«

»Keineswegs«, erklärte Desmond mannhaft. »Außerdem wußte ich damals noch nicht –«

»Ich auch nicht. Erst im vergangenen Jahr –« Sie zögerte und fuhr dann mit fester Stimme fort: »Da ich bisher so offen zu Ihnen gewesen bin, Mr. Maitland, sage ich lieber gleich alles. Es mag ja seltsam klingen, das von einem verheirateten Mann zu behaupten, aber ich begann zu spüren, daß er sehr einsam war. Wir sprachen viel mehr miteinander. Das fing natürlich mit dienstlichen Dingen an und dehnte sich dann aus. Nach einiger Zeit veranlaßte mich das dazu, meine eigenen Empfindungen zu überprüfen, und dabei wurde mir klar, wie ich zu ihm stand. Ich bin wohl keine gute Schauspielerin«, fügte sie traurig hinzu. »Alle haben es gemerkt, genau wie Desmond auch.«

»Sie haben es mir selbst erzählt«, erinnerte Desmond.

»Ja, aber erst, als für mich feststand, daß Sie es ohnehin schon wußten.«

»Das spielt keine Rolle«, erklärte Maitland. »Es könnte nur Mutmaßung sein, Meinungssache, für das Gericht ohne Belang. Aber könnte beispielsweise behauptet werden, daß Sie länger mit ihm allein waren, als die erwähnten dienstlichen Dinge es rechtfertigen würden?«

»Nun ja, wir verbrachten gewiß mehr Zeit miteinander als vorher. Manchmal holte er mich zum Vormittagskaffee oder zum Tee am Nachmittag in sein Büro, und wir unterhielten uns über alles mögliche. Den Kollegen mag das aufgefallen sein, vor allem Miss Bagley, Edwards Sekretärin, die schon bei seinem Vater arbeitete, als der noch lebte. Ich glaube, sie mag mich, und an Edward hängt sie ganz gewiß, so daß sie nicht mehr angeben würde, als der Wahrheit entspricht. Aber unter Eid würde sie sich vielleicht verpflichtet fühlen, zuzugeben, daß sie den Unterschied bemerkt hat.«

»Ja, das ist mir klar. Und haben diese Begegnungen im Büro ... zu mehr geführt, Miss Jerrold?«

»Ich habe schon gesagt, daß von dieser Art Beziehung zwischen uns nie etwas gewesen ist.«

Er lächelte sie unvermittelt an.

»Sie vergessen, daß ich Mr. Edward Coke kennengelernt habe«, wandte er ein.

»Sie meinen, er ist – sehr ehrlich«, sagte sie mit einem leichten Zögern. »Das ist völlig richtig, aber ich versichere Ihnen noch einmal, daß ich keine Ahnung habe, ob er mich wirklich mochte. Sie wollten wissen –«

»Ich meinte nur: Hat es Treffen zwischen ihnen außerhalb der Kanzlei gegeben, von denen jemand erfahren haben könnte?«

»Wir haben zweimal zusammen zu Abend gegessen, als wir viel Arbeit hatten und Elizabeth fort war.«

»Das klingt nicht sehr verworfen. Ich glaube nicht, daß wir uns vom Standpunkt unseres Mandanten aus in dieser Hinsicht große Sorgen machen müssen«, fügte er hinzu und sah Desmond an. »Jedenfalls nicht im Rahmen der Verleumdungsklage. Mrs. Coke versucht ja schließlich den Eindruck zu erwecken, ihr Ehemann habe kein ausgeprägtes Interesse an sexuellen Dingen. Sie würde keine Veränderung an diesem Bild wünschen.«

»Sie sagten, was die Verleumdungsklage angeht«, gab Desmond zurück. »Und wenn wir obsiegen?«

»In diesem unwahrscheinlichen Fall könnte es anders aussehen, wenn die Scheidung verhandelt wird.«

»Was würde Elizabeth Ihrer Meinung nach tun?«

»Ich halte es durchaus für möglich, daß sie den Antrag zurückzieht, wartet, bis die drei Jahre vorüber sind, und inzwischen versucht, Beweise für Edwards eheliche Untreue zu erbringen. Ich freue mich, Gelegenheit gehabt zu haben, mit Ihnen zu reden, Miss Jerrold, weil ich glaube, daß sogar diese unschuldigen Zusammenkünfte zwischen Ihnen vorübergehend aufhören müssen. Wollen Sie in diesem Punkt meinen Rat annehmen?«

»Ja, natürlich. Ich würde nichts tun, was Edward schaden könnte, und selbst wenn ich eine ganz eigensüchtige Person wäre, würde das nichts nützen«, meinte sie ergänzend. »Scheidung oder nicht, für ihn wäre das kein Unterschied. Und ich glaube, ich wäre ohnehin vernünftig genug, vorsichtig zu sein, Mr. Maitland, weil ich ganz sicher bin, daß Elizabeth von meinen Gefühlen etwas ahnt.«

»Tut sie das wirklich? Sie sagten, sie sei verbindlich, aber herablassend gewesen, als Sie Mrs. Coke bei der Hochzeit kennenlernten.«

»Ja, das ist richtig. Aber wenn ich in der letzten Zeit mit ihr zusammentraf – sie kam manchmal ins Büro, und manchmal wurden Desmond und ich in ihr Haus zum Abendessen eingeladen –, fiel mir auf, daß sie mich ein bißchen merkwürdig ansah, und manche Bemerkungen von ihr klangen sehr sarkastisch. Ich weiß nicht, ob Sie verstehen, was ich meine.«

»Gehässig, um Ihr Wort zu gebrauchen«, sagte Antony und lenkte das Gespräch beinahe gewaltsam auf ein anderes Thema. »Wenn wir schon zusammen reden: Kennen Sie David Barrie?«

»Er war bei einigen Abendeinladungen dabei. Ich kann nicht behaupten, daß ich ihn besonders gut leiden konnte. Wenn *er* ein paar ausgefallene Vorlieben hätte, wie man sie Edward andichtet, würde mich das nicht im geringsten wundern.«

»Aber Sie wissen nichts, was eine solche Mitteilung bekräftigen könnte?«

»Nein, und ich darf wohl sagen, daß ich voreingenommen bin, weil ich das, was er und Elizabeth machen, so verabscheue.«

»Ich glaube, Sie kennen auch Mr. und Mrs. Stowe.«

»Nicht näher. Ich habe sie bei den Cokes genauso getroffen wie David Barrie. Haben sie von mir gesprochen?« fragte sie argwöhnisch.

»Ihr Name ist gefallen«, antwortete Antony ausweichend. »Trinken Sie aus, Miss Jerrold, dann trinken wir noch ein Glas, bevor wir alle unserer Wege gehen.«

8

Maitland kehrte gegen sieben Uhr in ein Haus zurück, wo alles still war. Bis auf Gibbs schien niemand dazusein. Gibbs war Sir Nicholas' eigensinniger alter Butler, der sich weigerte, in den Ruhestand zu treten. Er lauerte, wie üblich, im Hintergrund der Halle. Das Arbeitszimmer, in dem Sir Nicholas sich am liebsten aufhielt, lag im Dunkeln.

»Lady Harding und Mrs. Maitland sind vor einiger Zeit nach Hause gekommen«, erklärte Gibbs, dem es irgendwie gelang, daß sogar diese schlichte Mitteilung von Mißbilligung troff. »Sie finden Sie beide oben.«

»Wo ist mein Onkel?«

»Sir Nicholas speist, wie Sie sich vielleicht entsinnen«, (wie Sie sich entsinnen *müßten*, war gemeint), »mit Mr. Halloran.«

»Ah ja, natürlich. Danke, Gibbs. Gute Nacht.« Als er hinaufging, fiel ihm ein, daß Vera als ehemalige Strafverteidigerin ebenfalls eingeladen gewesen war, sich aber entschuldigt hatte, weil sie der Meinung war, in einer sonst rein männlichen Versammlung eine Art Fremdkörper zu sein. Er nahm trotz seiner Müdigkeit auf dem letzten Treppenabsatz zwei Stufen auf einmal, und stürzte ins Wohnzimmer, bevor seine Frau Zeit gefunden hatte, in die Diele zu gehen und ihn zu begrüßen.

»Lebt ihr beiden noch?« fragte er besorgt.

»Wie du siehst«, sagte Vera. Sie wandte sich um und lächelte ihn an. Sie saß mit Jenny zusammen auf dem Sofa. Ihre dichten grauen Haare ließen sich von den Haarnadeln diesmal noch weniger bändigen als sonst. »Hatte meine erste Fahrstunde«, verkündete sie stolz. »Oder was hast du gemeint?«

»Ich hole dir was zu trinken«, sagte Jenny, »aber ich warne dich, wir sind dir schon um ein Glas voraus.« Sie ging zum Ecktisch, um Sherry einzugießen; vermutlich dachte sie, er brauche etwas, um seine Sorgen und Ängste zu beschwichtigen. »Vera wird einmal eine sehr gute Autofahrerin«, berichtete sie mit Entschiedenheit, aber sie drehte ihnen den Rücken zu, so daß er ihr Gesicht nicht beobachten konnte.

»Was das betrifft«, sagte er und ging an seinen gewohnten Platz auf dem Kaminvorleger, »bin ich euch schon zwei Gläser voraus, aber es waren ganz kleine. Soll ich das Feuer anzünden? Ich glaube, es wird kühl.«

»Das halte ich für eine sehr gute Idee«, meinte Jenny, als sie zurückkam. »Hier ist dein Sherry, Antony. Trink ihn und mach kein so argwöhnisches Gesicht.«

»Finde, daß er jedes Recht hat«, erklärte Vera. »Wenn du die Wahrheit hören willst, ich glaube, ich hab' zwei linke Hände«, fügte sie hinzu, in Fragen der Sprache nicht so streng wie ihr Mann.

»Solange ihr euch nicht beide umbringt«, sagte Antony zweifelnd. »Das Zentrum von London ist nicht die richtige Gegend für einen Anfänger.«

»Wir sind im Park geblieben, so gut wir konnten«, erklärte Jenny, »und ich gebe dir nicht recht. Wer in London fahren kann, kommt überall zurecht.«

»Denke an mein Alter«, warnte Vera. »Man sollte da nicht mehr anfangen.« Sie verstummte und betrachtete ihn prüfend, auf eine Art, die ihn auf unbehagliche Weise an seinen Onkel erinnerte. »Reden, damit geredet ist«, ermunterte sie. »Dich bedrückt etwas.«

Er nahm sein Glas vom Kaminsims neben der Uhr und ließ sich in dem Sessel nieder, den sonst Sir Nicholas bevorzugte.

»Es ist der Fall, über den wir neulich abends gesprochen haben«, erklärte er, »als Onkel Nick meinte, Mallory entwickele in seinem Alter noch Humor, wenn er uns gegeneinander antreten lasse. Eine recht scheußliche Geschichte.«

»Hast du das Mandat angenommen?«

»Ja.«

»Und Nicholas wird dir wohl mitgeteilt haben, daß er eben die Verteidigung im Verleumdungsprozeß übernommen hat.«

»Ja, das hat er mir gesagt. Ich bin ganz froh, daß er heute abend fort ist, Vera, weil ich mit dir gern darüber sprechen möchte und das nicht tun könnte, wenn er dabei wäre. Und zum erstenmal in seinem Leben kann er sich nicht darüber beklagen, ich ließe ihn im dunkeln tappen«, fügte er mit einiger Befriedigung hinzu.

»Bei mir sicher«, sagte Vera.

»Das weiß ich. Die Sache ist nur die: Ich habe heute mit allen diesen Leuten gesprochen...«

»Mit welchen Leuten?« fragte Vera, die Wert auf Genauigkeit legte.

»Zum einen mit Owen Barrie, dem Vater eines der Hauptzeugen von Onkel Nick. Außerdem mit einem Mädchen, das hoffnungslos in meinen Mandanten verliebt ist.«

»Armes Ding«, bedauerte Jenny. »Erwidert er ihre Zuneigung nicht?«

»Du darfst nicht vergessen, was ich dir über ihn erzählt habe. Er hält nichts von Scheidung und würde mit Gewißheit selbst dann nicht wieder heiraten, wenn seine Frau ihren Willen durchsetzt. Von Happyend also keine Rede, fürchte ich.«

»Da ich mir jahrelang Onkel Nicks Predigten über die Heiligkeit des Ehelebens angehört habe, sollte ich da wohl Beifall zollen«, meinte Jenny, »aber ich kann mir nicht helfen, wenn sie mir leid tut.«

»Mir auch, weil sie eine Frau voller Liebe und Hingabebereitschaft ist, die ganz aufrichtig seine Interessen vor die ihren stellt. Aber was den Rechtsfall angeht, nützt sie uns überhaupt nichts. Desmond – mein Solicitor in der Sache, Vera – wollte nur, daß ich sie warnend auf die Möglichkeiten hinweise, falls die Verleumdungsklage zu unseren Gunsten entschieden werden sollte.«

»Das klingt nicht sehr hoffnungsvoll.«

»Bin ich auch nicht. Die anderen Leute, mit denen ich gesprochen habe, sind die Zeugen für die Veröffentlichung der Verleumdung und den Schaden, der dem Ruf meines Mandanten zugefügt wurde. Sie sind enge Freunde der Familie, und ich muß zugeben, daß ich gehofft hatte, irgendwo etwas Greifbares in die Hand zu bekommen.«

»Was denn?«

»Irgend etwas, mit dem Mrs. Cokes Behauptung widerlegt werden könnte.«

»Muß dir das sagen, Antony. Nicholas läßt sich nicht leicht etwas vormachen.«

»Ja, das ist mir völlig klar. Bei Bellerby ist das eine andere Sache. Geoffrey und ich behaupten im Spaß, er sei die Verkörperung des Prinzips: ›Sei nett zu deinen Mandanten.‹ Trotzdem könnte Onkel Nick sich irren, weißt du.«

»Du dich auch«, erklärte Vera unverblümt.

»Das glaube ich nicht, weil ich auf eine Theorie gekommen bin, die Mrs. Cokes Verhalten erklären könnte. Aber Edward Coke hat nichts zu gewinnen als die Befriedigung, an seinen Grundsätzen festzuhalten.«

»Und dieser andere Zeuge, der ihre Behauptung bestätigt?«

»Er ist eher ein Rätsel, aber meine Theorie erklärt auch sein Verhalten zum größten Teil. Ich glaube, Elizabeth Coke war gezielt auf der Jagd nach Geld, sie nahm die Stelle bei Edward Cokes Tante Harriet nur an, weil sie hoffte, im Testament bedacht zu werden, wenn nicht schon vorher finanzielle Vorteile zu erwarten waren.« Er erläuterte seine Vorstellungen ganz so, wie er sie Desmond Barleycorn dargelegt hatte. »Das würde alles erklären, Vera«, sagte er abschließend. »Findest du nicht?«

»Gefällt mir nicht«, meinte Vera.

»Aber hältst du es für möglich, daß etwas dran ist?« drängte er.

»Leider ja.«

»Vera, es tut mir leid. Ich weiß, du möchtest, daß Onkel Nick recht behält.«

»Nicht so heftig, daß ein falsches Urteil herauskommen soll«, widersprach Vera. »Und nach all dem, was du sagst, hast du keine konkreten Anhaltspunkte; nur Vermutungen, die man vor Gericht kaum vorbringen kann. Keinerlei Beweise.«

»Richtig. Das ist es, was mir Sorgen bereitet. Ich habe nichts vorzuweisen und kann nichts anderes tun, als vor Gericht gehen und beim Kreuzverhör mein Möglichstes tun. Du weißt, wie aussichtslos das sein kann. Mich persönlich schert es keinen Deut, ob ich gewinne oder verliere –«

»Wirklich nicht, Antony?« fragte Vera in einem Tonfall, der bei ihr sanft zu nennen war.

Er gab nicht vor, sie mißzuverstehen.

»Na ja ... vielleicht. Ich gebe zu, daß die meisten meiner Mandanten ausgesprochene Halunken sind, aber viele haben auch liebenswerte Züge an sich. Wenn sie schuldig sind, kann ich mich wenigstens mit dieser Überlegung trösten, während ich mir bei Edward Coke völlig sicher bin ... und das, was man ihm vorwirft, ist noch dazu so gemein.«

»In diesem speziellen Fall –« sagte Vera, die es wörtlich nahm.

»Ich weiß, ich weiß, der Kläger ist er. Aber du weißt ganz genau, was ich meine, Vera.«

»Allerdings«, gab sie zu. »Könntest du ihn nicht dazu überreden, das Scheidungsbegehren unwidersprochen zu lassen, sobald die drei Jahre vorüber sind? Auch wenn er das tut, braucht er selbst seine Grundsätze nicht aufzugeben.«

»Das habe ich anfangs versucht, aber er gab keinen Millimeter nach. Außerdem hat sich die Geschichte jetzt im ganzen Freundeskreis verbreitet, er hat mindestens einen Mandanten verloren, und es wird sicher nicht mehr lange dauern, bis alle anderen auch Bescheid wissen.«

»Ja, eine ganz schlimme Situation. Gibt es irgend etwas, was ich tun könnte, Antony?«

»Überhaupt nichts, außer mir zu helfen, das Thema im Gespräch zu meiden, wenn wir alle zusammen sind«, sagte Antony kleinlaut.

»Es ist das erste Mal, daß ich einen Fall nicht mit Onkel Nick besprechen kann, Liebes«, bedauerte er später, als sie allein waren, gegenüber Jenny, »und ich könnte nicht behaupten, daß mir das auch nur im entferntesten behagt.«

TEIL II

Coke gegen Coke

Mittwoch, erster Verhandlungstag

I

Sir Nicholas schien den Stand der Dinge, der seinen Neffen so bedrückte, allerdings gleichmütig aufzunehmen. Die Osterpause kam und ging vorüber, neue Akten trafen in der Kanzlei ein und wurden, je nach Laune des alten Mr. Mallory, angenommen oder zurückgewiesen. In Maitlands Arbeitszimmer fanden mehrere Besprechungen mit Desmond Barleycorn und Edward Coke statt, und Antony zog seinen Freund und Kollegen Derek Stringer, der ebenfalls in Sir Nicholas' Kanzlei tätig war, als Mitarbeiter bei der Verhandlung hinzu. Derek reagierte belustigt, als er erfuhr, daß Sir Nicholas als Verteidiger auftreten würde, aber Antony war keineswegs davon überzeugt, daß er Edward Cokes Beteuerungen für bare Münze nahm. »Zu gut, um wahr zu sein«, sagte er einmal und schüttelte bedauernd den Kopf, als die beiden Solicitors gegangen waren. Sie hatten jedoch schon oft zusammengearbeitet und waren fast jedesmal uneins über Schuld oder Unschuld ihrer Mandanten gewesen. Für Maitland bestand kein Zweifel daran, daß Derek, ohne Rücksicht auf seine private Meinung, ihn voll und ganz unterstützen würde.

Bei seinem letzten Auftreten in einem Verleumdungsprozeß hatte Bruce Halloran die Klägerseite vertreten und er zusammen mit Derek verteidigt. Es war sonderbar, Sir Nicholas als Widerpart zu haben; als sein Stellvertreter fungierte Mr. Hawthorne, ein junger Mann ohne große Erfahrung, aber durchaus tüchtig. Als Maitland sie betrachtete, kam ihm zum erstenmal der Gedanke – später schalt er sich wegen seiner Begriffsstutzigkeit naiv – daß Mallory nicht so darauf gedrungen hätte, seinen Chef zur Annahme des Mandats zu bewegen, wenn nicht ein hohes Honorar zu erwarten gewesen wäre. Freilich hatte Sir Nicholas oft auch für wenig oder gar kein Entgelt seine Dienste zur Verfügung gestellt, aber nie ohne Zustimmung seines Bürovorstands. Irgend jemand mußte für die Kosten aufkommen, Elizabeth Coke selbst konnte nicht viel Geld haben; Antony glaubte, im Hintergrund Owen Barries Hand zu erkennen.

Aber eines hatte sich gegenüber seinem letzten Auftritt in einer Verleumdungssache nicht geändert. Den Vorsitz führte Richter Lovejoy. Nach Maitlands sicherem Wissen sprach er schon seit mindestens fünf Jahren davon, in den Ruhestand treten zu wollen, aber wenn man ihn so sah – einen hochgewachsenen Mann, in seiner Robe überaus eindrucksvoll – ließ er nicht erkennen, daß das bald bevorstand oder auch nur zu wünschen gewesen wäre. Es hieß manchmal von ihm, er begreife schwer, eine Erfindung jener Anwälte, die vor ihm aufgetreten waren und seine endlosen Fragen scheuten. An diesem Vormittag sagte Maitland sich nur, daß es für die Kläger besser sein mochte, wenn sich das bewahrheitete.

Er war durchaus daran gewöhnt, im Gerichtssaal zuversichtlich aufzutreten, sogar dann, wenn er innerlich von der Aussichtslosigkeit seiner Sache überzeugt war, aber an diesem Tag fiel ihm das bei seinem Eröffnungsplädoyer schwerer als sonst. Das lag vielleicht an seiner Erkenntnis, Sir Nicholas wisse ebensogut wie er, daß die Klägerseite ihr Vorbringen nicht würde beweisen können. Es gab für ihn keinen Zweifel, daß Vera sich an die Abmachung gehalten und darauf verzichtet hatte, seine Sicht des Falles mit ihrem Mann zu besprechen, aber Onkel Nick kannte ihn so gut, viel zu gut, als daß das noch angenehm gewesen wäre.

»Es handelt sich hier um einen besonders bedrückenden Fall, Mylord«, begann er, »nicht nur deshalb, weil die gegen meinen Mandanten erhobene Beschuldigung so unerquicklich ist, sondern weil er eine eheliche Zwistigkeit betrifft, eine Entzweiung von zwei Menschen, die eigentlich besonders eng verbunden sein sollten. Ich muß mich daher, bevor ich beginne, dafür entschuldigen, daß die Fakten, auf die ich abheben muß, so widerwärtig sind, nicht nur für Eure Lordschaft, sondern auch für die Geschworenen, zumal Damen sich unter ihnen befinden. Es hat den Anschein...«

Das war reine Routine, er wußte auswendig, was er vorzubringen hatte, und zumindest mit halber Aufmerksamkeit konnte er sich auf ungeordnete Weise mit anderen Dingen beschäftigen. Er fand, daß die drei weiblichen Mitglieder der Jury besonders hartgesotten aussahen und von dem, was sie hörten, vermutlich weniger schokkiert sein würden als er, obwohl er von sich glaubte, es könne ihn nichts mehr überraschen. Außerdem erinnerte er sich verschwommen an einen früheren Fall von Verleumdung, bei dem der Richter den weiblichen Zuhörern im Saal geraten hatte, sich zurückzuziehen, damit ihre Empfindsamkeit nicht zu sehr in Mitleidenschaft gezogen werde. Nicht eine einzige war dem Rat gefolgt. Und war es heutzutage überhaupt noch möglich, Mitgefühl für einen verleumdeten Mann zu erwecken, gleichgültig, wie widernatürlich die Dinge waren, deren man ihn beschuldigte? Er tat bei den Fakten jedoch sein Bestes, obwohl sie mehr Zeit beanspruchten, als er ihnen hatte widmen wollen. Am Ende sah er sich dazu gezwungen, Derek Stringers rechte Hand zu beobachten, die ruhig mitschrieb. Er wußte, daß sein Mitarbeiter ihm ein Zeichen geben würde, wenn er der Meinung war, es sei nun genug gesagt worden. Da, jetzt kam es... Derek ließ den Kugelschreiber fallen und rieb sich die Hand, als seien die Finger steif geworden.

»Mrs. Coke, Mylord«, sagte Maitland hastig zum Abschluß, »verteidigt sich den Anträgen zufolge mit der Wahrnehmung berechtigter Interessen. Ich hoffe, daß wir Ihnen und den Angehörigen der Jury beweisen können, wie unwahrscheinlich das ist. Ich brauche mich nicht bei der Tatsache aufzuhalten, daß der alte Spruch, je ärger die Wahrheit, desto größer die Verleumdung, nicht mehr gültig ist. Ich bin sicher, Euer Lordschaft wird sich Mühe geben, sie von solchen Überlegungen abzubringen, wenn der Zeitpunkt gekommen ist, die Argumente zusammenzufassen.«

»Ich bin Ihnen für Ihr Vertrauen in mich verbunden, Mr. Maitland«, sagte Richter Lovejoy trocken, als der Vertreter der Klage wieder seinen Platz einnahm. »Obwohl ich eher der Meinung gewesen wäre, es sei Sache der Verteidigung... nun gut.« Er blickte auf die Uhr. »Wir haben etwas verspätet angefangen, und da Ihre

Ausführungen einige Zeit in Anspruch genommen haben, unterbrechen wir die Sitzung vielleicht ohne weitere Umstände zur Mittagspause.«

»Gar nicht schlecht«, murmelte Sir Nicholas, als sein Neffe beim Hinausgehen an ihm vorbeikam, »da wir beide uns doch klar darüber sind, daß du überhaupt nichts hast, worauf du diesen Optimismus gründen könntest.«

Maitland lächelte ihn an und setzte eine rätselhafte Miene auf. Es hatte aber gar keinen Zweck; wie ihm schon durch den Kopf gegangen war, als er mit seiner Rede begonnen hatte, kannte Sir Nicholas ihn viel zu gut.

Gleich nach der Mittagspause wurde Primrose Ross in den Zeugenstand gerufen. Sie neigte heute zum Piepsen, wie Maitland das für sich wenig freundlich nannte, aber vom Standpunkt des Klägers aus war ihr Bericht über den Erhalt des Briefes – der gleichzeitig als Beweisstück Aufnahme fand – völlig klar. Es war unübersehbar, daß sie ihren Eid ernst nahm. Was sie auf direkte Befragung sonst noch zu sagen hatte, hielt sich eng an die Antworten, die sie Maitland in ihrer Wohnung gegeben hatte, aber trotzdem verspürte Antony einen Stich der Besorgnis, als Sir Nicholas sich zum Kreuzverhör erhob. Er hatte das Gefühl, daß Miss Ross als Zeugin eher eine Belastung als ein Aktivposten sein würde.

»Also, Madam, mein gelehrter Freund, Mr. Maitland«, begann Sir Nicholas und hatte offenkundig Mühe, nicht ›mein Neffe‹ anzufügen, »hat es schicklicherweise vermieden, Sie über den Inhalt des Briefes näher zu befragen. Ich möchte eine Dame von Ihrer Empfindsamkeit nicht quälen, aber es gibt ein, zwei Dinge, die ich Sie dennoch fragen muß. Zum Beispiel: Ich bilde mir ein, nicht nur ich allein finde es ein wenig seltsam, daß Sie diese Mitteilung Mr. Edward Coke gezeigt haben.«

»Ich konnte mich nicht beherrschen!« antwortete Primrose. »Sie haben ganz recht mit Ihrer Annahme, daß das für mich ein schwerer Schock gewesen ist« – dabei handelte es sich um eine recht freie Auslegung dessen, was Sir Nicholas gesagt hatte, aber er versuchte nicht zu widersprechen – »meine Freundin Elizabeth ist, wie Sie selbst wissen müssen, da Sie sie vertreten, eine so liebe Person, daß ich den Gedanken nicht ertragen konnte, sie einer solchen Behandlung ausgesetzt zu sehen, und zwar nicht nur einmal, sondern offenbar des öfteren.«

»Sie zögerten also nicht, das, was sie in dem Brief schrieb, zu akzeptieren?«

»Keine Sekunde. Sie würde niemals die Unwahrheit sagen, und bei solchen Dingen –«

»Gewiß, gewiß. Sie haben meinem – meinem gelehrten Freund erklärt, ganz ähnliche Empfindungen hätten Mrs. Coke dazu veranlaßt, Ihnen zu schreiben. Sie hätte ihren Zorn über die Geschehnisse nicht unterdrücken können.«

»Ganz richtig. Sie ertrug es, solange sie konnte, dann verließ sie ihn, und da alles an den Tag kommen mußte, nehme ich jetzt an, daß sie dachte, es sei keine Schande, wenn sie sich mir anvertraute. Ich glaube behaupten zu dürfen, daß ich ihre engste Freundin bin.«

»Mein Freund hat Sie auch darauf hingewiesen, daß der Brief eine gewisse Schadenfreude verriet.«

»Das hat er gesagt, aber ich bin ganz und gar nicht seiner Meinung. Selbstverständlich war sie froh darüber, einem solchen Ungeheuer entronnen zu sein.«

»Danke, Miss Ross.« Sir Nicholas sagte es beinahe schnurrend vor Zufriedenheit, wie sein Neffe unbehaglich dachte. »Habe ich das richtig verstanden? Ihr erster Gedanke war, sofort zu Mr. Coke zu gehen?«

»O nein, durchaus nicht. Als erstes rief ich Elizabeth an. Sie war in ein Hotel gezogen und hatte mir auf dem Briefpapier dieses Hauses geschrieben.«

»Verstehe. Und sie bestätigte, was sie Ihnen geschrieben hatte?«

»Das war keineswegs der Grund meines Anrufs. Ich wollte wissen, ob sie zurechtkam. Ich hätte sie gern bei mir aufgenommen, wenn ihr der Sinn nach Gesellschaft gestanden hätte, aber sie sagte, sie wolle lieber allein sein.«

Auch das hatte sich als Sackgasse erwiesen, dachte Maitland betrübt. Desmond Barleycorn hatte eine bekannte Detektei beauftragt, aber Mrs. Cokes Verhalten seit dem Verlassen ihres Mannes war ohne jeden Makel gewesen.

»Dann haben Sie Mr. Coke aufgesucht?« fuhr Sir Nicholas fort.

»Nein ... nein. Zuerst habe ich mit zwei Freundinnen gesprochen, Fran Walpole und Joanna Stowe. Nur, wissen Sie« – ihr Tonfall wurde vertraulich, und in Antony keimte der Verdacht auf, daß sie die Vorstellung genoß – »durch die Gespräche mit ihnen wurde mir die Sache erst richtig klar. Ich war einfach wütend, und als Edward mich besuchte ... so war das, nicht anders herum.«

»In der Tat?« sagte Sir Nicholas, ganz so, als habe er das nicht schon die ganze Zeit gewußt. Aus irgendeinem Grund, vermutlich einem hinterhältigen, dachte Maitland gereizt, mußte er das Gefühl gehabt haben, aus dem Mund der Zeugin klinge das eindrucksvoller.

»Ja, und er begann alles zu bestreiten, also drückte ich ihm den Brief in die Hand. Und er behielt ihn einfach!«

»Gegen Ihren Wunsch?«

»Na ja – nicht direkt. Um die Wahrheit zu sagen, ich vergaß, ihn zurückzuverlangen.«

»Ja, das ist mir jetzt klar, Miss Ross. Danke. Ich glaube, das ist alles, was ich Sie fragen wollte.«

Maitland war wieder auf den Beinen, noch bevor sein Onkel sich wieder gesetzt hatte.

»Nur zwei Punkte, Miss Ross«, sagte er.

»Ja, bitte?«

»Kam, als Sie mit Mrs. Coke sprachen, die Rede darauf, daß Sie die Absicht hatten, ihre Angelegenheiten anderen Menschen mitzuteilen?«

»Ich hielt es einfach für richtig, daß ihre Freunde davon erfahren sollten.«

»Gut, aber das war nicht meine Frage. War die Rede davon, als Sie mit Mrs. Coke sprachen?«

»Nicht ausdrücklich, aber ich glaube, sie wußte, was ich vorhatte. Ich sagte ungefähr: ›Das ist so gemein, daß alle es erfahren müssen‹, und sie widersprach mir nicht.«

»Verstehe. Und Sie haben an ihrem Brief nichts überraschend gefunden?«

»Schockierend, ja. Nicht überraschend.«

»Ich habe die Überlegung angestellt, Miss Ross –«

»Zwei Fragen, sagten Sie, Mr. Maitland«, warf der Richter ein.

»Ich bitte Euer Lordschaft um Vergebung. Mir ist das eben eingefallen ... darf ich um die Erlaubnis Eurer Lordschaft bitten, noch eine Frage zu stellen?«

Richter Lovejoy neigte den Kopf. Er gehörte nicht zu Maitlands Anhängern, er hielt dessen Art für unorthodox und die Möglichkeit für gegeben, daß er durchaus fähig sei, im Gerichtssaal unpassende Aufregung zu stiften.

»Wenn Sie das wünschen, Mr. Maitland«, sagte er mit einem Anflug von Kälte. »Vielleicht klärt das den Punkt auf, den ich der Zeugin eben selbst vortragen wollte.«

Maitland wandte sich wieder an Primrose.

»Versetzen Sie sich einen Augenblick in die Lage Ihrer Freundin, in die von Elizabeth Coke«, bat er. »Wenn man die Ereignisse bedenkt, die sie beschreibt, sind Sie dann nicht der Meinung, Sie hätten Ihren Mann nach den ersten Vorfällen dieser Art verlassen?«

»Ich schon.« Sie lächelte ihn unvermittelt an, und zum erstenmal begriff er, daß sie manchen Leuten durchaus als attraktive Frau erscheinen mußte. »Aber Elizabeth ist anders, wissen Sie. Sie ist so gut. Ich bin sicher, sie dachte ungefähr, er wird das wieder ablegen, oder vielleicht kann ich ihn dazu bringen, daß er mich richtig liebt. Nur sah sie plötzlich ein, daß das nie eintreten würde.«

»Danke, Miss Ross, das ist alles.« Wenn Maitlands Dank ein wenig hohl klang, war das kein Wunder. Mit dieser Frage hatte er sich böse vergalloppiert. Sir Nicholas warf einen spöttischen Blick in seine Richtung, Richter Lovejoy nickte, als sei das in der Tat die Frage gewesen, die auch ihn bewegt hatte. Miss Primrose Ross zögerte einen Augenblick, dann verließ sie den Zeugenstand.

2

Frances Walpole wurde als nächste Zeugin aufgerufen, und auch ihre Aussagen ergaben keine Überraschungen. Während Maitland sie befragte, kam ihm der Gedanke, daß es gar nicht in Ordnung war, wenn er so mit ihr redete, nicht in Gegenwart ihres Mannes, weil ihm die beiden ein echtes Paar zu sein schienen, so als sei einer ohne den anderen nicht komplett. Sie gingen also die Geschichte von Primroses Besuch durch, Fran bestätigte den Brief als jenen, der ihr gezeigt worden war, und berichtete erneut von dem abendlichen Gespräch mit ihrem Mann. Und wieder sah Antony mit einem gewissen Unbehagen seinen Onkel zum Kreuzverhör aufstehen. Er selbst war nicht gerade erfolgreich gewesen, wenn man die letzte katastrophale Frage an Primrose Ross bedachte, rechnete aber ganz und gar nicht damit, daß Sir Nicholas ein ähnlicher Fehler unterlaufen würde.

»Ich kann Ihre Abneigung verstehen, heute hier aussagen zu müssen, Madam«, begann Sir Nicholas, als ihn die Zeugin ohne Rücksicht auf die Etikette im Gerichtssaal unterbrach.

»O nein, ich bin überhaupt nicht widerwillig gekommen.«

»Sie finden das Thema, das wir hier besprechen müssen, nicht eine Spur – sagen wir, peinlich?«

»Es gefällt mir nicht«, räumte Fran ein. »Auf der anderen Seite weiß jeder, daß es solche Männer gibt, man braucht sich da nichts vorzumachen. Aber ich meinte etwas anderes. Ich wollte allen sagen, daß Edward mit solchen Dingen nie und nimmer etwas zu tun haben kann.«

»Vielleicht können Sie uns den Grund für Ihre Meinung nennen, Mrs. Walpole.«

»Wenn Sie meinen, ob ich das beweisen kann, natürlich nicht. Die Meinung beruht auf meiner Kenntnis seines Charakters«, fügte sie mit Würde hinzu.

»Und diese ist sehr gründlich.«

»Sie verspotten mich«, rügte sie ohne Feindseligkeit.

»Das fiele mir nicht im Traum ein, Madam«, sagte Sir Nicholas hastig, bevor der Richter eingreifen konnte. »Mich würde aber interessieren, wie lange Sie Mr. Edward Coke schon kennen.«

»Seit ich meinen Mann geheiratet habe. Acht Jahre«, ergänzte sie. »Lange genug, um zu erkennen –«

»Ich frage mich, ob Sie, Mrs. Walpole, den Satz kennen, den jeder Barrister vor allen anderen zu hören fürchtet.«

Sie zog die Brauen ein wenig zusammen.

»Sie meinen wohl, wenn Sie zu hören bekommen, Ihr Mandant sei schuldig«, sagte sie zögernd und fuhr fort: »Der Fall ist eigenartig, nicht, weil Edward die Klage erhoben hat, in Wirklichkeit er aber der Angeklagte ist?«

»Ja, aber was ich meinte, haben Sie nicht ganz erfaßt. Ich habe den Satz gemeint, den so viele Zeugen über einen Menschen aussprechen, mit dem sie befreundet sind.«

»Den kenne ich natürlich nicht. Woher auch?«

»Wir hören ihn immer wieder. Der Zeuge sagt: ›Er – oder auch sie, versteht sich – würde so etwas nie tun.‹ Aber wissen Sie, Madam« – Sir Nicholas wurde onkelhaft in der Art, wie dieses Wort in der Regel gemeint ist, obwohl Maitland das jederzeit bestritten hätte – »je länger ich lebe, um so deutlicher wird mir klar, daß man das von keinem Menschen sagen kann. Man weiß es nie.«

Sie lächelte ihn entwaffnend an.

»Sie werden wohl recht haben«, meinte sie. »Ich weiß, ich würde von keinem Menschen, nicht einmal von Roland, zu behaupten wagen, daß ich ihn durch und durch kenne. Aber es gibt Dinge ... und wissen Sie, wenn ich nicht sagen kann, ich sei davon überzeugt, daß Edward im Grunde gut ist, wie können Sie es von Elizabeth behaupten? Denn das tun Sie doch, nicht wahr? Einer von den beiden muß lügen.«

Es ließ sich nicht bestreiten, daß Sir Nicholas über die Attacke ein wenig bestürzt war. Er mied sorgfältig den Blick seines Neffen. Seine Lordschaft schien etwas äußern zu wollen, vermutlich eine schneidende Rüge.

»Wir dürfen uns nicht streiten«, lenkte Sir Nicholas ein wenig lahm ein. »Könnten Sie mir sagen, Mrs. Walpole, ob Sie mit jemandem über diese Angelegenheit gesprochen haben?«

»Nur mit Roland. Das habe ich Ihnen eben gesagt. Wir hielten es beide für besser, nicht darüber zu sprechen. Andere Leute hätten die Anschuldigungen vielleicht geglaubt.«

»Sie meinen wohl, andere Leute wären möglicherweise nicht so vertrauensvoll wie Sie. Miss Ross, zum Beispiel, hat den Brief ernstgenommen.«

»Ja, das hat sie getan. Aber sie ist für Elizabeths Fehler völlig blind.«

»Und Sie nicht?«

»O je, das habe ich mir selbst eingebrockt, nicht?« Ihr Blick wanderte hilfeheischend durch den Gerichtssaal, aber Antony fürchtete, daß der Schaden schon angerichtet war. Sir Nicholas lächelte die Zeugin liebenswürdig an, was man ihm nicht verdenken konnte.

»Ich glaube, dabei belassen wir es besser, Madam«, murmelte er leise.

Sein gelehrter Freund, Mr. Maitland, verzichtete auf eine neuerliche Befragung.

Nach Fran Walpole erschien ihr Ehemann im Zeugenstand, dem es nach der Eidesleistung gelang, mit seiner Frau, die jetzt wieder unten im Saal saß, einen Blick zu tauschen. Antony hatte plötzlich das Gefühl, daß sie ihm eine Warnung zuschickte. Aber vielleicht hieß das nur, er möge vorsichtig sein, um Edward Coke keinen Schaden zuzufügen.

Wie auch immer, weder Befragung noch Kreuzverhör erbrachten Unerwartetes. Sir Nicholas kam nicht einmal zum Kreuzverhör, weil Richter Lovejoy selbst eingriff, allerdings, ohne etwas zutage zu fördern, was für eine der beiden Seiten von Nutzen gewesen wäre. Es dauerte nicht lange, bis Roland Walpole den Zeugenstand verlassen durfte und neben seiner Frau Platz nahm. Antony beobachtete, wie er ihre Hand ergriff und sie drückte, während sie drängend auf ihn einflüsterte. Er fragte sich beiläufig, was zwischen ihnen vorgehen mochte, fand aber nicht die Zeit, sich mit dem Gedanken näher zu beschäftigen, weil Joanna Stowe aufgerufen wurde.

Diesmal dauerte die Befragung länger. Es galt nicht nur zu beweisen, daß die Verleumdung öffentlich gemacht worden war, sondern auch den Schaden, den Cokes Ruf zumindest bei den Stowes erlitten hatte. Außerdem mußten die Namen derjenigen festgestellt werden, die von der Sache noch erfahren hatten. Richter Lovejoy beugte sich vor.

»Beabsichtigen Sie, *alle* diese Leute laden zu lassen, Mr. Maitland.«

»Durchaus nicht, Mylord. Wir werden von dem Ehemann dieser Dame, Mr. Terence Stowe hören, und ich glaube, daß die Frage besonderer Schäden, die eigentlich nicht strittig ist, dann ausreichend bewiesen sein wird.«

»Ich bin erleichtert, das zu hören«, meinte der Richter und lehnte sich zurück.

Joanna war eine mürrische Zeugin, und die Befragung nahm einige Zeit in Anspruch. Endlich erhob sich Sir Nicholas und blickte sie wachsam an.

»Sie sagten, Sie hätten den Brief auf der Stelle ernstgenommen, Mrs. Stowe. Hatten Sie dafür einen besonderen Grund?«

»Ich wußte nicht, daß Edward die Behauptungen bestritt, aber selbst wenn er das tat, gab es für die Richtigkeit zwei Zeugen.«

»Beides Personen, auf deren Wahrheitsliebe Sie sich verlassen konnten?«

»Was hätten sie zu gewinnen?« entgegnete sie.

»Sie dürfen keine Fragen stellen«, ermahnte der Richter, aber fast im gleichen Augenblick antwortete Sir Nicholas.

»Allerdings.« Er drehte sich ein wenig zur Seite und fuhr rhetorisch fort. »Wir sind uns, glaube ich, darin einig, daß dieser Fall nach der Beweislage entschieden werden muß, nicht nach vermeintlicher Kenntnis von Charakteren«, sagte er und setzte sich rasch, bevor der Richter eingreifen konnte.

Maitland nahm das hin, weil ihm kaum etwas anderes übrigblieb, und ließ sich gleich darauf mit Terence Stowe auf dieselben Einzelheiten ein.

Die Tatsache, daß der Chirurg Edward Coke nach Kenntnis des Briefes die Vertretungsvollmacht entzogen hatte, war natürlich von großer Bedeutung, aber als es um die Beurteilung des Charakters ging, erwies er sich als unerwartet zurückhaltend. Weder Antony noch Sir Nicholas, als dieser an der Reihe war, hielten ihn ungebührlich lange auf.

Nachdem Stowe den Zeugenstand verlassen hatte, vertagte Richter Lovejoy die Sitzung auf den nächsten Vormittag.

3

Maitland ging mit seinem Onkel zu Fuß zur Kanzlei zurück. Nachdem sie sich vergewissert hatten, daß nichts Unaufschiebbares vorlag, nahmen sie ein Taxi und fuhren nach Hause.

»Damit ist dein Beweisvortrag also abgeschlossen«, sagte Sir Nicholas nachdenklich.

»Bis auf meinen Mandanten. Edward Coke wird morgen als Zeuge vernommen.«

»Seine Aussage steht gegen die seiner Frau, und die ihre wird von einem unabhängigen Zeugen bestätigt. Wenn du beim Kreuzverhör der beiden mit verblüffenden Offenbarungen rechnest, wirst du enttäuscht werden, mein Lieber.« Er machte eine Pause, aber sein Neffe hatte darauf nichts zu erwidern, so daß er fortfuhr. »Es tut mir leid, daß ich in dieser Sache mit dir nicht konform gehe, Antony. Um ganz ehrlich zu sein, unter normalen Umständen würde ich die Gelegenheit genießen, mit dir die Klingen zu kreuzen, aber ich habe das ungute Gefühl, daß die Angelegenheit dir inzwischen sehr viel bedeutet. Das ist ein Fehler, den du bekämpfen solltest, dich vom Gefühl her zu engagieren.«

»Wenn einem nichts mehr wichtig ist, kann man ebensogut tot sein«, sagte Antony, ohne jedes Bewußtsein dafür, daß er diese Bemerkung schon sehr oft gemacht hatte, und sein Onkel sie gut kannte.

»Ja, wahrscheinlich hast du recht. Aber ich habe mich daran gewöhnt, auf dein Urteil zu hören –« Er verstummte und setzte ein beleidigtes Gesicht auf, als Antony in Gelächter ausbrach.

»Darf ich sagen, Sir, daß das nicht immer sehr deutlich war«, meinte er. »Ich bin neugierig, was du denkst, wenn du morgen meinen Mandanten gehört hast.« Aber noch während er das sagte, beschlich ihn die düstere Vorahnung, daß Edward Coke sich als ein sehr schlechter Zeuge erweisen würde.

Donnerstag, zweiter Verhandlungstag

I

Und am nächsten Morgen mußte er feststellen, daß seine Vorahnung nicht getrogen hatte. Man hatte erwarten dürfen, daß Edward Coke als Solicitor vor Gericht weniger nervös sein würde als die meisten Menschen. Er wirkte in der Tat durchaus ruhig, beinahe zu ruhig. Und obwohl er Elizabeths Behauptungen vehement bestritt, erschien er als starrsinniger Puritaner, den, wie sein Prozeßvertreter dachte, jedermann verdächtigen mußte, so gehemmt zu sein, daß er irgendwo und irgendwann auf unerquickliche Art und Weise aus diesem Zwang würde ausbrechen müssen. Auf Maitlands Fragen hin schilderte er den Schaden, den er erlitten hatte, den Verlust von Freunden und Mandanten.

»Aber das war nicht der Grund für Sie, diese Klage zu erheben«, stellte Antony fest.

»In gewisser Weise doch«, erwiderte Coke zu seiner Verärgerung.

»Vielleicht könnten Sie dem Gericht erklären, was genau Sie damit meinen, Mr. Coke«, sagte Antony. Vielleicht wäre es besser gewesen, dem Zeugen von Anfang an freien Lauf zu lassen. Seine Antworten waren nicht immer dazu angetan, die Dinge im besten Licht erscheinen zu lassen.

»Oh... ja. Ich meine, ich möchte nicht, daß die Leute so etwas von mir denken, und natürlich soll meine Kanzlei nicht darunter leiden, aber es geht mir nicht um Geld. Ich will von meiner Frau keinen Schadenersatz.«

»Ich bin sicher, die Jury wird Ihre Haltung sehr begreiflich finden«, sagte Maitland und verbarg seine Überzeugung, daß das eine Lüge war. »Ich glaube, das ist alles, was ich Sie im Augenblick fragen muß, Mr. Coke.« Er setzte sich und beobachtete – diesmal mit größter Sorge – wie Sir Nicholas auf seine bedächtige Art und Weise das Wort ergriff.

»Mr. Coke«, sagte er. »Sie haben die Verlesung des Briefes gehört, den Ihre Frau an ihre Freundin, Miss Primrose Ross, geschrieben hat, gewiß in großer Erregung. Wollen Sie behaupten, er enthalte kein wahres Wort?«

»Ich dachte, das hätte ich klargemacht. Er ist von A bis Z erlogen.«

»Ich frage mich, ob Ihnen bewußt ist, daß Mr. David Barrie es auf seinen Eid genommen hat, die Aussage Ihrer Ehefrau zu bestätigen.«

»Davon habe ich gehört. Aber einer wie der –«

»Was meinen Sie damit, Mr. Coke?«

»Ich glaube, er hat überhaupt keine Moral«, sagte Edward trotzig.

»Das ist eine sehr ernste Beschuldigung. Die Geschworenen werden jedoch ihre eigenen Schlüsse ziehen. Gehen wir der Sache ein bißchen mehr auf den Grund. Mein gelehrter Freund, Mr. Maitland, hat keine Zeugen geladen, die Ihre Angaben bestätigen würden. Keine Fakten, Mr. Coke, nur Meinungen.«

»Durchaus richtig, aber ein Negativum zu beweisen, ist nahezu unmöglich«, erwiderte Edward, womit er zum erstenmal seit seinem Erscheinen im Zeugenstand das Richtige sagte.

»Es wäre aber nützlich gewesen«, bekräftigte Sir Nicholas nachdenklich, »wenn sich für Ihre Behauptungen irgendeine Bestätigung hätte finden lassen. Können Sie sich einen Grund vorstellen, warum Mrs. Coke die Unwahrheit sagen sollte?«

»Weil sie die Scheidung sofort will, und so, wie es rechtlich zur Zeit steht –«

»Ah, ja. Aber das unterstellt eine merkwürdige Art von Ungeduld, wenn es keinen tieferen Grund dafür gibt. Ich setze dagegen, Mr. Coke, daß der Grund ein ganz simpler ist: Das Zusammenleben mit Ihnen war unerträglich geworden.«

»Ich habe ihr eine Trennung und Unterhaltszahlungen angeboten.«

»Sie selbst betrachten den Ehebund als etwas Heiliges.«

»Allerdings.«

»Wollen Sie Mrs. Coke dann nicht zubilligen, daß sie vielleicht ähnliche Empfindungen hegt?«

»Die Ehe bedeutet ihr überhaupt nichts. Ich dachte zuerst, es sei anders, aber jetzt habe ich feststellen müssen, daß das ein Irrtum war.«

»Sie sieht das vielleicht nicht in demselben Licht wie Sie, aber eine bloße Trennung könnte für eine verängstigte Frau als Beruhigung nicht ausreichend sein. Ein endgültiges Auseinandergehen wäre das einzige, was sie zufriedenstellen könnte.«

»Ich habe Elizabeth in meinem ganzen Leben nicht angerührt.«

»Das ist eine unglückliche Formulierung, Mr. Coke, weil das einer der Vorwürfe ist, die sie gegen Sie erhebt. Daß Ihre Ehe niemals vollzogen worden ist.«

»Auch das ist eine Lüge. Wir haben drei oder vier Monate nach der Heirat auf normale Weise wie Mann und Frau miteinander verkehrt. Dann weigerte sie sich, die Beziehung in dieser Hinsicht fortzusetzen, und bestand schließlich auf getrennten Schlafzimmern.«

»Und Sie stimmten zu?«

»Mir blieb nichts anderes übrig.«

»Jedenfalls werden Sie, denke ich, mit mir darin einer Meinung sein, daß es noch andere Methoden der Einschüchterung gibt als physische. Sie haben kein Personal, das im Haus wohnt, glaube ich.«

»Nur eine Tageshilfe. Sie war immer schon wieder gegangen, wenn ich abends aus dem Büro kam.«

»Bestreiten Sie, daß in den letzten sechs Monaten oder so David Barrie in Ihrem Haus oft zu Gast gewesen ist?«

»Nein, das bestreite ich nicht. Es ist wahr.«

»Nur während der letzten sechs Monate?« drängte Sir Nicholas.

»Vorher kam er auf Einladung, in der Regel mit seinem Vater, und meistens luden wir auch noch andere Freunde dazu ein. Ich war überrascht, als er am ersten Abend unerwartet allein erschien.«

»Unerwartet, Mr. Coke?«

»Unerwartet von mir. Elizabeth sagte mir später, sie vermute, er fühle sich einsam, und das war schon das halbe Problem.«

Der Richter beugte sich vor.

»Ich denke, diese Bemerkung sollten Sie näher erläutern, Mr. Coke«, forderte er.

»Ja, Mylord. Elizabeth sagte, Davids Vater mache sich seinetwegen Sorge, Owen Barrie, meine ich. Wegen seines Lebenswandels. Sie sagte –«

»Ja, danke, das genügt schon, Mr. Coke. Mr. Maitland, vielleicht hätten Sie Ihren Zeugen deutlicher darauf hinweisen sollen, ob Hörensagen als Beweis zulässig ist oder nicht«, wies Lovejoy ihn ungerechterweise zurecht.

»Ich muß mich bei Eurer Lordschaft entschuldigen«, sagte Antony. Edelmütig unterdrückte er das Verlangen, hinzuzufügen: ›Es war Ihre Frage, die das ausgelöst hat‹, und fragte sich gleichzeitig, ob wenigstens einige der Geschworenen in der Lage waren oder Phantasie genug besaßen, die Lücken in Edwards Antwort selbst auszufüllen. »Vielleicht darf ich die Frage Eurer Lordschaft selbst beantworten. Als Folge dessen, was seine Frau ihm mitteilte, gewann mein Mandant den Eindruck, daß ihr Wunsch, Mr. David Barrie häufig zu Gast zu haben, nicht unvernünftig sei.«

»Damit müssen wir uns wohl zufriedengeben«, schloß der Richter ab mit einem Blick auf den Zeugen, der alles, nur keine Zufriedenheit, verriet. »Sir Nicholas?«

»Ich muß mich bei Ihnen dafür bedanken, Mylord, daß Sie diese Frage für mich geklärt haben«, begann Sir Nicholas und gestattete sich damit den Anfang von Sarkasmus, auf den sein Neffe verzichtet hatte. Er wandte sich wieder an Edward Coke.

»David Barrie kam also regelmäßig zu Besuch. Wie regelmäßig?«

»Er wird ein-, zweimal in der Woche mit uns zu Abend gegessen haben.«

»Hat es Ihnen nichts ausgemacht, daß das abendliche Essen zu zweit auf diese Weise gestört wurde?«

»Nein, dafür war unsere Entfremdung schon zu weit gediehen. In gewisser Beziehung war es erträglicher, wenn eine dritte Person anwesend war.«

»Sie können also nicht bestreiten, Mr. Coke, daß die Gelegenheit für die Episoden, die Mrs. Coke erwähnt, gegeben war.«

»Nein, aber ich kann bestreiten, daß sie jemals stattgefunden haben.«

»Warum haben Sie der Scheidung widersprochen, Mr. Coke?«

»Das habe ich meinem Prozeßvertreter erklärt. Es war eine Frage des Prinzips.«

»Ein recht strenges Prinzip, da es Sie in diese prekäre Lage gebracht hat.«

»Darf ich Sie daran erinnern, Sir Nicholas, daß in diesem Fall ich der Kläger bin?«

»Das ist mir durchaus klar. Es bleibt aber dabei: Der einzige Grund für Mrs. Coke, ein Scheidungsbegehren auf ungewöhnliche Verdorbenheit und extreme Härten zu stützen, muß der sein, daß das Gefühl irgendeiner Bindung zwischen ihnen völlig unerträglich geworden war.«

Maitland war aufgestanden.

»Mylord«, sagte er.

»Ja, Mr. Maitland?«

»Mein gelehrter Freund hat mehrmals auf das anhängige Scheidungsbegehren verwiesen. Es hat mit dieser Sache jedoch nichts zu tun. Die im Antrag angesprochene Sache ist vertraulich, diese Klage wurde eingereicht wegen der Veröffentlichung einer Verleumdung mittels eines Briefes, der an eine Freundin der Beklagten gerichtet war.«

»Ich glaube, in dieser Beziehung haben Sie recht, Mr. Maitland«, gab Richter Lovejoy eher widerstrebend zu. »Ich räume allerdings ein, daß mir die Haltung Ihres Herrn Mandanten selbst ein wenig Rätsel aufgibt. Die ganze unangenehme Geschichte hätte doch vermieden werden können, wenn er der Scheidung zugestimmt hätte.«

»Wäre das wirklich der Fall gewesen, Mylord? Ich hege da meine Zweifel. Ich glaube, daß Mrs. Coke aus irgendeinem Grund ihre Freiheit jetzt haben will, auf der Stelle.«

»Mr. Maitland! Das ist nicht der Augenblick für eine Rede an die Geschworenen. Und ich sollte Sie jetzt schon darauf hinweisen, daß ich in stärkstem Maße Anstoß nehmen werde, sollten Sie versuchen, bei Ihrem Plädoyer in dieser Richtung vorzugehen.«

»Wie Euer Lordschaft belieben.« Maitland nahm seinen Platz wieder ein, ohne ein rebellisches Gefühl ganz unterdrücken zu können, aber die Unterbrechung hatte die gewünschte Wirkung erzielt.

»Ich glaube, Sir Nicholas«, erklärte der Richter, »es ist genug gesagt über die Motive, ohnehin etwas, das stets Sache der Mutmaßung bleiben muß. Beschränken wir uns auf die Fakten des Briefes, den Mr. Maitland erwähnt hat.«

»Gewiß, Mylord. Dann bleibt mir nur noch eine Frage zu stellen«, sagte Sir Nicholas, wirkte dabei aber wenig bedrückt. Für ihn steht schon fest, daß er die Sache in der Tasche hat, dachte Antony grollend. »Sie haben diesen Brief gelesen, Mr. Coke, den Brief, den Ihre Frau an ihre Freundin, Miss Primrose Ross, geschrieben hat. In diesem Zusammenhang war von ›Schadenfreude‹ die Rede. Wie ist Ihre Meinung dazu?«

Edward Coke dachte stirnrunzelnd eine Weile nach, dann hellte sich seine Miene auf.

»Das ist einer der Fälle, wo man immer dran ist, ob man Nein sagt oder Ja«, erklärte er beinahe heiter. Vielleicht hatte der Hinweis auf die letzte Frage zu dem Stimmungswandel beigetragen.

»Also, Mr. Maitland«, mischte sich Richter Lovejoy erneut ein. »Ich muß Ihnen zum zweitenmal sagen, daß Sie Ihren Zeugen wirklich besser zügeln müssen.«

»Ich entschuldige mich bei Eurer Lordschaft«, sagte Maitland ernsthaft, aber Edward Coke sprach schon weiter.

»Ich kann also ebensogut die Wahrheit sagen«, erklärte er. »Ich fürchte, es ist offenkundig, daß sie die Scheidung wirklich unbedingt sofort haben wollte, und ihr Brief machte ganz deutlich, daß sie der Meinung war, sie jetzt in der Tasche zu haben. Schadenfreude scheint mir kein zu starker Ausdruck zu sein.«

»Danke, Mr. Coke, das ist alles, was ich Sie zu fragen habe. Es sei denn, mein gelehrter Freund –«

Maitland schüttelte den Kopf. Es war Schaden genug angerichtet, dachte er, und er wollte unbedingt hören, was Elizabeth Coke zu sagen hatte.

2

Aber vorher hielt Sir Nicholas noch sein Eröffnungsplädoyer; es beschäftigte das Gericht bis zum Mittag. Nicht übermäßig lange, weil Edward Cokes Aussage einen beträchtlichen Teil der Vormittagssitzung beansprucht hatte, aber trotzdem abscheulich wirksam. Was nicht anders zu erwarten gewesen war; sein Onkel war ein Veteran des Gerichtssaals und dachte nicht daran, sich irgendeine günstige Gelegenheit entgehen zu lassen, vor allem dann nicht, wenn er von ganzem Herzen an die Schädigung seiner Mandantin glaubte. Antony hörte ohne jede Begeisterung zu und mußte sich anstrengen, um am Mittagstisch Gleichmut zu zeigen. Die Neugier blieb jedoch, und er kehrte mit einigem Eifer in den Gerichtssaal zurück.

Elizabeth Coke war eine zartgliedrige, zerbrechlich wirkende Frau. Sie trug dezent zurückhaltende Kleidung, obwohl in Antony der Verdacht aufstieg, Jenny hätte zum perfekten Maßschnitt ihres dunkelgrauen Kostüms dies und jenes zu sagen gewußt. Ihre Haare waren blond und lagen vermutlich in einer Naturwelle. Obschon er argwöhnte, als habe sie die Blässe ihres Gesichts durch übermäßigen Gebrauch von Puder allzu stark betont, hätte doch nichts wirksamer sein können. Es sei denn, die sanfte Ehrerbietigkeit, die sie dem Gericht gegenüber an den Tag legte. Er beobachtete sie und mußte zugeben, daß das, falls Schauspielerei, von erstem Rang war.

Was sie vorzutragen hatte, quälte sie unverkennbar. Sir Nicholas ging mit ihr die ganze Ehe von Anfang an durch, ja, er holte sogar noch ein wenig weiter aus, um zu betonen, was Antony respektlos die Rolle des helfenden Engels in bezug auf Edwards Tante Harriet genannt hatte.

»Er ist ein gutaussehender Mann«, sagte sie und achtete darauf, nicht dorthin zu blicken, wo ihr Mann jetzt im Saal Platz genommen hatte, »und vielleicht redete ich mir zu schnell ein, ich sei verliebt. Jedenfalls heirateten wir schon nach wenigen Monaten. Erst danach entdeckte ich, welchen Fehler ich gemacht hatte.«

»Ich quäle Sie ungern mit diesen Einzelheiten, Mrs. Coke, aber das Gericht muß wissen, was Sie damit meinen.«

»Daß ich mit einem normalen Eheleben gerechnet hatte, mit dem, wovon jedes junge Mädchen träumt«, sagte Elizabeth ernsthaft. »Statt dessen ... wir hatten zunächst ein gemeinsames Schlafzimmer, ›schliefen‹ aber nie miteinander in dem Sinne, den die meisten Leute meinen, wenn sie diesen Ausdruck gebrauchen, und nach einiger Zeit schlug er vor, ich möge in das Gästezimmer ziehen. Ich war inzwischen froh darüber, das tun zu können. Ich glaube nicht, daß zu dieser Zeit unsere Freunde schon etwas bemerkt hatten, aber das Gefühl der Verbundenheit, das uns geeint hatte – oder von dem ich geglaubt hatte, es sei vorhanden –, war natürlich endgültig dahin. Und im Laufe der Zeit schien die Empfindung des Fremdseins, ich meine, füreinander Fremde zu sein, nur noch stärker zu werden.«

»Ich muß Sie noch etwas fragen, Mrs. Coke. Sind Sie unberührt gewesen, als Sie die Ehe schlossen?«

»Ja.«

»Ist zwischen Ihnen und Ihrem Mann die Frage der ehelichen Beziehung jemals zur Sprache gekommen?«

»Natürlich. Freilich nicht gleich am Anfang. Ich dachte, das sei für uns beide etwas Neues, wir müßten uns erst daran gewöhnen. Aber ich wollte Kinder haben, das habe ich ihm gesagt.«

»Und was erwiderte er darauf?«

»Gar nichts. Er sah mich nur lange an, verließ dann das Zimmer und schloß die Tür. Danach hatte ich nicht das Gefühl, ich könnte das Thema jemals wieder anschneiden.«

»Wie lange hielt dieser Zustand an?«

»Ungefähr zwei Jahre, soviel ich noch weiß. Ich sollte vielleicht erwähnen, daß Edward abends manchmal wegzugehen pflegte und dann erst spät nachts nach Hause kam. Ich dachte, andere Frauen gefielen ihm vielleicht besser als ich, aber jetzt glaube ich –«

Maitland war aufgestanden. Sir Nicholas unterbrach sie gewandt.

»Wir begeben uns wieder auf das Gebiet bloßer Vermutungen, Mrs. Coke, und falls Sie keine Beweise anzubieten haben, wird Seine Lordschaft solche Spekulationen gewiß nicht zulassen.«

»Oh, ich bitte um Verzeihung. Ich dachte, Sie wollten alles hören.«

»Alles, was Sie aus eigener Kenntnis wissen. Und alles, was Sie dadurch beweisen können, daß Sie einen Zeugen benennen. Ich bin mir klar darüber, daß dieses alles für Sie sehr qualvoll sein muß«, betonte Sir Nicholas erneut, unnötigerweise, wie sein Neffe befand.

»O ja, so ist es!«

»Sie haben uns erklärt, daß die Beziehung zu Ihrem Mann während der beiden ersten Jahre Ihrer Ehe zunehmend verfiel. Haben Sie erwogen, ihn zu verlassen?«

»Natürlich habe ich darüber nachgedacht. Ich hatte aber ein

Versprechen gegeben, wissen Sie, im Guten wie im Bösen, und hoffte nach wie vor ... Es war wohl töricht von mir, aber ich dachte, er hätte mich am Anfang geliebt und würde es vielleicht wieder tun.«

»Haben Sie einen Solicitor aufgesucht?«

»O nein!«

»Was geschah nach den zwei Jahren, also vor einem halben Jahr, das die Dinge veränderte?«

»Edward schien sich mit David Barrie enger anzufreunden. Die Barries waren Freunde von ihm und besuchten uns ziemlich oft. Ich glaube sogar, daß Mr. Owen Barrie – Davids Vater – ein Freund von Edwards Vater gewesen ist. Aber auf einmal erschien David allein zum Abendessen, oft sogar zweimal in der Woche. Anfangs war ich überrascht, um so mehr, als Edward uns nach dem Essen allein ließ, um dann plötzlich wieder aufzutauchen, so, als erwarte er, daß irgend etwas vorgehe.«

»Hatten Sie ihm Grund zu diesem Argwohn gegeben, Mrs. Coke?«

»Nicht den geringsten. Ich mag beide Barries und glaube, daß die Menschen zu David manchmal ungerecht sind. In ihm steckt viel mehr, als man oberflächlich erkennen kann. Ich meine, er ist ein viel tiefgründigerer, lauterer Mensch. Aber ich liebe ihn nicht und habe ihn nie geliebt.«

Richter Lovejoy beugte sich erneut vor.

»Ich hoffe, Mr. Maitland wird nichts dagegen haben, wenn ich Sie frage, wie Sie dieses Verhalten beurteilten«, sagte er.

»Es kam mir nicht gleich in den Sinn, Mylord, aber ich glaube jetzt, er hoffte, zwischen uns würde ein Funke überspringen, und er könne Zeuge sein bei ... muß ich weitersprechen?«

»Ich glaube, das Gericht erfaßt, was Sie meinen, Mrs. Coke. Sie versuchen uns zu sagen, die sexuellen Neigungen Ihres Ehemannes seien solcher Art, daß er es vorzieht, lieber Zuschauer zu sein als aktiv Beteiligter.«

»Ja, Mylord, so ist es.«

»Es kam Ihnen nicht gleich in den Sinn, aber später –« bot Sir Nicholas als Stichwort an.

»Später bestand er darauf, daß wir ... daß wir uns ... lieben sollten«, hauchte sie. »Ich sollte in diesem Zusammenhang nicht von Liebe sprechen, davon konnte keine Rede sein, aber ich weiß nicht, wie ich es sonst ausdrücken und von meiner Würde noch etwas bewahren soll.«

Sie war inzwischen den Tränen nahe, und Sir Nicholas beeilte sich, sie zu beschwichtigen.

»Ich glaube, Seine Lordschaft hat die Situation sehr gut dargestellt, und die Jury wird Ihr Widerstreben verstehen«, erklärte er. »Es gibt jedoch noch eine Frage, die mein gelehrter Freund Ihnen sicherlich stellen wird, wenn das Kreuzverhör stattfindet. Warum haben Sie diesen – diesen Vorführungen zugestimmt?«

»Zum Teil deshalb, weil ich mich nicht abzulehnen traute.«

»Ihr Mann hat Sie körperlich mißhandelt?«

»Nein, geschlagen hat er mich nie. Verletzend war wohl sein Sarkasmus, glaube ich. Ich weiß nicht, ob Sie als Mann begreifen können, wie sich das auf mich auswirkte. Außerdem behandelte er mich als Besitztum, als etwas, das völlig seinem Willen unterworfen war. Und dann wußte ich angesichts einer offenkundigen Perversion – ich hätte mir nie träumen lassen, daß mir so etwas zustoßen würde – nicht, wie weit er gehen würde, falls ich seine Absichten vereiteln sollte. Ich glaubte, das hätte eine ganz furchtbare Wut hervorgerufen. Jedenfalls bekam er einen ausgesprochen wilden Blick, den ich an ihm überhaupt nicht kannte, und wie ich schon sagte, dachte ich, es könnte uns schlecht ergehen, wenn wir nicht taten, was er verlangte.«

»Sie glaubten also, er könnte vor Wut zum Berserker werden?«

»Ich dachte, er würde David oder mich oder uns alle beide umbringen«, erwiderte sie. Antony hätte schwören mögen, daß sie nur widerstrebend antwortete, und zum erstenmal, seit er seine eigenen Schlußfolgerungen in der Sache gezogen hatte, machten sich leise Zweifel in ihm breit, und das war gewiß das letzte, was er im Augenblick brauchen konnte.

»Ich verstehe. Und wie reagierte David, als der Vorschlag zum erstenmal gemacht wurde, bei seinem vierten Besuch, soviel Sie sich erinnern? Ich möchte nicht, daß Sie uns sagen, was er darüber dachte, Mrs. Coke«, fügte er hastig hinzu, »das hören wir besser von ihm selbst. Aber das, was Sie an Reaktion beobachtet haben, und was er sagte.«

»Tja, ich glaube, er empfand ganz ähnlich wie ich«, antwortete Elizabeth, ohne den Rat ihres Anwalts zu beachten. »Er stand da und starrte Edward an, als traue er seinen Ohren nicht, dann sah er mich und schließlich wieder Edward an. Und schließlich ging er auf mich zu, wir waren im Wohnzimmer, wissen Sie, und ich stand am Sofa. Er legte mir die Hände auf die Schultern und sagte ganz leise: ›Wir geben ihm besser nach.‹ Und fügte hinzu: ›Keine Sorge, Schatz, ich liebe dich und tue nichts, was dir wehtun könnte.‹ Da fand ich die Worte nicht, um ihm zu sagen, daß ich ihn eben nicht liebte.«

»Und danach –«

»Es war die erste von vielen Nächten, in denen wir uns in Edwards Beisein liebten. Hinterher wirkte er ruhiger, war freundlich zu uns, der gute Partner, für den ich ihn anfangs, vor unserer Heirat, gehalten hatte. Aber ich wußte natürlich, daß das, was wir taten, verwerflich war, wir konnten nicht ewig so weitermachen, nur war das eine so schreckliche Geschichte, so daß man sie keinem Menschen erzählen konnte. Schließlich nahm ich aber doch meinen Mut zusammen und ging zu Mr. Bellerby.«

»Mr. Bellerby, Mylord, ist der Solicitor, der mir das Mandat übertragen hat«, erläuterte Sir Nicholas, bevor die naheliegende Frage, die dem Richter auf der Zunge lag, ausgesprochen werden konnte. »Haben Sie zu David Barrie von Ihren Absichten etwas gesagt, Mrs. Coke?«

»Ich hatte keine Gelegenheit, viel zu ihm zu sagen. Nur einmal flüsterte ich ihm ins Ohr: ›Ich mache der Sache ein Ende.‹ Und ich habe auch nichts zu ihm davon gesagt, daß er aussagen sollte, das tat Mr. Bellerby und erklärte mir hinterher, David bestätige meine Angaben in vollem Umfang. Da wußte ich, daß ich richtig gehandelt hatte, und ich mußte es einfach jemandem sagen, also schrieb ich an meine Freundin Primrose.«

»In der Meinung, der Brief würde nur ihr vor die Augen kommen«, legte Sir Nicholas nahe. Maitland warf seinem Onkel einen spöttischen Blick zu, unterbrach aber nicht.

»Ja, natürlich, das dachte ich. Ich hätte mir nicht träumen lassen, daß sie ihn anderen Personen zeigen würde. Und selbstverständlich glaubte ich nicht, daß es unrecht sein könnte, die Wahrheit zu schreiben.«

»Da hatten Sie ganz recht, Mrs. Coke«, versicherte Sir Nicholas. »Ich selbst habe keine Fragen mehr an Sie, muß Sie aber bitten, an Ihrem Platz zu bleiben, bis wir wissen, ob der Vertreter Ihres Mannes Ihnen noch etwas zu sagen hat. Sie brauchen sich keine Sorgen zu machen, wir sind uns alle über Ihre schwierige Lage im klaren, und ich bin sicher, daß er mit Ihnen so einfühlsam umgehen wird, wie ich es versucht habe.«

Was Maitland anging, traf das nur deshalb zu, weil es nicht empfehlenswert gewesen wäre, sie grob anzufassen. Nach einer Reihe von Jahren bekommt selbst der empfindungsärmste Barrister ein Gefühl für die Atmosphäre. Maitland war zu seinem Unglück sensibler als die meisten, und es gab für ihn keinen Zweifel daran, daß die Stimmung im Gerichtssaal an diesem Nachmittag stark zugunsten der Beklagten ausfiel. Trotzdem konnte er das, was sie gesagt hatte, nicht ganz unwidersprochen lassen. Es ging um eine Gratwanderung, die er heil zu überstehen hoffte.

»Mein gelehrter Freund hat recht«, sagte er, »das ist wirklich eine schreckliche Geschichte, wenn eine Dame sie vor einem Gericht offen aussprechen muß. Ich kann mir nur die Frage stellen, warum Sie sich dieser Peinlichkeit ausgesetzt haben.«

»Aber ich habe den Brief in aller Unschuld geschrieben, ich war mir nicht klar –«

»Verzeihen Sie, Mrs. Coke, aber das habe ich nicht gemeint.«

»Aber ich muß es sagen, Mr. Bellerby hat erklärt, ich muß es sagen. Er meinte, die Verleumdung könnten Sie ganz leicht beweisen, obwohl ich es überhaupt nicht für gerecht halte, daß ein privater Brief so an die Öffentlichkeit gezerrt wird. Und er sagte, die einzig mögliche Verteidigung sei – sei die Wahrnehmung berechtigter Interessen.«

»Mr. Bellerby hatte völlig recht«, erwiderte Maitland verbindlich. »Und Sie brauchen mich nicht daran zu erinnern, daß Sie heute hier sind, weil mein Mandant, Ihr Ehemann, Klage gegen Sie erhoben hat. Ich habe mich darauf bezogen, daß Sie offenbar bereit gewesen sind, diese Geschichte im Verlauf des Scheidungsverfahrens vorzubringen.«

»Das mußte ich ja. Mr. Bellerby hat mir auch das genau erklärt. Daß man außer unter besonderen Umständen kein Scheidungsbegehren einreichen kann, bevor man nicht drei Jahre verheiratet ist.«

»Sechs Monate sind doch aber keine lange Wartezeit.«

»Es wäre aber nicht anders geworden. Edward hätte niemals zugestimmt.«

»Ich glaube dagegen, daß Sie das Gericht von der endgültigen Zerrüttung Ihrer Ehe auch dann hätten überzeugen können, wenn Sie sich nicht auf derart verwerfliche Einzelheiten eingelassen hätten.«

»Mag sein, aber sechs Monate waren zu lang. Ich konnte so nicht mehr weiterleben, es war ganz und gar unrecht.«

»Mein Mandant hat uns mitgeteilt, daß er Ihnen eine Trennung angeboten hatte.«

»Ja, das hat er getan, aber ich fand das Angebot nicht ausreichend. Ich kenne seine Ansichten über die Ehe, wissen Sie, und ich weiß, daß es lächerlich erscheint, in einer Beziehung so streng und in einer anderen so lax zu sein, aber so ist er eben. Ich glaubte nicht daran, daß er mich jemals freigeben würde, solange ich rechtlich noch mit ihm verheiratet war. Ich dachte, auf irgendeine Weise könnte das alles sich noch einmal wiederholen.«

Diesmal war es Sir Nicholas, der spöttisch dreinblickte. Seinen Neffen nahm es nicht wunder.

»Ich will dem Rat Ihres Anwalts so weit folgen, Mrs. Coke, daß ich sage, nach meiner Meinung brauchen wir nicht weiter auf die Einzelheiten der unerfreulichen Unterstellung einzugehen, die mein Mandant klipp und klar bestritten hat. Ich hoffe aber, daß Sie mich nicht für unbarmherzig halten, wenn ich Ihnen sage, daß es einen oder zwei Punkte gibt, die ich noch geklärt haben möchte. Beispielsweise beschreiben Sie David Barrie als einen tiefgründigeren und empfindsameren Menschen, als er sonst gesehen wird. Können Sie angesichts der Rolle, die er bei diesen Vorgängen gespielt hat, diese Bemerkung erläutern?«

»Aber das ist er! Ich billige das, was er getan hat, so wenig wie mein eigenes Verhalten«, sagte sie tapfer, »aber er ging sehr zart mit mir um, und nur der Himmel weiß, was passiert wäre, wenn er sich Edwards Wünschen nicht gefügt hätte.«

»Das bringt mich zu einem anderen Punkt. Sie haben angedeutet, daß Sie Angst gehabt hätten, Ihr Mann würde Ihnen in hemmungsloser Wut etwas antun, wenn Sie sich geweigert hätten. Gleichzeitig geben Sie aber zu, daß er Sie im Zorn nie angerührt hat.«

»Ich hatte gehofft, ich hätte klargestellt, daß das ein Thema war, bei dem man nicht vernünftig mit ihm reden konnte.«

»Ich verstehe. Sie sagen, Sie bedauerten sehr, daß Ihre Ehe nie vollzogen worden sei ... eine Tatsache, die, wie ich Sie erinnern darf, mein Mandant ebenfalls bestreitet.«

»Ich habe gesagt, daß ich Kinder wollte.« Und genau in diesem Augenblick festigte sich in Maitland die Überzeugung, daß sie die Unwahrheit sagte. Er unterdrückte jede Regung des Mitgefühls.

»Kehren wir zur Scheidungsfrage zurück«, nahm er den Faden wieder auf. »Sie sind Katholikin geworden, nicht wahr, bevor Sie meinen Mandanten geheiratet haben?«

»Ja, das ist richtig. Ich bin in die Kirche aufgenommen worden.«

»Und trotzdem sind Sie der Meinung, es sei nichts Unrechtes daran, die Auflösung der Ehe anzustreben?«

»Unter bestimmten Umständen –«

»Da die Ehe, wie Sie behaupten, nicht vollzogen wurde, hätten Sie eine Annullierung beantragen können.«

»Aber Edward wäre niemals einverstanden gewesen, und wie hätte ich beweisen sollen –«

»Sie hätten wenigstens einen Dispens beantragen können, gestützt auf ungewöhnliche Härten.«

»Nein, die Mühe habe ich mir nicht gemacht. Ich gehe nicht mehr zur Kirche. Wenn Sie es ganz genau wissen wollen: Ich habe nie wirklich den Glauben angenommen, aber Edward wollte das, und mir war es im Grunde gleichgültig.«

»Dann wundert mich, daß man Sie aufgenommen hat.«

»Ach, das habe ich sonst zu keinem Menschen gesagt. Edward hätte einen Anfall bekommen, und ich war wohl töricht genug, zu glauben, was ihm so wichtig sei, müsse auch richtig sein. Ich war wohl dumm, aber sehr verliebt.«

Wird immer schlimmer, dachte Maitland.

»Aber Sie wußten, denke ich, ja, Sie haben sogar schon eingeräumt, daß Ihr Mann widersprechen würde, daß selbst dann, wenn

Sie sechs Monate lang gewartet und auf den sekundären Grund einer unwiderruflichen Zerrüttung der Ehe abgestellt hätten, der Spruch geraume Zeit auf sich hätte warten lassen.«

»Ja, natürlich wußte ich das. Edward hat aus seinen Vorurteilen nie einen Hehl gemacht.«

»Darf ich dann mit allem Respekt unterstellen, daß Sie irgendeinen Grund hatten, rasch eine Scheidung zu erreichen, Mrs. Coke. Ich nehme an, Sie selbst haben keinen Einwand gegen eine Wiederverheiratung.« Er verstummte erwartungsvoll, und sie antwortete nach einer kurzen Pause: »Nein, überhaupt keinen.«

»Dann sollten Sie zugeben, daß Ihr Grund, die Scheidung herbeizuführen der war, daß Sie wieder heiraten wollten, und es war Eile deshalb geboten, weil Sie befürchteten, der Mann, mit dem Sie sich wiederverheiraten wollten, könnte es sich anders überlegen.«

»Das ist eine Unterstellung. Auf einen solchen Gedanken bin ich nie gekommen.«

»Darf ich Ihnen dann, bevor ich meine Befragung beende, noch zwei Dinge zu bedenken geben, Mrs. Coke, auf die ich näher eingehen will, wenn ich mich an die Geschworenen zu wenden habe? Sie haben, als Sie Edward Coke kennenlernten, bei seiner Tante, Mrs. Harriet Coke, als Krankenpflegerin gearbeitet. Sie war eine wohlhabende alte Dame. Ich glaube, er hatte in dieser Richtung einige Erwartungen, die enttäuscht wurden, als sie vor sechs Monaten starb. Es sind fast genau sechs Monate, seitdem diese Besuche David Barries in Ihrem Haus begannen. Geht meine Phantasie mit mir durch, wenn ich vermute, daß da ein Zusammenhang bestehen könnte?«

Sie wurde leichenblaß, aber obwohl sie nichts antwortete, lagen in dem Blick, den sie ihm zuwarf, Trotz und unverhüllter Haß.

»Das ist alles, Mrs. Coke«, murmelte er leise.

Als er Platz nahm, fühlte er den Blick des Richters auf sich ruhen und fragte sich, ob er aufgefordert werden würde, auch diese Bemerkungen zu erläutern. Aber Richter Lovejoy überlegte es sich offenkundig anders. Er lehnte sich in seinem Stuhl zurück, beobachtete geduldig, wie Elizabeth Coke den Zeugenstand verließ, und schien sich schon für den jungen Mann zu interessieren, der ihr folgte.

Maitland erwartete ihn selbst mit Neugier und fragte sich dabei, ob seine Taktik sich als gerechtfertigt herausstellen würde. Es hatte ihm freigestanden, bei Elizabeth Coke viel direkter auf ihren Wunsch einzugehen, sich wieder zu verheiraten; ebenso hätte er Owen Barrie zu dem Zweck vorladen können, um das nachzuweisen: Ob richtig oder falsch, er war der Ansicht gewesen, daß das nicht der vernünftige Weg sei, aber jetzt, da die Sache sich zuspitzte, fragte er sich, wie es seine Gewohnheit war, ob er die richtige Entscheidung gefällt hatte.

Er sah David Barrie an – einen recht feinen jungen Mann, obschon er in keiner Beziehung unmännlich wirkte. Antony konnte sich jedenfalls gut vorstellen, daß er Erfolg vor allem bei jungen Mädchen hatte. Er war nicht sehr groß und ziemlich schmal, die Welle in seinen Haaren hatte offenbar Nachhilfe bekommen, aber obwohl er sie recht lang wachsen ließ, waren sie doch gepflegt. Überhaupt war ›adrett‹ ein Wort, das ihn gut beschrieb, wenn man außer acht ließ, daß er offenkundig einen sehr teuren Schneider bevorzugte. Sir Nicholas stellte seine einführenden Fragen mit umständlicher Höflichkeit, so daß Maitland trotz des Ernstes der Lage eine innere Belustigung nicht unterdrücken konnte. In den Augen seines Onkels war Elizabeth Coke, wie er wußte, ein unschuldiges Opfer; David Barrie als Zeuge für das an ihr begangene Unrecht mußte mit Rücksicht behandelt werden, aber das änderte nichts daran, daß Sir Nicholas ihn und seine Art nicht leiden konnte.

Sir Nicholas spitzte den Mund, als er die lässige Antwort ›finanziell unabhängig‹ hörte, nachdem er die Frage nach dem Beruf des Zeugen gestellt hatte, ging aber nicht weiter darauf ein. Statt dessen fragte er: »Sie kennen, soviel ich weiß, sowohl den Kläger als auch die Beklagte in diesem unerquicklichen Fall.«

»Ja, Edward kenne ich schon, seit ich denken kann, und Elizabeth seit der Hochzeit, zu der ich eingeladen war. Edwards Vater und der meine waren befreundet.«

»Würden Sie uns mit Ihren eigenen Worten schildern, Mr. Barrie, wie Ihr Verhältnis zu den Cokes nach ihrer Verheiratung sich entwickelt hat?«

»Deshalb bin ich hier, oder?« plauderte David heiter. »Als Edward noch Junggeselle war, aß er manchmal bei uns zu Abend. Ich war manchmal dabei, gelegentlich auch nicht. Alle paar Monate lud er in irgendein Restaurant ein. Nach seiner Heirat mit Elizabeth ging es mit den Einladungen etwas förmlicher zu. Ich wurde immer zusammen mit meinem Vater eingeladen, dazu hin und wieder Primrose Ross und die Jerrold aus Edwards Kanzlei und oft noch ein anderes Ehepaar aus ihrer Bekanntschaft. Eigentlich recht langweilig. Ich ging nur hin, um meinem Vater einen Gefallen zu erweisen. Aber nach einer Weile –«

»Ja, Mr. Barrie?«

»Na ja, Sie haben Elizabeth gesehen«, sagte David. Er schaute sich kurz im Gerichtssaal um, als suche er nach Verständnis. »Sie ist bezaubernd, finden Sie nicht? Ich entwickelte große Zuneigung zu ihr, nur da war eben Edward, und ich kannte ihn gut genug, um zu wissen, daß er sich nie auf eine Scheidung einlassen würde, gleichgültig, was geschehen würde.«

»Aber nach einiger Zeit begannen Sie die Cokes häufiger zu besuchen. Können Sie mir sagen, wie es dazu kam?«

»Ich wollte mich Edward gefällig zeigen.«

»Sie meinen, er sprach ganz offen zu Ihnen –«

»Nein, das meine ich keineswegs«, unterbrach ihn der Zeuge hastig. »Es begann damit, daß er mir erzählte, wie sehr er Elizabeth liebe, was für eine gute Ehefrau sie sei, und dergleichen mehr. Und dann sagte er, ungeachtet dessen hätten sie sehr unterschiedliche Interessen, Theater und Kunst und Ballett. Auch Bücher. Er sagte, er sei durchaus bereit, sie gelegentlich in eine Theateraufführung zu begleiten – so drückte er sich aus –, könne aber mit ihr nicht auf intelligente Art darüber reden und habe das Gefühl, daß ihr etwas fehle, das er nicht bieten könne. Wenn ich also ziemlich regelmäßig käme und sie besuchen wolle, wäre das eine Freundlichkeit, die sie zu schätzen wisse.«

»Und Sie stimmten zu.«

»Sofort«, gestand David offen. »Versteht sich ja wohl. Und ich wunderte mich bei den ersten Besuchen nicht darüber, daß er uns allein ließ, weil ich dachte, damit wolle er uns auf diese Gesprächsthemen bringen. Aber für mich war es natürlich nicht leicht, weil ich mich immer mehr in sie verliebte.«

»Und nach diesen ersten Besuchen, von denen Sie sprachen?«

»Edward schlug dann vor, wir sollten intimere Beziehungen aufnehmen«, antwortete David. Antony glaubte, darin Bellerbys Stimme zu hören, weil der junge Mann, sich selbst überlassen, wohl viel deutlicher geworden wäre. »Es war recht überraschend, das kann ich Ihnen sagen. Ich war völlig – na ja, einen Augenblick lang völlig fassungslos.«

»Und dann, Mr. Barrie?«

»Ich glaube, ich protestierte ein bißchen, aber Edward ließ nicht locker. Er sagte, es gäbe Beispiele für so etwas, und er wolle Elizabeth die fleischlichen Freuden nicht vorenthalten. Ich zitiere ihn wieder. Ganz offen gesagt, ich hielt ihn im Augenblick zu allem fähig, was Gewalttätigkeit anging, und begab mich zu Elizabeth hinüber, die in der Nähe des Sofas stand. Sie war vor Entsetzen ganz starr geworden, und ich sagte etwas zu ihr, um sie zu beruhigen. Ich weiß nicht mehr genau, was. Und wissen Sie, Sir, der Vorschlag entsprach meinen eigenen Wünschen voll und ganz, nur eben nicht dort und zu dem Zeitpunkt. Und ich hätte sie auch nicht gezwungen, aber ich konnte sehen, daß sie Angst vor dem hatte, was Edward tun könnte. Und ich hatte Angst um sie. Und so kam das.«

»Sie besuchten die Cokes wieder, Mr. Barrie, obwohl Sie wußten, daß sich das alles wiederholen würde?« fragte der Richter plötzlich.

»Hm, ja, Mylord. Aber vorher versuchte ich Elizabeth dazu zu bewegen, daß sie ihn verließ. Das schien das einzig Richtige zu sein.«

»Und dazu war sie nicht bereit?«

»Nein, Mylord. Sie sagte, sie seien erst zweieinhalb Jahre verheiratet, und vielleicht werde Edward jetzt vernünftiger werden. Als ich sie drängte, brach sie in Tränen aus und klagte: ›Wenn ich ihn verlasse, wird er uns beide umbringen.‹ Und unter den Umständen dachte ich, er würde einen anderen suchen, der vielleicht grob zu ihr sein würde, wenn ich nicht tat, was er wollte. Ich liebte sie immerhin, auch wenn sie meine Liebe nicht erwiderte.«

»Aber trotz ihrer Angst hat sie dann doch beschlossen, ihren Mann zu verlassen?« sagte Sir Nicholas, als Richter Lovejoy sich offenbar zufrieden in seinem Sitz zurücklehnte.

»Ja, aber davon wußte ich nichts, bis Mr. Bellerby sich mit mir in Verbindung setzte. Ich gebe zu, daß er viel Mühe aufwenden mußte, um die Geschichte aus mir herauszuholen, ich war nicht wild darauf, sie auszuplaudern. Aber als ich einsah, daß es um Elizabeths Wohl ging, gestand ich natürlich alles ein.«

»Danke, Mr. Barrie. Bevor ich Sie entlasse, muß ich Sie noch bitten, den Brief zu lesen, auf dem diese Klage beruht.« Es entstand eine Pause, als das bewußte Dokument dem Zeugen überreicht wurde, und er Sir Nicholas' Bitte entsprach. »Ich muß Sie bitten, ganz ernsthaft nachzudenken«, sagte der Anwalt schließlich. »Entsprechen die in diesem Brief erwähnten Fakten exakt der Wahrheit, soweit Sie das beurteilen können, oder weichen sie in irgendeiner Beziehung von den wirklichen Geschehnissen ab?«

»Sie stimmen bis in die letzte Einzelheit«, bestätigte Barrie entschieden. Als Sir Nicholas sich setzte, drehte er sich ein wenig herum und sah Maitland schon aufrecht dastehen.

»Das ist eine sehr bestechende Geschichte, Mr. Barrie«, sagte Antony liebenswürdig. »Alles erklärt. Jede Handlung von Ihnen und Mrs. Coke vollständig und vernünftig erklärt.«

»Es ist alles wahr«, sagte Barrie trotzig.

»Auch die Tatsache, daß Sie keinen Beruf haben? Ein Ausdruck, der viele Sünden einschließt. Nein, Mylord«, sagte er, als Richter Lovejoy etwas einwenden wollte, »das war metaphorisch gemeint, nicht im Wortsinn. Ich wollte von dem Zeugen nur erfahren, ob er untertags, wenn die meisten Leuten ihrer Arbeit nachgehen, nicht sehr viel freie Zeit hatte.«

»Sie dürfen die Frage beantworten«, erlaubte der Richter mürrisch.

»Ich kann nicht sagen, daß ich meine Zeit totschlagen muß«, erklärte David mit schwachem Lächeln. »Aber nein, ich halte keine festen Bürostunden ein.«

»Dann hatten Sie also selbst während der Zeit, als sie bei ihrem Mann wohnte, genügend Gelegenheit, mit Mrs. Elizabeth untertags zu reden und sie auch zu besuchen, wenn Sie das wollten.«

»Ich weiß nicht recht, was Sie unterstellen wollen, aber wir haben uns nicht auf diese Weise getroffen. Ich hätte es gerne getan, das gebe ich ehrlich zu, aber Elizabeth hätte niemals zugestimmt.«

»Und seit sie das schützende Haus ihres Mannes verlassen hat, hätten sich solche Zusammenkünfte noch leichter arrangieren lassen«, sagte Maitland, ohne auf die letzte Antwort einzugehen.

»Hätten, wurden aber nicht.«

»Nicht einmal ein Treffen, um die Einzelheiten der Geschichte abzusprechen, die Sie uns hier erzählen?«

»Wir brauchten uns nicht abzusprechen. Wir mußten nur die Wahrheit sagen.«

»Tatsächlich? Wie rührend! Sagen Sie mir nur noch eines, Mr. Barrie« – die Worte klangen wie Peitschenhiebe, während die Aufmerksamkeit des Zeugen offensichtlich abgelenkt war – »wußten Sie, daß Mrs. Elizabeth Coke sich bereiterklärt hat, Ihren *Vater* zu heiraten, sobald die Scheidung ausgesprochen ist?«

»Das ist nicht wahr!«

»Ich gehe davon aus, daß Sie mit Nein antworten.«

»Es ist nicht wahr«, wiederholte der Zeuge störrisch. Die weltmännische Maske war ganz und gar von ihm abgefallen.

»Sie können ihn heute abend selbst befragen. Noch besser, Sie fragen Mrs. Coke, aber natürlich erst, wenn Ihre Lordschaft die Sitzung auf morgen vertagt hat.«

»Ich brauche niemanden zu fragen.« Aber sein Blick richtete sich auf Elizabeth und hatte einen flehenden Ausdruck angenommen. »Ich weiß, daß es nicht wahr ist«, sagte er mit einem Anflug von Stocken in der Stimme, »weil sie *mich* heiraten wird.«

3

»Das war ein hübsches Kaninchen, das du da aus dem Zylinder gezaubert hast«, sagte Sir Nicholas anerkennend. Er hatte auf dem ganzen Heimweg geschwiegen, so daß Antony sich schon unruhig gefragt hatte, wie er zu den Dingen stehen mochte, aber zu Hause war er von seinem Onkel sofort ins Arbeitszimmer gebeten worden und hatte diesen Satz vernommen. »Aber bist du dir ganz sicher, daß es nicht wirksamer gewesen wäre, wenn du durch die Mitte gegangen wärst?«

»Du mußt tief berührt sein, Onkel Nick«, konstatierte Antony.

Er setzte sich und sah zu, wie sein Onkel Sherry einschenkte. »Ich habe von dir noch nie gehört, daß du Metaphern durcheinanderbringst oder den umgangssprachlichen Wendungen, die du so verabscheust, derart nahekommst.«

»Deine Tante scheint mich zu verderben«, sagte Sir Nicholas ernsthaft. Für Antony war es ein kleines Ärgernis, daß Umgangssprache bei Vera geduldet wurde, die auf seinen eigenen Kopf ein heiliges Donnerwetter herabgezogen hätte. »Wo ist sie übrigens?« fragte Sir Nicholas und schaute sich um, als könne seine Frau sich in irgendeiner Zimmerecke versteckt halten. »Oben bei Jenny?«

»Jenny sprach von einer weiteren Fahrstunde.«

»Gott behüte!« sagte sein Onkel erbleichend.

»Es wäre gut, wenn der dreinfahren würde, weil es wohl keinen Zweck hat, wenn einer von uns etwas einwendet«, meinte Antony und ließ sich ein Glas geben. »Aber wenigstens ist sie nicht im Gerichtssaal aufgetaucht. Aus irgendeinem Grund habe ich keinen Wert darauf gelegt, daß sie miterlebte, wie du mit mir den Boden aufwischst.« Aber seine Neugier gewann dann doch die Oberhand. »Was hätte ich nach deiner Meinung anders machen sollen?«

»Du hättest Owen Barrie vorladen lassen sollen, damit er aussagen muß. Ich nehme an, daß du dein Wissen von ihm bezogen hast.«

»Ja. Dürfen wir uns überhaupt in dieser Weise unterhalten?« fragte Maitland.

»Warum denn nicht? Beweise werden keine mehr vorgetragen, es wird kein Kreuzverhör mehr durch einen von uns geben, das die Meinung des anderen beeinflussen könnte.«

»Nur unsere Schlußplädoyers.«

»Die schon geschrieben sind. Das heißt, ich hoffe, du bist nicht so nachlässig gewesen –«

»Nein, ist schon geschehen, obwohl ich mir vorstelle, daß das deine noch ein bißchen abgeändert werden muß.« Sir Nicholas sah ihn scharf an, aber zu seinem Erstaunen konnte er kein Anzeichen dafür entdecken, daß sein Neffe ihn bewußt ärgern wollte. »Gut, Onkel Nick«, fuhr Antony fort. »Ich sehe das so. Wenn ich Owen Barrie geladen hätte, wäre nachgewiesen worden, daß Elizabeth ein Motiv dafür hatte, die Scheidung zu begehren. Auf meine Weise habe ich dieselbe Wirkung erzielt und noch dazu die Aussage eines deiner Hauptzeugen in Zweifel ziehen können. Ohne einen anständigen Menschen mehr zu schädigen, als nötig war.«

»Du meinst Owen Barrie?«

»Freilich, ja. Ich habe dir von meinem Gespräch mit ihm nichts erzählt, aber insgesamt sind wir großartig miteinander ausgekommen. Er wird verletzt sein, wenn er von Davids Ausbruch hört, aber nicht so, als hätte ich ihn selbst vor Gericht geschleppt.«

»Alles schön und gut, aber hast du den Eindruck, du hättest meine Mandantin total unglaubwürdig gemacht? Denn –«

»Ich weiß, du bist mir schön in die Parade gefahren, als du sie in den Zeugenstand zurückgeholt hast. Mich wundert«, fügte er neidisch hinzu, »daß du den Nerv dazu hattest.«

»Ja, ich weiß, was du denkst. Man sollte vor Gericht nie eine Frage stellen, wenn man sich der Antwort darauf nicht völlig sicher ist. In diesem Fall glaubte ich mir sicher zu sein, Antony, und habe genau das gehört, was ich hören wollte.«

»Ja, eine hübsche Geschichte«, gab Maitland zu. »Sie hat die Wahrheit gesagt, als sie erklärte, sie liebe David Barrie nicht, aber er sei wenigstens nett und ganz normal, und nach allem, was geschehen sei, halte sie es für ihre Pflicht, ihn zu heiraten. Ich sehe das zwar nicht so ganz ein, aber es klang durchaus überzeugend. Und Owen Barrie sei selbstverständlich nur ein Freund, sie könne sich gar nicht denken, woher ich das hätte –«

»Mir ist aufgefallen, daß du sie nicht mehr ins Kreuzverhör genommen hast.«

»Ich weiß, wann ich geschlagen bin. Aber um auf ihre Gründe für den Entschluß zurückzukommen, David Barrie zu heiraten –«

»In Fragen moralischer Grundsätze könnte man die moderne Welt in drei Teile zerlegen«, sagte Sir Nicholas (ganz so, als wüßte er, wovon er redet, dachte Antony respektlos). »Es gibt solche, die – ist keusch ein zu altmodisches Wort für dich?«

»Es geht.«

»Dann diejenigen, die wahllos Geschlechtsbeziehungen eingehen«, fuhr Sir Nicholas fort, nun ganz in seinem Fahrwasser. »Und die dritte Klasse liegt irgendwo zwischen diesen beiden, jene, die glauben, es gäbe keinen moralischen Einwand gegen sexuelle Beziehungen, wenn ihr Ziel letztlich die Ehe ist. Mrs. Coke hat trotz der Tatsache, daß sie unter Zwang ihres Ehemannes handelte, das Gefühl, etwas Unrechtes getan zu haben, und will das nun gutmachen.«

»Ja, ich gebe zu, diesen Eindruck hat sie geschickt vermitteln können. Ich bin sicher, die Geschworenen waren beeindruckt. Was wird deiner Meinung nach morgen passieren?«

»Ich denke, sie werden ein Urteil zugunsten meiner Mandantin fällen, und wenn ich etwas weiter vorausblicke, glaube ich, daß ihrem Scheidungsbegehren stattgegeben werden wird, sobald die Verhandlung stattfindet.«

»Und dann könnten wir eine Privatklage wegen Meineids erheben.«

»Da würdet ihr gewiß gewinnen. Gegen Elizabeth Coke ebenso wie gegen David Barrie. Aber was sollte das deinem Mandanten nützen?«

»Überhaupt nichts. Ich habe das auch gar nicht ernst gemeint. Eines will ich dir zugeben, Onkel Nick: Elizabeth Coke ist außergewöhnlich beeindruckend. Es wundert mich überhaupt nicht, daß sie dich eingewickelt hat.«

»Eingewickelt?« sagte Sir Nicholas empört. »Ich war in meinem ganzen Leben der Wahrheit nie sicherer.«

»Sogar dann noch, als sie unter Eid bei mindestens einer Lüge ertappt worden ist?«

»Du kennst meine Ansichten zu diesem Thema«, erklärte sein Onkel, und das traf zu. Sie waren in der Tat sehr streng. »Aber nicht jeder teilt sie, und es ist kaum gerecht, andere Menschen nach den eigenen Grundsätzen zu beurteilen.«

»Na gut, du sollst recht haben.«

»Mich wundert nur, daß du deine Meinung nicht geändert hast, nachdem du sie gesehen und ihre eigenen Worte gehört hast.«

»Einen Augenblick lang ging es mir so«, gab Antony zu. »Na ja … beinahe.«

»Aber dann schlug es wieder um?«

»Es war nur ein Gedanke.«

»Erklär mir das«, forderte ihn sein Onkel auf.

Antony ergriff sein Glas und schwenkte es auf gefährliche Weise.

»Ich kannt' ein Mädchen, das so rein, dem fiel das Wörtchen Mist nicht ein«, meinte er vage.

Sein Onkel starrte ihn an.

»Was, um alles in der Welt, meinst du damit?« fragte er scharf, aber zu Antonys Erleichterung ging, bevor er sich erneut der Forderung ausgesetzt sah, das Unerklärbare zu erklären, die Tür auf, und Vera stürzte ins Zimmer, gefolgt von Jenny.

»Der Stoßverkehr ist gräßlich«, verkündete sie theatralisch, »aber Jenny sagt, ich bewältige ihn wie eine routinierte Autofahrerin. Solltest stolz sein auf mich, Nicholas.«

In dem allgemeinen Geplapper, das nun folgte, ging das Thema von Edward Cokes Verleumdungsklage gegen seine Frau vorübergehend unter.

4

Später an diesem Abend, als Antony und Jenny, wieder in der eigenen Wohnung, ans Zubettgehen dachten, läutete das Telefon. Antony stemmte sich aus seinem Sessel hoch, um den Hörer abzunehmen, und war erstaunt, Desmond Barleycorns Stimme zu vernehmen.

»Ich dachte, wir hätten alles gesagt, was zu der Sache zu sagen ist, wenigstens für heute«, begrüßte er den Solicitor ein wenig unwirsch.

»Da ist etwas Neues, das Sie erfahren müssen. Chefinspektor Sykes hat angerufen und mich ausdrücklich gebeten, Ihnen Bescheid zu sagen.« Maitland erstarrte. »Sie kennen diesen David Barrie?«

»Natürlich kenne ich ihn.«

»Er besuchte heute abend das Theater und wurde auf dem Heimweg erstochen, als er durch die Avery Mews ging. Ich nehme an, Sie wissen, wo das ist.«

Maitland blieb einen Augenblick stumm.

»Nicht weit von hier«, meinte er schließlich. »Und nicht weit vom Haus seines Vaters. Was ich nicht begreife, Desmond, ist, wer um alles in der Welt seinen Tod wünschen konnte.«

»Das weiß ich nicht, aber Sykes bestand darauf, daß ich Sie sofort verständige. Sagen Sie Sir Nicholas Bescheid? Ich weiß nicht, wie sich das morgen auswirken wird.«

»Ich nehme an, Sykes hat Bellerby direkt angerufen, und Onkel Nick hat es schon erfahren. Es ist ein bißchen spät, ich rede morgen beim Frühstück mit ihm. Wir holen vielleicht eine Vertagung heraus, wenn er einverstanden ist.«

Und erst am nächsten Morgen, als das Telefon läutete, während sie darauf warteten, daß das Kaffeewasser kochte, erfuhr er – diesmal von Kriminal-Chefinspektor Sykes selbst – daß auch Elizabeth Coke tot war.

TEIL III

Sitzungsperiode Sommer 1973

Freitag, 22. Juni

1

Diese Neuigkeit führte ihn nach einem kurzen Wort zu Jenny hinunter, um seinen Onkel bei der ersten Tasse Kaffee zu einem Zeitpunkt zu stören, in dem Sir Nicholas das ganz und gar nicht schätzte. Es folgten zahlreiche Telefongespräche nach hierhin und dorthin, eine Besprechung bei Gericht, die ausführliche Erläuterungen notwendig machte, weil Richter Lovejoy ein Mann war, der sich nicht so ohne weiteres überzeugen ließ. Sie mußten sogar den Chefinspektor persönlich hinzuziehen, bevor Seine Lordschaft einer Einstellung des Verfahrens zustimmen wollte. Sir Nicholas fuhr in die Kanzlei zurück, und Antony wollte seinem Beispiel folgen, als Desmond ihn zurückhielt. Er packte seinen Arm, wie ein Ertrinkender angeblich einen Strohhalm.

»Die Polizei will Edward verhören«, berichtete er.

»Ich nehme an, er kennt seine Rechte so gut wie Sie oder ich. Sie sollten natürlich dabei sein. Peinliche Fragen darf er eben nicht beantworten. Aber es könnte sein, daß es sich um eine reine Formalität handelt. Unter den Umständen –« Seine Geste umfaßte den ganzen Gerichtssaal und alles, was dort vorgegangen war.

»Das weiß ich alles, aber das ist ganz und gar nicht mein Gebiet«, sagte Desmond unsicher. »Das andere war es auch nicht, Sie wissen gar nicht, wie ich mich die ganze Zeit auf Sie verlassen habe. Ich wäre Ihnen sehr dankbar, wenn Sie mit uns zum Büro fahren und bei dem Gespräch dabei sein würden.«

»Ich nehme an, es ist Chefinspektor Sykes selbst, der mit ihm reden will.«

»Ja, und ein Inspektor Mayhew, glaube ich. Ich wäre wirklich überaus dankbar –«

»Schon gut, ich komme mit.« Maitland war der Gedanke gekommen, daß es von Interesse sein konnte, über die beiden Todesfälle etwas mehr zu erfahren. Offensichtlich hatte man es hier mit einem Rätsel zu tun, einem auffallenden Mantel an Motiven, wie es ihm in diesem Augenblick erschien.

»Schon in Ordnung, Edward«, sagte Desmond und drehte sich nach seinem älteren Kollegen um, der ein wenig abseits gestanden hatte. »Er kommt mit.«

Die Kanzlei der Anwaltsfirma Coke, Coke & Barleycorn, Solicitors und Notare, war altmodischer Art, wenngleich von den Vorbildern doch so weit unterschieden, daß man die Fenster hatte putzen lassen, und zumindest Edward Cokes Zimmer war überaus behaglich eingerichtet.

»Wann wollte Sykes hier sein?« fragte Maitland, als Edward Coke ihn mit einer Handbewegung zum Sitzen einlud.

»Gegen elf Uhr«, sagte Edward. »In zehn Minuten«, fügte er überflüssigerweise hinzu, als er auf die Uhr schaute. »Sie müssen jeden Augenblick hier sein. Er war ja auch im Gericht.«

»Wahrscheinlich wird er eine Tasse Tee trinken wollen, bevor er herkommt«, meinte Antony grinsend. »Sykes ist ein großer Teetrinker vor dem Herrn und kennt jedes Lokal in London, wo man ihn ohne Rücksicht auf die Tageszeit serviert bekommt.«

»Sie scheinen ihn gut zu kennen«

»Ja, ich glaube, das kann man sagen. Wir sind fast Freunde. Aber wenn Sie glauben«, fügte er hastig hinzu, »daß ihn das für Sie einnehmen würde, möchte ich das gleich richtigstellen. Sein Vorgesetzter ist Chef-Superindendent Briggs, und Briggs kann mich überhaupt nicht leiden.«

»Ich kann so und so keinen Unterschied sehen«, erklärte Edward. »Aber solange wir noch allein sind, etwas anderes. Elizabeth starb, bevor im Verleumdungsprozeß ein Urteil ergehen konnte. Wir haben einen Streit, der privat hätte bleiben sollen, so öffentlich wie nur möglich ausgefochten. Glauben Sie, die Polizei könnte daraus ein Motiv für mich konstruieren, daß ich sie getötet haben könnte?«

»Wollen Sie meine ehrliche Meinung hören?«

»Natürlich, sonst hätte ich Sie nicht darum gebeten.«

»Ja, dann bin ich der Meinung, daß ein guter Ankläger, etwa Bruce Halloran, die Dinge äußerst düster würde darstellen können. Wir hätten den Prozeß verloren, wissen Sie.«

»Schon, aber von meinem Standpunkt aus ist doch nichts gebessert. Das bedeutet nur, daß die Beschuldigung bestehen bleibt und ich niemals Gelegenheit bekomme, sie zu widerlegen. Außerdem gestehe ich zu meiner Schande zwar ein, daß ich nahe daran war, Elizabeth zu hassen, aber ihren Tod habe ich nicht gewünscht.«

»Und David Barrie?«

»Den habe ich nur verachtet.«

»Trotzdem, wenn ich die Anklage zu vertreten hätte, würde ich auf zwei Dinge verweisen. Ein mögliches Motiv wäre Rache; gemeinsam haben die beiden doch beinahe bewirkt, daß Ihr weiteres Leben ruiniert ist, nicht? Dazu kommt: Sie haben sich große Mühe gegeben, immer wieder zu betonen, daß Sie eine Scheidung rundweg ablehnen. Von diesem Standpunkt aus gesehen löst Elizabeths Tod das Problem für Sie, nicht wahr?«

»Und das glauben Sie *wirklich*?«

»Das habe ich nicht gesagt. Ich habe nur erklärt, wie man eine Anklage aufbauen könnte.«

»Tja, ich kann nur sagen – wie schon zu dieser Behauptung, ich sei pervers – es hätte nicht viel Sinn, die kirchlichen Gesetze in der Scheidungsfrage zu beachten und dann hinzugehen und eine viel schwerere Sünde zu begehen.«

»Der Haken dabei ist nur, daß die Mehrheit der Menschen nicht in vernünftigen Kategorien denkt. Warum sollten Sie eine Ausnahme sein?«

»Das glauben Sie?« fragte Edward noch einmal.

»Ich bin hier, um Ihnen zu helfen ... erinnern Sie sich noch?« sagte Antony. »Was haben Sie gestern abend gemacht?«

»Ich bin vom Gericht direkt nach Hause gefahren. Desmond begleitete mich und blieb noch auf ein Gläschen, eine halbe Stunde vielleicht, und danach war ich allein.«

»Keine Besuche? Keine Telefongespräche?«

»Überhaupt nichts.«

»Na ja, sehr nützlich ist das nicht. Möchte wissen, wo Elizabeth gestorben ist, und auch wann. Das haben Sie nicht erfahren, Desmond, wie?«

»Nein, nur über David, daß er auf dem Heimweg vom Theater getötet wurde, als er den Weg durch die Avery Mews abkürzte. Ich nehme an, da ist es zu dieser Nachtzeit sehr einsam.«

»Allerdings. Ich glaube, ich habe schon erwähnt, daß in unserer Gegend viele Häuser zu Büros umgebaut worden sind. Wir müssen abwarten, was wir von Sykes erfahren können.«

Wie aufs Stichwort läutete in diesem Augenblick das Telefon, um die Ankunft des Chefinspektors mitzuteilen. Sykes war ein vierschrötiger Mann, der stets den Eindruck zu erwecken verstand, er fühle sich auf dem Land wohler als in der Stadt. Er hatte eine Gelassenheit an sich, die Maitland nur sehr selten in Verwirrung erlebt hatte. Kriminalinspektor Mayhew, der hinter ihm das Büro betrat, war etwas größer und schwarzhaarig, ein Mann, den Antony schätzte und dessen kürzliche Beförderung er für vollauf gerechtfertigt hielt.

»Sie hier, Mr. Maitland?« sagte Sykes, nachdem er die beiden anderen Männer auf seine bedächtige Art begrüßt hatte. »Ich kann verstehen, daß Mr. Coke die Anwesenheit seines Solicitors wünscht –«

»Unter den gegebenen Umständen –« unterbrach Edward ihn, aber Antony ging sofort dazwischen.

»Reine Neugier auf meiner Seite, Chefinspektor«, erklärte er gelassen. »Immerhin hatte ich mit beiden Toten in den letzten Tagen zu tun.«

»Sie wollen mich aushorchen«, sagte Sykes gutmütig. »Ich weiß nicht, ob ich Ihnen etwas mitzuteilen habe.«

»Na, hören Sie, damit kommen Sie doch nicht davon. Wie du mir, so ich dir, oder?«

»Damit meinen Sie wohl, daß Ihr Mandant meine Fragen nicht beantwortet, wenn ich mich auf die Ihren nicht äußern will«, gab Sykes zurück.

»So ungefähr.«

»Das läuft nicht, Mr. Maitland, das läuft nicht. Jeder Staatsbürger hat die Pflicht... außer, Sie wollen damit andeuten, es könnte für

Mr. Coke von Nachteil sein, meine Fragen zu beantworten.«

»Keine Rede. Er wird Ihnen natürlich alles sagen, was Sie wissen wollen«, versicherte Antony ihm. »Gleichzeitig bin ich aber sicher, daß wir Ihre Ermittlungen noch besser fördern könnten, wenn wir ein wenig mehr darüber wüßten, was geschehen ist.«

In diesem Augenblick gab Inspektor Mayhew das grollende Geräusch von sich, das Antony stets an eine Standuhr kurz vor dem Schlag erinnerte. Es hatte zu bedeuten, daß Mayhew etwas zu sagen wünschte.

»Was Mr. Maitland da äußert, könnte seine Berechtigung haben«, erklärte er. »Und schließlich –«

»Stehen die Einzelheiten in den Abendblättern«, ergänzte Sykes. »Also gut, Mr. Maitland, was wollen Sie wissen?«

»Wir haben erfahren, daß David Barrie in der Avery Mews erstochen wurde, als er vom Theater heimging. Sogar das ist nicht sehr informativ.«

»Dann will ich versuchen, dem abzuhelfen.« Maitland war nun ganz sicher, daß Sykes von allem Anfang an beabsichtigt hatte, ihm die Einzelheiten mitzuteilen, die er wissen wollte. Im übrigen stand für ihn fest, daß der Kriminalbeamte seine eigenen Gründe dafür hatte. »Mr. Barrie fuhr vom Gericht direkt nach Hause, und von der Haushälterin haben wir erfahren, daß er anschließend längere Zeit bei seinem Vater saß. Dann verließ er das Haus, mit Krach und Türenknallen, wie sie sagte, und das ist alles, was wir über sein Tun wissen, bis er um halb elf Uhr tot aufgefunden wurde. Offenbar stach jemand mehrmals von hinten zu, aber seltsam ist, daß er von der Richtung seines Hauses abgewandt war, als er hinstürzte, aber für eine Obduktion ist natürlich noch keine Zeit gewesen.«

»Es muß ein sehr kurzes Stück gewesen sein.«

»Da sind Sie einer Fehlinformation aufgesessen. Es war die Haushälterin, die behauptete, er sei ins Theater gegangen. Er hatte eine Eintrittskarte für Jeremy Skeltons Stück ›Von Dolchen durchbohrt‹ in der Tasche, aber sie war nicht benützt worden.«

»Tja, ich kann verstehen, daß er nach den gestrigen Ereignissen im Gerichtssaal keine große Lust aufs Theater hatte. Aber dazu kommen wir noch. Und Mrs. Coke?«

»Genauso seltsam ist, daß man sie nicht weit von dem Tatort

entfernt gefunden hat, am Crocker Place.«

»Aber das –«

»Genau. Da wohnen die Barries. Noch eine Merkwürdigkeit ist die, daß sie erst in den frühen Morgenstunden gefunden wurde, obwohl es dort nicht so einsam ist wie in der Avery Mews. Auch sie hatte mehrere Stichwunden und war in den Schatten der Außentreppe vor Haus 23 gefallen, so daß alle möglichen Leute vorbeigegangen sein können, ohne sie bemerkt zu haben. Haus 23 liegt am anderen Straßenende vom Haus der Barries.«

»Und sie war ebenfalls von hinten erstochen worden?«

»Nein, offenbar hatte ihr der Täter gegenübergestanden. Auch hier liegt natürlich noch kein Obduktionsergebnis vor. Wir wissen nicht, wer von den beiden als erster gestorben ist. Und ich brauche Ihnen nicht zu sagen, Mr. Maitland, daß wir vielleicht nie erfahren werden ...«

»Verstehe. Also, Chefinspektor. Nachdem Sie unsere Neugier befriedigt haben, was können wir Ihnen sagen?«

Sykes lächelte ihn an.

»Mr. Coke kann damit beginnen, daß er mir erzählt, was er vom Verlauf des Verleumdungsprozesses gehalten hat«, sagte er.

»Ich fand, daß er trotz der Bemühungen von Mr. Maitland schlecht stand«, erklärte Edward. »Und ich gebe ihm nicht die Schuld daran. Er hatte nichts in der Hand.«

»Ich habe schon früher erlebt, daß er aus nichts etwas macht«, meinte Sykes. Ganz so, als sei ich gar nicht dabei, dachte Antony verärgert.

»Bis zu einem gewissen Punkt hat er das auch getan«, erwiderte Edward. »Er hat herausbekommen, daß Elizabeth wieder heiraten wollte, etwas, das zu verheimlichen sie sich große Mühe gegeben hatte.«

»Aber Sie sind der Meinung, daß das keine Wirkung auf das Urteil gehabt hätte?«

»Überhaupt keine. Sie hatte eine Erklärung parat und ist – ich sollte sagen, war – eine höchst überzeugende Lügnerin.«

»Warum haben Sie die Verleumdungsklage erhoben, Mr. Coke?«

»Mir blieb keine andere Wahl. Mein Ruf – privat und beruflich – stand auf dem Spiel.«

»Und warum haben Sie Mrs. Cokes Wunsch nach einer Scheidung widersprochen?«

»Der Richter selbst hat eingeräumt, daß das mit der Verleumdungsklage nichts zu tun hatte«, warf Maitland ein.

»Nein, Mr. Maitland, darum geht es uns jetzt nicht. Wir haben zwei Morde aufzuklären«, erinnerte ihn Sykes.

»Ich war dagegen«, sagte Edward, offenkundig geradezu voll Eifer, seine Ansichten zu dem Thema bekanntzugeben, »weil ich unter allen Umständen gegen Scheidung bin und mich selbst im Unrecht gefühlt hätte, wenn ich einverstanden gewesen wäre.«

»Und wenn es Mrs. Coke trotz Ihres Widerstandes gelungen wäre, geschieden zu werden?«

»Ich hätte mich trotzdem nach wie vor gebunden gefühlt.«

»Würden Sie sich als normalen Mann mit normalem Triebverhalten einschätzen, Mr. Coke?«

Antony wollte etwas einwerfen, aber Edward brachte ihn mit einer Geste zum Schweigen.

»Das wollte ich nachweisen«, sagte er. »Wenn Sie von sexuellen Begierden sprechen.«

»Genau das habe ich gemeint. Wie dachten Sie über die Zukunft?«

»Ich wollte sie nicht allein durchstehen müssen«, gab Edward zu.

»Und jetzt sind Sie frei. Haben Sie jemanden im Sinn, der sie mit Ihnen teilen könnte?«

»Ich hatte nicht das Recht, über solche Dinge nachzudenken.«

»Bis heute früh.«

»Ich muß wiederholen, was ich zu Mr. Maitland gesagt habe. Ich betrachte Scheidung als eine Sünde, aber Mord ist eine noch viel größere.«

»Und was halten Sie von Rache?«

Edward lächelte plötzlich.

»Sie sind ein beharrlicher Mensch, Chefinspektor«, sagte er. »Ich würde lügen, wenn ich behaupten würde, daß ich besonders liebevoll über Elizabeth und David Barrie dachte, aber ich versichere Ihnen, meine Gefühle haben mich nicht dazu gebracht, sie zu töten.«

»Wo sind Sie gestern abend gewesen, Mr. Coke?«

»Zu Hause, allein. Ich habe kein Alibi.«

»Gut, dann lassen wir Ihre Angelegenheit zunächst einmal auf sich beruhen.«

»Wollen Sie denn nicht wissen, was gestern im Gericht geschehen ist?« fragte Edward erstaunt.

»Nein, ich habe einen sehr ausführlichen Bericht von jemandem, der dabei war. Sie können mir aber eines sagen, und da Sie hier sind, Mr. Maitland, beziehe ich Sie in die Frage gleich mit ein. Was war die Wahrheit – daß Mrs. Coke David Barrie heiraten wollte oder daß sie sich mit seinem Vater zu verbinden gedachte?«

»Ich dachte, es wäre David«, erwiderte Edward Coke zögernd, »und zwar deshalb, weil ich annahm, sie hätte ihn so dazu gebracht, daß er ihre Behauptungen bestätigte. Sie haben mich nicht gefragt, ob sie stimmen oder nicht, Chefinspektor –«

»Das ist im Grunde nicht von Belang.«

»Für mich schon.«

»Ja, das sehe ich ein, aber Sie haben meine Frage nicht beantwortet, Mr. Maitland«, fügte er hinzu und wandte sich an Antony.

»Ich glaube, sie versprach David die Ehe als Preis für seine Mitwirkung«, sagte Antony, »aber ich bin auch überzeugt davon, daß sie Owen Barrie versprochen hat, ihn zu heiraten, weil er mir das selbst erzählt hat. Und meine Theorie war von Anfang an die, Chefinspektor, daß sie bei allem, was sie tat, von der Gier nach Geld bewegt wurde. David konnte ja ungefährdet abgehalftert werden; sobald die Lüge beschworen war, konnte er Elizabeth nicht widersprechen, ohne sich einem Meineidsverfahren auszusetzen.«

»Sehr interessant«, sagte Sykes ernsthaft. Mayhew nickte dazu, sagte aber nichts. »Ich glaube nun, daß Sie mir in zwei Punkten recht geben werden, Mr. Coke. Erstens, daß die beiden Morde zusammenhängen müssen –«

»Das ist naheliegend, nicht?«

»Ja, das fürchte ich. Beim zweiten Punkt werden Sie mir aber vielleicht nicht so ohne weiteres zustimmen. Sie müssen auch auf irgendeine Weise mit der Situation zwischen Ihnen und Ihrer Frau zusammenhängen.«

Edward warf einen Blick zu Maitland hinüber, sah Desmond Barleycorn an und wandte sich wieder dem Chefinspektor zu.

»Ich muß zugeben, daß mir das so augenfällig erscheint wie Ihnen«, gestand er.

»Dann können Sie mir vielleicht sagen, wer ein Motiv gehabt haben könnte, nicht nur für den Mord an Mrs. Coke, sondern auch für den an David Barrie.«

»Da würde ich Ihnen gerne helfen, wenn ich könnte«, sagte Edward aufrichtig. »Ich sehe deutlich, daß Sie mich für den naheliegenden Kandidaten halten –«

»Der Chefinspektor hat Ihnen gegenüber nicht die erforderliche Warnung ausgesprochen, Mr. Coke«, warf Antony ein.

»Nein, hat er nicht, wie?« Edwards Stimme klang eher erstaunt als erfreut.

»Meine Ermittlungen stehen erst am Anfang«, erklärte Sykes, »und sind stark behindert worden, weil ich heute vormittag zum Gericht mußte. Ich bin sicher, meine Herren, Sie werden alle einsehen«, fügte er hinzu und schaute sich um, »daß die Befragung von Mr. Coke der naheliegende Anfang war. Ich hoffe, Sir, daß Sie mir etwas über Mrs. Cokes Affären und darüber erzählen können, wer ein Motiv gehabt haben könnte, sie zu töten.«

»Wenn Sie mit Affären Liebesaffären meinen, Chefinspektor, nehme ich an, daß Sie darüber inzwischen ebensoviel wissen wie ich. Aber ich gebe zu, daß ich die ganze Sache als rätselhaft empfinde. Ich kann mir einfach nicht vorstellen, wer so etwas Schreckliches getan haben könnte.«

»Die Freunde, die im Verleumdungsprozeß ausgesagt haben, zum Beispiel.«

»Warum sollte von ihnen jemand Elizabeth töten wollen, geschweige denn auch noch David Barrie?«

»Enttäuschung«, warf Inspektor Mayhew plötzlich ein.

»Das ergibt keinen Sinn. Primrose hat ihr geglaubt, die Stowes haben ihr geglaubt. Die Walpoles nicht, aber sie haben nicht vor Gericht zum erstenmal davon erfahren. Weshalb sollten sie plötzlich von Haß erfüllt sein?«

»Und sonst fällt Ihnen niemand ein?«

»Kein Mensch.«

»Nun gut, Mr. Coke, lassen wir es dabei bewenden. Sie werden einsehen, daß ich vielleicht noch einmal mit Ihnen sprechen muß;

wie gesagt, die Ermittlungen stehen erst am Anfang. Müssen Sie in unsere Richtung, Mr. Maitland?«

»Nicht bis Scotland Yard, wenn Sie das meinen«, antwortete Antony, der seine eigenen Gründe dafür hatte, den Komplex zu verabscheuen. »Aber wenn Mr. Coke mich nicht mehr braucht –«

»Ich bin Ihnen dankbar für Ihre Hilfe«, sagte Edward, »und wenn ich wiederholen darf, was Chefinspektor Sykes gesagt hat: Es wird Ihnen sicher klar sein, daß ich Ihren Rat vielleicht noch einmal brauche.«

Desmond führte sie hinaus.

»Nein, Chefinspektor«, sagte Antony entschieden, als sie auf der Straße standen. »Es ist viel zu nah an Mittag, als daß ich eine Tasse Tee möchte.«

»Ich kenne ein kleines Lokal gleich um die Ecke –«, beharrte Sykes im Überredungston.

»Ja, da bin ich sicher. Dieses eine Mal muß ich auf das Vergnügen Ihrer Gesellschaft leider verzichten, Chefinspektor.« Er lächelte die beiden Kriminalbeamten an. »Lassen Sie sich sagen, daß es für mich höchst unangemessen wäre, einen Fall zu besprechen, in den ein Mandant von mir verwickelt sein könnte.«

»Tja, sehen Sie, Mr. Maitland, das war eine merkwürdige Situation«, meinte Mayhew. »Sie und Sir Nicholas als Gegner. Und da wir Sie kennen, der Chefinspektor und ich, dachten wir –«

»Was Sie gedacht haben, ist mir völlig klar, nach all den Jahren. Sie dachten, ich verfüge über eine private Informationsquelle, die Ihnen vielleicht von Nutzen sein könnte.«

»So wie ich Sie kenne, Mr. Maitland –«, begann Sykes, aber Antony unterbrach ihn unbarmherzig.

»Sie erklärten, Sie hätten Ihren eigenen Informanten zur Verleumdungsklage«, sagte er. »Ich gehe also davon aus, daß Sie von mir keine Fakten hören wollen, sondern Meinungen.«

»Ich will nicht behaupten, daß das falsch ist. Ganz offen gestanden, Mr. Maitland, ich kann mir nicht vorstellen, daß Sie einen Fall wie diesen übernehmen, wenn nicht irgend etwas Sie davon überzeugt hätte, daß Ihr Mandant die Wahrheit sagte.«

»Haben Sie schon einmal gehört, daß Onkel Nick eine Scheidungssache übernimmt, wenn wir schon mal bei dem Thema sind?«

»Nein, das kann ich nicht behaupten.«

»Nun, dann hatte ihn etwas davon überzeugt, daß seine Mandantin im Recht war. Können wir es in meinem Fall nicht einfach auch dabei belassen?«

»Da ich Sie kenne, Mr. Maitland –«

»Das haben Sie schon einmal gesagt«, erinnerte ihn Antony. »Ich habe meine eigenen Vorstellungen von Edward und Elizabeth Coke ... und übrigens auch von David Barrie. Aber die gehen Sie nichts an.«

»Einen Punkt haben wir mit Ihrem Mandanten nicht besprochen«, fuhr Sykes fort, der nicht sonderlich niedergeschlagen wirkte. »Er ist Katholik, nicht wahr?«

»Das hat Ihnen Ihr Informant im Hinblick auf das Verleumdungsverfahren gewiß mitgeteilt.«

»Hm – Sie werden mich berichtigen, wenn ich mich da irre, Mr. Maitland – aber ich habe den Eindruck, daß das Argument, das er über den Unterschied in seinen Augen zwischen Wiederverheiratung und Mord vorbrachte, nicht ganz stimmig war.«

Zur Abwechslung war es ihm gelungen, Maitland völlig zu überraschen.

»Was, um alles in der Welt, meinen Sie damit?«

»Nun ja, soviel ich weiß, könnte er zur Beichte gehen und den Mord gewissermaßen löschen lassen. Während er bei einer Wiederverheiratung seine zweite Frau aufgeben müßte, um den Geboten seines Glaubens zu entsprechen.« Er verstummte und riß erstaunt die Augen auf, als Maitland zu lachen anfing.

»Ich kann Ihnen versichern, daß es nicht ganz so einfach ist«, sagte er. »Im zweiten Punkt haben Sie recht, aber wenn Sie glauben, ein Katholik könne alles tun, was ihm beliebt, solange er anschließend zur Beichte geht, sind Sie im Irrtum.«

»Ich hatte schon das Gefühl, daß da irgendwo ein Haken ist«, meinte Sykes nüchtern. »Angenommen. Sie würden ihn jetzt gegen eine Beschuldigung, seine Frau ermordet zu haben, verteidigen, hätten Sie Einwände gegen Geschworene, die keine Katholiken sind, so wie man das in Amerika macht?«

»Darf ich Sie daran erinnern, Chefinspektor, daß Sie selbst gesagt haben, Ihre Ermittlungen stünden erst am Anfang? Die Frage, ob ich Edward Coke verteidige, ergibt sich wohl kaum.«

»Noch nicht«, sagte Sykes. Es war möglich, daß seine Stimme ein leises Bedauern verriet.

»Wenn Sie so denken, hätten Sie die Warnung bei ihm aussprechen sollen«, gab Antony zurück. »Ich glaube jedenfalls, daß man der Jury die Sache durchaus ganz einfach erklären könnte, ohne zu einer solchen Taktik greifen zu müssen.« Aber als er sich verabschiedet hatte, dachte er bei sich, daß er keine zwei Pennystücke für die Kollektivintelligenz irgendeiner Jury gegeben hätte, und darin unterschied er sich bedauerlicherweise von der Mehrheit seiner Kollegen nicht.

2

Sir Nicholas schien von den Aktenstößen in der Kanzlei verschluckt worden zu sein, und erst als er und Vera an diesem Abend nach dem Essen heraufkamen, ergab sich wieder die Möglichkeit zu einem Gespräch.

»Gott sei Dank ist es jetzt nicht mehr unzulässig, offen über die Sache zu reden«, begann er, als er sich in seinen Lieblingssessel fallen ließ. »Die beiden letzten Wochen waren sehr beschwerlich für mich, Antony.«

»Ich dachte, ich hätte als einziger gelitten«, meinte Antony, während er für seine Gäste Kognak eingoß. (Seit ihrer Heirat hatte Vera eine gentlemanartige Vorliebe bei Getränken entwickelt.)

»Keineswegs«, widersprach sein Onkel, als er sich das Glas geben ließ. Er sah seinen Neffen scharf an und fügte hinzu: »Wohin bist du verschwunden, als die Verhandlung abgebrochen wurde?«

»Desmond Barleycorn wollte mich dabei haben, als die Polizei Edward Coke vernahm.«

»Das gehörte aber nicht zu eurer Vereinbarung.«

»Natürlich nicht. Sykes zog die Brauen hoch, als er mich sah, aber du weißt so gut wie ich, Onkel Nick, daß die beiden zwar Solicitors sein mögen, aber nur mit Zivilrecht zu tun haben. In Strafsachen sind sie ahnungslos.«

»Deinen Mandanten hätte ich aber anders eingeschätzt«, erwiderte sein Onkel kalt. »Es scheint mir kaum angemessen zu sein, Edward Coke als Laien zu behandeln.«

»Da sind wir eben verschiedener Meinung. Um ganz ehrlich zu sein, Onkel Nick, gleichgültig, was du von seinem Charakter hältst, ich kann nicht den leisesten Grund dafür sehen, daß er den anderen Sünden, die du ihm anlastest, noch Mord hinzugefügt haben soll.«

»Rache«, warf Vera mit ihrer tiefen Stimme ein.

»Ja, das ist wohl das naheliegendste Motiv, aber ich persönlich glaube, daß er sich noch immer an die Hoffnung klammerte, im Verlauf des Scheidungsprozesses werde die Wahrheit ans Licht kommen, obwohl wir alle ziemlich sicher waren, daß wir mit der Verleumdungsklage unterliegen würden.«

»Halsstarrig bis zum letzten«, erklärte Sir Nicholas. »Was hatte er Sykes zu sagen?«

»Daß er kein Alibi besitze und niemanden kenne, der für einen der Morde oder gar beide ein Motiv hätte«, sagte Antony. »Warnung wurde keine ausgesprochen. Sykes betonte ausdrücklich, daß die Ermittlungen erst im Anfangsstadium stehen.«

»Aber wenn er schließlich angeklagt wird, verteidigst du ihn wohl?«

»Ich denke schon. Das heißt aber nicht, daß ich mir schon sicher wäre –«

»Nein?«

»Nein. Sykes stellte auf zwei Punkte ab. Die Morde hingen offensichtlich zusammen, und ebenso deutlich sei ein Zusammenhang mit der Verleumdungsklage gegeben. Dadurch steckt Edward Coke mittendrin, fürchte ich, aber ich bin mir weder so noch so im klaren.«

»Ich glaube, daß nicht einmal dir jemand einfällt, der die Morde begangen haben könnte.«

»Da irrst du dich aber, Onkel Nick«, mischte Jenny sich ein, die vor dem Abendessen mit ihrem Mann gesprochen hatte. »Antony glaubt –«

»Wenn ich durch seine Ansichten Erbauung finden soll«, spottete Sir Nicholas, der durchaus in der Absicht heraufgekommen war, sie zu erfahren, »ziehe ich es vor, sie aus seinem eigenen Mund zu hören.«

Jenny verstummte mit einem Lächeln zu Vera hinüber. Antony sagte beiläufig: »Wie wäre es mit Primrose Ross?«

»Ich kann mir kaum vorstellen, daß es ihre Art wäre, einen Mann zu erstechen – und übrigens auch eine Frau.«

»Ich habe dir noch nicht erzählt, was Sykes über die Morde zu berichten hatte«, bedauerte Antony und holte es nach.

»Weshalb macht das Miss Ross' Schuld wahrscheinlicher?« fragte Sir Nicholas, als sein Neffe geendet hatte.

»Vielleicht nicht wahrscheinlicher, aber immerhin möglich«, erwiderte Antony. »So, wie ich das sehe, war David Barrie durch das, was er bei Gericht erfahren hatte, aufgewühlt –«

»Ich glaube, Mrs. Coke hat die Lage sehr überzeugend geschildert und, wenn du dich erinnerst, rundheraus bestritten, daß zwischen ihr und Mr. Owen Barrie etwas sei.«

»Ja, ich entsinne mich. Ich weiß aber auch, was er mir erzählt hat. Ich glaube, David ging nach Hause und setzte sich mit seinem Vater auseinander. Was er erfuhr, regte ihn so auf, daß er in den Straßen umherlief, statt sich wie ein vernünftiger Mensch ins Theater zu setzen. Und wo er auch hinging, durch die Avery Mews wurde der Weg abgekürzt, und dort traf er, wie ich meine, auf seinen Mörder.«

»Soviel scheint festzustehen.«

»Ja, aber – ich habe dir das schon erzählt, Onkel Nick – als er hinstürzte, war er von seiner Wegrichtung nach Hause abgewandt. Der Mörder kann ihn bedroht haben, so daß er sich umdrehte und flüchten wollte, worauf er von hinten erstochen wurde, oder er oder sie erfand irgendeine Geschichte, um ihn zu veranlassen, daß er umkehrte, wobei dasselbe herauskam. Was Elizabeth betrifft, so stand ihr der Mörder offenbar gegenüber, aber das wäre nur von Frau zu Frau gewesen, nichts Unmögliches.«

»Und woher hätte Miss Ross wissen wollen, wo die beiden sich aufhielten?«

»Das ist ein Problem, egal, wer es gewesen ist. Im Augenblick könnten wir unterstellen, daß der Mörder Elizabeth folgte und nur zufällig auf David stieß, als er den Tatort verließ.«

»Und das Motiv für die ganze Geschichte, wenn wir Miss Ross annehmen?«

»Enttäuschung«, warf Vera ein, noch bevor Antony etwas antworten konnte. »Ist doch ganz klar.«

»Du unterstellst hoffentlich keine – äh – lesbische Beziehung zwischen den beiden Frauen«, erklärte Sir Nicholas. »Das halte ich für ausgeschlossen, meine Liebe.«

»Ja, das denke ich auch«, pflichtete Antony bei, bevor Vera etwas sagen konnte. »Ich glaube aber, daß Primrose in sie vernarrt war, so wie eine Schülerin in eine Lieblingslehrerin. Das könnte eine ganz ähnliche Wirkung haben, nicht, Jenny?«

»Könnte ich mir vorstellen«, sagte Jenny langsam. »Ich habe diese Miss Ross natürlich nicht gesehen, aber es wäre schon eine sehr heftige Reaktion, wenn sie deshalb zwei Menschen umgebracht hätte.«

»Ja, das finde ich auch. Aber sie ist nicht meine einzige Kandidatin, Onkel Nick.«

»Wer kommt noch in Frage?« fragte sein Onkel in resigniertem Tonfall.

»Mein Auftraggeber, Desmond Barleycorn.«

»Ach du liebe Güte! Also im Ernst, Antony, das geht zu weit! War der etwa auch enttäuscht?«

»Keine Spur. Ganz im Gegenteil. Er steht mit großem Engagement auf Edwards Seite, und es könnte möglich sein, daß die Aussicht, den Prozeß zu verlieren, zusammen mit dem Beweis für Davids und Elizabeths Falschheit ihn zur Gewalt getrieben hat.«

»Das glaubst du doch nicht im Ernst?« fragte Vera tadelnd.

»Nein, weil ich ihn mag. Aber wir haben über Möglichkeiten spekuliert«, entschuldigte sich Antony.

»Na«, sagte Sir Nicholas murrend, »du hast uns erzählt, wie deiner Meinung nach David Barrie in die Avery Mews kam, als er erstochen wurde. Und Mrs. Coke? Was trieb sie in diese Gegend? Ihr Hotel liegt auf der anderen Seite des Parks.«

»Das bringt mich zu meiner dritten Möglichkeit«, offenbarte Antony, »und mit der befasse ich mich auch nicht gern. Ich glaube, sie hat Owen Barrie besucht.«

»Das mußt du erklären.«

»Ja, das wollte ich ohnehin tun. Ich glaube, sie hoffte als erste mit ihrer Version der Vorgänge vor Gericht zur Stelle zu sein, also vor David. Er hatte, wie wir wissen, mit seinem Vater bereits gesprochen, und ich stelle mir vor, daß sie aneinandergeraten sind, weil meine Frage an David im Gerichtssaal ihn völlig entgeisterte, wie du dich entsinnen wirst, Onkel Nick.«

»Warte mal! Wenn Mrs. Coke ein zweites Mal gelogen hat, als sie bestritt, Owen Barrie die Ehe versprochen zu haben, aber bestätigte, daß sie David heiraten wolle, um die Sache in Ordnung zu bringen, wie sie das nannte –«

Er verstummte plötzlich, und Antony sagte aufmunternd: »Ganz recht, Onkel Nick. Um so mehr spricht dafür, daß sie die ganze Zeit gelogen hat, und das bestätigt meine Theorie, daß ihr alleiniges Motiv Gewinnsucht war, findest du nicht?«

»Kann sein«, gab sein Onkel zu. »Ich nehme auch an, daß ihr Gespräch mit Owen Barrie kaum erfreulich gewesen sein kann. Willst du darauf hinaus? Daß Barrie ihr folgte, als sie das Haus verließ, und sie umbrachte?«

»Ich habe dir gesagt, daß ich mir noch keine feste Meinung gebildet habe, was Schuld oder Unschuld von Edward Coke angeht«, erklärte Antony. »Hier bin ich mir noch weniger sicher, aber ich halte es doch für eine Möglichkeit, und vielleicht sogar für mehr als eine Möglichkeit, daß Edward seine Frau umgebracht hat.«

Seinen Ausführungen folgte ein verblüfftes Schweigen. Jenny erhob sich und schenkte noch ein wenig Kognak in Sir Nicholas' Glas nach, da er es in seiner Zerstreutheit schon fast geleert hatte.

»Dir ist klar, was er uns da erzählt, meine Liebe«, gab Sir Nicholas nach einer Pause seiner Frau zu bedenken. »Er sagt, wenn Edward Coke festgenommen wird und er die Verteidigung übernimmt, wird er sich in seiner gewohnten Weise in die Ermittlungen einschalten. Über jedes Maß an Pflicht hinaus«, fügte er bitter hinzu.

»Aber wenn du glaubst, daß Mr. Coke schuldig ist, sollte das doch keine Rolle spielen, Onkel Nick«, meinte Jenny. »Das heißt dann wenigstens nicht, daß jemand es auf Antony abmurksen will.«

Sir Nicholas schloß die Augen und schien in Ohnmacht fallen zu wollen.

»Gerade von dir hätte ich mehr Achtung vor der englischen

Sprache erwartet, Jenny«, sagte er. Er fügte aber nicht hinzu, was sowohl er als auch Vera dachten, nämlich, daß Maitland bei dieser oder jener Gelegenheit recht behalten hatte. Vera allerdings, die von seiner Hilfe profitiert hatte, als sie noch Rechtsanwältin gewesen war, hätte Neigung gezeigt, sich deutlicher auszudrücken.

Sie waren sich aber einig in einem tieferen, wenngleich bisher verschwommenen Unbehagen darüber, wohin die unkonventionelle Art ihres Neffens ihn noch zu führen vermochte.

Dienstag, 26. Juni

I

Im Anschluß an diese Unterhaltung wurde die Sache durch stillschweigende Übereinkunft als Gesprächsthema in dem Haus am Kempenfeldt Square ausgeklammert, obschon Antony nicht verhindern konnte, ab und zu immer wieder über das Problem von Edward Cokes Schuld oder Unschuld nachzudenken und sich zu fragen, wie Chefinspektor Sykes und Inspektor Mayhew mit ihren Ermittlungen vorankamen. Er war daher am folgenden Dienstag vormittag nicht sonderlich überrascht, als sein Studium eines besonders komplizierten Vertrags durch das Telefon unterbrochen wurde, und er, als er den Hörer abnahm, Hills Stimme bedauernd sagen hörte: »Mr. Barleycorn möchte Sie sprechen, Mr. Maitland. Soll ich ihn hineinschicken?«

»Ja, gewiß, Hill.« Niemand hatte ja das volle Ausmaß von Hills Empfindsamkeit zu erahnen vermocht, weil man in der Kanzlei allgemein der Ansicht war, er sei schon mit einer Entschuldigung auf den Lippen zur Welt gekommen, worauf niemals mehr jemand es gewagt hatte, etwas von sich zu geben, was auch nur entfernt als Mißbilligung ausgelegt werden konnte. Ein paar Augenblicke später führte Willett auf seine gewohnt lebhafte Art den Besucher in Maitlands Zimmer. John Willett, nichtamtlicher Stellvertreter des alten Mr. Mallory im Hauptbüro, hatte stets ein besonderes und einfühlsames Interesse für Maitlands Angelegenheiten bewiesen. Er zeigte ihm über die Schulter des Besuchers hinweg eine Grimasse, als Desmond an ihm vorbei zum Schreibtisch ging; komplizierte Mimik, die Antony nicht zu ergründen vermochte. Aber vielleicht war sie als eine Art Warnung gemeint.

»Ich nehme an, Sie sind erstaunt über mein Kommen«, sagte Desmond nach der Begrüßung, als er sich setzte. Willett war gegangen und hatte leise die Tür hinter sich geschlossen. »Es hat sich etwas sehr Unangenehmes ergeben.«

Es wäre vielleicht nicht sehr taktvoll gewesen, einzugestehen, daß er den Besuch halb erwartet hatte. Antony schloß insoweit einen Kompromiß, als er murmelte, er freue sich immer, seinen Besucher zu sehen, und wartete darauf, daß der andere zur Sache kam, was ihn einige Mühe zu kosten schien.

»Ich weiß, ich hätte mich vorher mit Ihrem Bürovorstand verständigen sollen«, entschuldigte sich Desmond, »aber unter den besonderen Umständen ... tja, Sie werden ja sehen, was ich meine, wenn ich es Ihnen erkläre. Sie wissen, daß die Polizei – dieser Sykes, mit dem Sie befreundet zu sein scheinen – davon sprach, die Ermittlungen stünden erst am Anfang. Nun, über das Wochenende scheint man sehr fleißig gewesen zu sein.«

»Verstehe«, sagte Maitland und hatte sich in seinem Leben selten so geirrt.

»Man hat zweimal mit Owen Barrie gesprochen«, fuhr Desmond fort, »und beim zweitenmal die Warnung für nötig erachtet. Anschließend rief er mich an.«

»Versteht sich«, brummte Antony, seine Überraschung verbergend.

»Ja, mag sein ... aber das ist nun gar nicht unser Gebiet, so wenig wie vorher die Verleumdungssache. Und ich dachte, wir hätten Owen als Mandanten wegen dieser Geschichte ganz verloren. Da er aber zu uns gekommen ist, fiel mir nichts anderes ein, als Sie um Ihre Hilfe zu bitten.«

»Ich nehme an, wir reden von den Morden an Mrs. Coke und David Barrie.«

»Ja, natürlich.«

»Sie müssen entschuldigen, daß ich das erwähne, aber in dieser Beziehung fühle ich mich bis zu einem gewissen Grad den Interessen von Edward Coke verpflichtet.«

»Aber Edward braucht Ihre Hilfe jetzt nicht«, wehrte Desmond beinahe verzweifelt ab.

»Freut mich, das zu hören.«

»Hatten Sie das gedacht, als Ihr Angestellter mich angemeldet hat? Daß es um Edward ginge?«

»Das ist doch ganz begreiflich«, erwiderte Antony ungeduldig. »Etwas anderes ... weiß Owen Barrie, daß Sie hier sind?«

»Ja, gerade er hat dringend empfohlen, daß ich mich mit Ihnen in Verbindung setze.«

»Das wundert mich. Ich konnte ihn gut leiden, wissen Sie, als wir uns miteinander unterhielten, aber wir waren uns durchaus nicht in allem einig. Hören Sie, am besten erzählen Sie mir, wie das alles gekommen ist.«

»Owen rief Edward an, und Edward rief mich sofort herein, weil er in einer Sache, bei der jemand angeklagt wird, seine eigene Frau ermordet zu haben, nicht gut selbst auftreten kann. Wir waren allerdings immer Mr. Barries Solicitors, jedenfalls Edwards Vater. Wir besprachen die Sache und kamen zu dem Schluß, daß nichts dagegenspräche, wenn ich den Fall übernehme. Ich gebe zu, daß ich nicht zugestimmt hätte, weil ich mich im Strafrecht nicht zu Hause fühle, wenn Owen nicht empfohlen hätte, Sie einzuschalten. Ich weiß, daß Sie mich den rechten Weg führen werden«, fügte er unschuldig hinzu.

»Alles schön und gut, und Sie sagen, Sie hätten mit Mr. Coke die Möglichkeit besprochen, den Fall zu übernehmen, womit er einverstanden war. Weiß er, daß Sie an mich herantreten?«

»Ja. Er hielt das für eine sehr gute Idee. Wenn er nichts einzuwenden hat, wüßte ich nicht, was Sie dagegen haben sollten.«

»Möglicherweise Interessenkonflikt«, erwiderte Antony.

Desmond zuckte zusammen.

»Soll das heißen, daß Sie Edward für den Schuldigen halten?« fragte er scharf.

»Durchaus nicht.« Es erübrigte sich, seine Zweifel in der Sache auszusprechen. »Aber als Mr. Cokes Solicitor sollten Sie alle Möglichkeiten kennen, Desmond. Angenommen, wir verteidigen Owen Barrie – immer vorausgesetzt, daß er wirklich verhaftet wird – und erzielen einen Freispruch. Dann gibt es zwei Möglichkeiten.

Die Polizei bleibt bei der Überzeugung, daß sie recht hatte, und gibt auf, oder sie bekommt Zweifel und fängt nach einem anderen Verdächtigen zu suchen an. Das könnte sie am Ende wieder zu Edward Coke führen.«

»Er ist es nicht gewesen.«

»Das ist nicht der Punkt.«

Desmond dachte eine Weile nach.

»Wenn es dazu käme, könnten Sie ja Edwards Verteidigung übernehmen«, erklärte er schließlich.

»Richtig, aber –«

»Mr. Maitland, ich habe die Berichte über die meisten Ihrer Fälle gelesen«, sagte Desmond mit Eifer. »Sie glauben, die beste Verteidigung bestehe darin, zu beweisen, daß ein anderer die Tat begangen hat, nicht wahr?«

Maitland zog ein wenig die Brauen zusammen, aber dann hellte sich seine Miene auf.

»So etwa«, gab er zu.

»Und Sie denken, daß Sie bei der Übernahme von Owen Barries Verteidigung entdecken könnten, der wahre Schuldige heißt Edward Coke? Nein, darauf brauchen Sie nicht zu antworten, ich sehe schon, daß das eine peinliche Frage ist, aber jetzt hilft nur noch Offenheit. Ich vertraue Edward absolut und bin ganz sicher, daß es dazu niemals kommen kann. Trotz Ihrer Zweifel bitte ich Sie, den Fall zu übernehmen.«

»Das ist eine recht gute Empfehlung«, sagte Antony lächelnd. »Wären Sie bereit, mein Widerstreben Mr. Coke zu erläutern und festzustellen, was er dazu meint?«

»Ja, wenn Sie das wünschen.«

»Ich möchte den Fall übernehmen«, entschied Maitland langsam. »Zum einen, weil ich neugierig bin, und zum anderen, weil ich halbe Sachen nicht mag.«

»Was meinen Sie damit?«

»Daß meine Bemühungen in der Verleumdungssache Edward Coke überhaupt nichts eingebracht haben. Er steht genau dort, wo er vorher war, sein Ruf ist arg lädiert. Wenn ich Mr. Barrie vertrete, und wenn er wirklich verhaftet wird, gilt meine erste Sorge natürlich ihm, und ich würde für ihn alles tun, was mir möglich ist. Aber es besteht immer die Möglichkeit, daß sich etwas ergibt, wodurch bewiesen wird, daß Mr. Cokes Angaben über seine Ehe richtig waren. Und daran glaube ich wirklich«, fügte er hinzu und lächelte sein Gegenüber an.

»Das ist in der Tat eine gute Nachricht.«

»Nur die Ruhe. Ich verspreche gar nichts, wissen Sie, nur, daß eine Möglichkeit besteht. Und wenn wir uns schon unterhalten, Desmond, darf ich fragen, wie Sie zu Schuld oder Unschuld von Owen Barrie stehen?«

»Ich habe noch nicht mit ihm gesprochen, sondern wollte das gemeinsam mit Ihnen machen, falls Sie einverstanden sind. Wenn ich es mir überlege, sehe ich ein, daß Owen der nächste Verdächtige ist, falls Edward ausscheidet, weil die Morde, wie wir schon sagten, auf irgendeine Weise mit der Verleumdungsklage zusammenhängen müssen. Ich kann also noch nichts sagen, aber wenn er es getan hat, kann ich ihm mein Mitgefühl nicht versagen, und möchte für ihn tun, was ich kann.«

»Gut. Fahren Sie zu Ihrem Büro zurück, Desmond, sprechen Sie mit Ihrem Partner und übergehen Sie nichts von dem, was ich gesagt habe. Wenn Mr. Coke einverstanden ist, können Sie sich mit Mallory in Verbindung setzen, dann vereinbaren wir ein Gespräch mit Owen Barrie.«

»Ich bin ganz sicher, daß Edward einverstanden sein wird, und finde, wir sollten möglichst bald mit Owen sprechen«, gab Desmond zurück. »Könnten Sie vielleicht gleich heute nachmittag?«

Maitland warf einen Blick auf seine Akten.

»Sagen wir, nach vier Uhr, und ich bin einverstanden«, erklärte er, bemüht, keine Resignation anklingen zu lassen. »Es kommt vor allem darauf an, die Sache Edward Coke begreiflich zu machen.«

»Ja, das sehe ich ein. Vertrauen Sie auf mich«, eiferte Desmond und verschwand so rasch, daß er sich nicht einmal verabschiedete.

2

Maitland hatte das Glück, sich fast immer auf entscheidende Vorgänge konzentrieren zu können. Nachdem Desmond gegangen war, verdrängte er alle Gedanken an die Morde und beschäftigte sich wieder mit der Vertragsverletzung, eines der Probleme, die er besonders verabscheute. Vermutlich hatte irgendein Kollege das Ding verfaßt, auf dem Aktendeckel stand sogar ein Name, denn sonst hätte er, wie er seinem Onkel beim Mittagstisch erklärte, an Eingriffe des Teufels glauben müssen. Er erzählte Sir Nicholas auch von Owen Barries unerwarteter Bitte und schilderte das Gespräch mit Desmond Barleycorn.

»Sehr vernünftig«, lobte Sir Nicholas. »Wenn ich vom Wetten etwas hielte, Antony, würde ich einen kleinen Betrag darauf setzen, daß du von der Sache nichts mehr hörst. Mit Rücksicht auf das, was du gesagt hast, wird Edward Coke nicht zustimmen.«

Aber da irrte er sich. Als Maitland in die Kanzlei zurückkehrte, erwartete ihn dort die Mitteilung, Mr. Barleycorn und Mr. Barrie würden ihn zwischen Viertel nach drei und halb vier Uhr aufsuchen.

»Sei auf der Hut«, sagte Sir Nicholas in düsterem Ton und ging so weit, seinem Neffen im Korridor bis zu dessen Tür zu folgen, um die Warnung zu wiederholen. »Der Bursche führt etwas im Schilde.«

»Wie kommst du darauf, Onkel Nick?«

»Ich hätte gedacht, es müßte sogar dir klar sein, daß es nur einer von ihnen gewesen sein kann«, erklärte Sir Nicholas entschieden.

»Ich weiß noch nicht einmal, wie Barrie sich vor Gericht äußern will«, wandte Antony ein. »Es mag naheliegend sein, daß er der Täter ist, du weißt, daß wir über die Möglichkeit schon gesprochen haben, und dann bleibt nur übrig, die Sache in einem möglichst günstigen Licht darzustellen.«

»Stell sie aber nicht in einem so günstigen dar, daß die Polizei anderswo zu suchen anfängt«, mahnte sein Onkel. »Alles spricht dafür, daß Edward Coke das Kriegsbeil ausgräbt, wenn du das tust.«

»Na komm, Onkel Nick, so arg ist es auch wieder nicht. Ich

habe ihm jede Chance gegeben, die Sache einem anderen zu übertragen, das gibst du selbst zu.«

»Wir werden sehen, wer recht behält«, sagte sein Onkel in unheilvollem Ton und ging zu seinem eigenen Zimmer zurück, während er, wie sein Neffe unehrerbietig dachte, unheilvolle Prophezeiungen murmelte.

Da Antony mit Desmonds Art nun schon einigermaßen vertraut war, schob er seine Akten beiseite und legte Punkt halb vier Uhr einen neuen Schreibblock bereit. Seinen Erwartungen gemäß läutete das Telefon, das seine Besucher ankündigte, keine drei Sekunden nach Abschluß der Vorbereitungen. Diesmal sah er Willett nur eine Sekunde lang, als die Besucher an ihm vorbeieilten, Desmond in seiner gewohnt eifrigen Art, Owen Barrie schwerfälliger.

»Ich denke, ich sollte mich dafür bedanken, daß Sie uns anhören, Mr. Maitland«, sagte Barrie, als er vor dem Schreibtisch stehenblieb. »Bei unserer letzten Begegnung gab es Dinge, wo wir nicht übereingestimmt haben, aber ich bin seither gezwungen gewesen, meine Meinung zu ändern.«

»Setzen Sie sich, Mr. Barrie, und denken Sie nicht mehr daran.« Er war entsetzt darüber, wie der Mann aussah. Die Haut war fahl geworden, er schien zusammengeschrumpft zu sein. Desmond zog einen Besucherstuhl hinter seinem Mandanten heran, was nur gut war, weil Barries Beine in diesem Augenblick einzuknicken schienen und er sich hart niederließ. Der Solicitor nahm ebenfalls in einem Sessel Platz und blickte Maitland erwartungsvoll an, offenbar erwartete er, daß Maitland die Sache in die Hand nahm. Und das ist die Folge seiner Erfahrungen mit mir, dachte Antony; brauche mich also nicht zu wundern.

»Willett wird uns gleich Tee bringen«, sagte er. »Aber wenn Sie lieber etwas Stärkeres wünschen, Mr. Barrie, kann ich das auch anbieten. Sie sehen ein bißchen mitgenommen aus.«

»Tee ist mir recht«, erwiderte Owen Barrie. »Und wenn ich mitgenommen aussehe, wie Sie es auszudrücken belieben, Mr. Maitland, sind bis zu einem gewissen Grad Sie daran schuld.«

»Ich?« sagte Antony verblüfft.

»Weil Sie vor Gericht die Frage gestellt haben, die das ganze Unheil ausgelöst hat«, erklärte Barrie.

»Wenn Sie das so sehen, halte ich Ihr Hiersein für überaus großzügig«, entgegnete Antony, bemüht, durch seinen Tonfall eine leichtere Note ins Spiel zu bringen.

»Im Gegenteil, ich fühle mich Ihnen verpflichtet. Das hat mir die Augen geöffnet, Mr. Maitland, und es ist besser, klar zu sehen als mit einer Binde vor den Augen durchs Leben zu gehen ... so schmerzlich das auch sein mag. Als David mir sagte –«

»Augenblick! Bevor wir anfangen, sollten wir ein paar Dinge klarstellen.«

In diesem Augenblick brachte Willett den Tee, so daß das Gespräch vorübergehend unterbrochen wurde. Als er wieder gegangen war, fragte Barrie: »Welcher Art sind diese Dinge, die Sie klarstellen wollen, Mr. Maitland?«

»Zum ersten, was genau Sie von mir wollen.«

»Ich dachte, das hätte Desmond schon klargemacht.«

»Das schon, aber es gibt da die eine oder andere Frage, auf die er die Antwort wohl nicht weiß. Er sagte beispielsweise, die Polizei sei bei Ihnen gewesen.«

»Ja, das erstemal natürlich am Freitag. Routinesache, hieß es, und das konnte ich durchaus glauben. Aber gestern abend kamen sie wieder, und bevor sie anfingen Fragen zu stellen, sprachen sie aus, was man die übliche Warnung nennt, soviel ich weiß. Und im Verlauf des Gesprächs konnte ich erkennen, daß meine Antworten sie nicht zufriedenstellten. Ich begann mir Sorgen zu machen und rief deshalb heute früh als erstes Edward an.«

»Nachdem Sie, wie ich annehme, alle Fragen beantwortet hatten, die von der Polizei bei den beiden Besuchen gestellt worden sind.«

»Ja, natürlich. Es war meine Pflicht, sie zu unterstützen, oder nicht? Weshalb hätte ich die Fragen nicht beantworten sollen?«

»Weil Sie den Brunnen zugedeckt haben könnten, nachdem das Kind hineingefallen war, als Sie das taten und erst anschließend Ihren Solicitor anriefen. Das führt uns aber zum Kern der Sache, Mr. Barrie. Sie haben die Befürchtung, dieser letzten Vernehmung könnte Ihre Verhaftung wegen Mordes folgen?«

»Nach Chefinspektor Sykes' Einstellung erscheint das logisch ... Ich habe keinen Grund zur Klage, wissen Sie, sie waren beide überaus höflich. Ich finde sogar, daß der Chefinspektor ein sehr freundlicher Mann ist.«

Maitland lächelte beinahe anzüglich.

»Finden Sie? Das muß ich ihm einmal erzählen. Sie wollen also, daß ich Sie vertrete, Mr. Barrie, falls die Sache vor Gericht kommt. Ginge es nur um weitere Vernehmungen, wäre Mr. Barleycorns Anwesenheit allerdings Beistand genug.«

»Sie wissen ganz genau –«, begann Desmond Barleycorn.

»Unter den Umständen, die Mr. Barrie uns geschildert hat, Desmond, gehe ich davon aus, daß er der Polizei schon alles mitgeteilt hat, was er weiß. Die nächste Frage wäre dann, Mr. Barrie, wie Sie sich vor Gericht auslassen wollen.«

Es herrschte für eine Weile Schweigen.

»Ich habe Elizabeth nicht getötet und auch meinen Sohn nicht getötet«, sagte Owen Barrie beherrscht. »Ich würde mich natürlich für nicht schuldig erklären.«

»Ich habe den Eindruck, daß die Frage des Motivs bei den Verdächtigungen der Polizei eine große Rolle spielt ... falls Sie in dieser Beziehung recht haben.«

»Das ist auch mein Eindruck.«

»Dann würde ich meine Pflicht nicht erfüllen, wenn ich nicht darauf hinweisen würde, daß das Gericht manchmal ein eingeschränktes Schuldbekenntnis akzeptiert, wenn eine Tat unter unerträglicher Belastung begangen worden ist.«

Owen wartete mit sichtlicher Ungeduld, bis er geendet hatte.

»Ich bekenne mich keiner Tat schuldig, die ich nicht begangen habe, Mr. Maitland. Ich verstehe Ihre Beweggründe, aber ich wäre froh, wenn Sie meine Antwort als endgültig ansehen würden«, sagte er dann mit einem Anflug von Kälte.

»Danke, das ist alles, was ich wissen wollte.«

»Alles?« sagte Owen stirnrunzelnd.

»Bevor wir anfangen, meine ich, Mr. Barrie. Mord ist etwas höchst unerfreuliches, und unter den Fragen, die ich Ihnen vorlege, werden viele sein, die Ihnen nicht behagen.«

»Ich sehe ein, daß ich mich damit abfinden muß.«

»Ich wäre für Ihre Nachsicht dankbar«, sagte Maitland förmlich. »Am besten wäre es wohl, wenn Sie uns erzählen würden, was sich zugetragen hat, und zwar von dem Augenblick an, als Ihr Sohn David am Donnerstag nachmittag vom Gericht zurückkam.«

»Er kam wutentbrannt daher. Ich war schon zu Hause. Wie Sie aus unserem damaligen Gespräch wissen, Mr. Maitland, war der Ausgang des Verleumdungsprozesses für mich von besonderem Interesse. Ich saß jedenfalls in meinem Arbeitszimmer. Ich wunderte mich nicht, als David hereinkam, weil er mein Interesse kannte, aber was mich überraschte, war sein Aussehen. Beinahe so, als hasse er mich. Aber er machte zuerst die Tür hinter sich zu und sagte dann beinahe bösartig: ›Dieser gottverdammte Maitland‹ – entschuldigen Sie, ich zitiere – ›sagt, Elizabeth hätte versprochen, dich zu heiraten.‹«

»Aha«, sagte Maitland. »Was haben Sie darauf getan?«

»Ich überredete ihn, sich zu beruhigen und gab ihm ein Glas Whisky. Er schien ihn zu brauchen. Und dann erklärte ich ihm, daß Elizabeth und ich in der Tat heiraten würden, sobald die Scheidung ausgesprochen sei, und daß ich ihm das nur verschwiegen hatte, weil ich ihr das hatte versprechen müssen. Ich wählte meine Worte mit großer Sorgfalt, weil er sich in einer schrecklichen Verfassung befand. Elizabeth habe es für unangemessen gehalten, die Sache zu erwähnen – Sie wissen das alles ja schon, Mr. Maitland –, bis sie frei sei. Und er hörte mir ganz ruhig zu, trank seinen Whisky, stellte das Glas plötzlich hinter sich auf den Tisch und sah mich an, wobei wieder der blanke Haß in seinen Augen stand. ›Warum, glaubst du, habe ich mich bei dieser absurden Geschichte hinter sie gestellt?‹ fragte er.«

Owen Barrie verstummte, aber das war nicht der richtige Zeitpunkt für einen Einwurf. Desmond schien sogar den Atem anzuhalten, weil er ihn anschließend in einem lauten Seufzer ausstieß.

»Ich konnte nicht einmal das glauben, was er mir erzählte«, fuhr Owen fort. »Ich sagte zu ihm: ›Weil sie wahr ist, natürlich. Elizabeth hat mir das alles erklärt, wie das passiert ist, daß sie nichts dagegen machen konnte. Ich habe es ihr nicht verübelt.‹ ›Nein, nur mir allein‹, gab David zurück, ›und deshalb will ich dir jetzt sagen, daß an dem, was deine Geliebte dir erzählt hat, kein Wort wahr ist. Sie hat meine Unterstützung bekommen, weil sie versprach, mich zu heiraten, ich bin schon seit Monaten in sie verliebt, wie du weißt, aber wenn ich jetzt aussteige und die Wahrheit sage, wird man mich wohl wegen Meineids vor Gericht stellen.‹«

»Hat er Ihnen gesagt – ich habe schon darauf hingewiesen, daß manche meiner Fragen unerquicklich sein werden, Mr. Barrie – hat er erklärt, ob er in der Zeit, als er in Mrs. Coke verliebt gewesen sei, geschlechtlichen Verkehr mit ihr gehabt hat?«

»Ja. Es war ganz merkwürdig, Mr. Maitland. Er prahlte damit und schämte sich gleichzeitig.«

»Und wann war – ich kann das nur Verschwörung nennen –, wann war sie entstanden?«

»Vor vollen sechs Monaten, soviel ich erkennen konnte. Sogar damals hatten sie sich schon einige Monate lang getroffen. Als Elizabeth ihm erklärte, sie wünsche eine rasche Scheidung, fiel es ihm natürlich nicht schwer, ihr abzunehmen, daß sie den Wunsch deshalb hatte, um ihn heiraten zu können.«

»Wer hat die Methode vorgeschlagen, eine Scheidung zu erzwingen?«

»Das sei Elizabeth selbst gewesen, sagte er. Sie hätte das Komplott im Kopf gehabt und vorher irgendwo ein paar juristische Bücher gelesen. Wo, das wußte er nicht.«

»Ich nehme an, ihr Ehemann hatte in seinem Arbeitszimmer eine Anzahl davon stehen.«

»Ja, das wird es wohl sein. Jedenfalls fing David nun damit an, Elizabeth und Edward zu besuchen, wenn die beiden allein waren. Das sollte die Geschichte glaubhaft machen, die sie später vor Gericht erzählen sollten. Ich glaube nicht, daß David mit der Verleumdungsklage gerechnet hatte, aber er sagte, Elizabeth habe ihm erklärt, das gehöre mit dazu. Wenn sie obsiegten – sie meinte wohl, wenn sie gewinnen würden –, wäre die Scheidung praktisch schon gesichert und werde keine Mühe mehr machen.«

»Verstehe. Und wie haben Sie darauf reagiert, Mr. Barrie?«

»Mit Entsetzen und Ungläubigkeit, aber schließlich sah ich ein, daß es wirklich so sein mußte.«

»Obwohl Sie wußten, daß David einen Meineid geleistet hatte, sowohl bei den Äußerungen über Edward Coke, wie darin, daß Mrs. Coke nicht in ihn verliebt sei?«

»Im letzten Punkt hat er vielleicht die Wahrheit gesagt, ohne es zu wissen«, erwiderte Barrie traurig. »Aber ich kann nicht bestreiten, daß die Absicht vorhanden war. Nur behaupte ich nach wie vor, daß er mich nicht belogen hätte. Das hätte er nicht getan – nach seiner Meinung hätte sich das nicht gelohnt.«

»Verstehe«, sagte Antony noch einmal. Es gab keinen Zweifel daran, daß das Eingeständnis Owen viel Pein bereitete. »Es tut mir leid«, fügte Maitland lahm hinzu. »Sie glauben also, was David Ihnen an jenem Abend erzählt hat?«

»Es bleibt mir keine andere Wahl.«

»Und was geschah dann?«

»Ich versuchte ihn auf die einzige Weise zu beruhigen, die mir zu Gebote stand. Ich erklärte ihm, daß ich genauso getäuscht worden sei. Ich glaube nicht, daß ihm die Erkenntnis geholfen hat, wir seien beide zum Narren gehalten worden, so wenig wie mir.«

»Sie hatten also keinerlei Illusionen mehr über Mrs. Coke?«

»Natürlich nicht. Ich begriff, wie bitter man Edward Unrecht getan hatte, und die Frau, die so etwas fertigbringt... Ich dachte, ich sei unsterblich verliebt, Mr. Maitland, ich glaube, das wissen Sie, aber Davids Mitteilung machte dem klipp und klar ein Ende.«

»Ja, das kann ich verstehen. Und weiter?«

»Ich begann mir wegen des Meineids Sorgen zu machen, um Davids willen, meine ich. Ich fragte ihn deshalb, wie die Reaktion im Gerichtssaal gewesen sei, als Sie Ihre Frage gestellt hatten. Er hatte mir schon erzählt, daß ihm herausgerutscht war, er sei selbst mit ihr verlobt. Und er erklärte mir, es bestehe kein Grund zur Sorge, jedenfalls nicht in dieser Beziehung. Sie habe dem Gericht ihre Gründe für das Stillschweigen über ihre Verlobung erläutert, und diese Gründe gälten auch für ihn. Gefahr bestünde nur dadurch, daß sie beide bestritten hätten, sie liebe ihn, und er sei der Meinung, sie bringe es durchaus fertig, jede Jury diesem Standpunkt geneigt zu machen. Und dann sagte er: ›Willst du uns denn hinhängen?‹ Er meinte wohl, ob ich sie denunzieren würde, der Dinge wegen, die er mir erzählt hatte. Ich wußte, daß das eigentlich meine Pflicht war, konnte es aber nicht offen aussprechen. Ich sagte lediglich, ich müsse darüber nachdenken. Aber einige Zeit später, als ich wirklich nachdachte, konnte ich Edwards mißliche Lage nur allzu deutlich erkennen und begriff, daß ich nicht schweigen durfte.«

»Demnach –?«

»Ich bat David, an diesem Abend bei mir im Haus zu bleiben. Er war nicht in der geeigneten Verfassung herumzulaufen, und ich hatte, ganz offen gesagt, Angst vor dem, was er tun könnte.«

»Elizabeth, meinen Sie?«

»Ja, genau. Er war außer sich vor Wut darüber, so getäuscht worden zu sein, und noch zorniger deshalb, weil sie nie die Absicht gehegt hatte, ihr Wort zu halten. Ich glaube, daß er sie sehr geliebt hatte.«

»Aber dann ging er doch fort?«

»Ja. Ich wußte, daß er eine Karte für das Kriminalstück hatte, von dem alle Leute reden, und sich dort mit Freunden treffen wollte, aber er ging schon viel zu früh aus dem Haus. Ich tröstete mich mit dem Gedanken, daß er sich vielleicht beruhigen werde, wenn er herumlief, und die Dinge unter Umständen sogar in einem klareren Licht sehen könnte. Wenn ich ehrlich sein soll, war ich auch froh darüber, eine Weile allein sein zu können, weil ich auch viel Stoff zum Nachdenken hatte.«

»Wohnt Ihre Haushälterin im Haus?«

»Nein. Sie serviert das Abendessen, dann geht sie. Nach der Abmachung soll sie am Morgen abräumen, aber wenn ich allein bin oder nur David da ist, mache ich das meistens selbst. Ich setzte mich also um acht Uhr an den Tisch, und fünf Minuten später hörte ich die Tür zufallen, wußte also, daß ich allein war. Nach dem Essen ging ich in mein Zimmer und versuchte zu lesen. Um halb neun Uhr hörte ich die Türglocke.« Er verstummte und sah Maitland scharf an. »Das haben Sie erwartet, Mr. Maitland«, sagte er beinahe vorwurfsvoll.

»Sagen wir, ich war nicht überrascht. Was hatte Mrs. Coke an diesem Abend in Ihrer Straße sonst zu suchen? Und außerdem konnte ich mir nicht vorstellen, daß sie nicht versucht hätte, Ihnen alles erklären zu wollen, um eine Versöhnung herbeizuführen.«

»Tja, der erste Punkt ist genau derjenige, der die Polizei nach meiner Meinung ein zweites Mal zu mir geführt hat«, sagte Owen. »Es lag wohl nahe, daß sie entweder auf dem Weg zu oder von mir war. Ich wollte sie eigentlich nicht hereinlassen, aber sie sagte ungefähr: ›Nach allem, was wir einander bedeutet haben, Owen‹, und ich fürchtete, sie werde an der Tür eine Szene machen. Ich ließ sie also ins Haus.«

»Ich glaube, Sie werden verstehen, daß Ihre Schilderung von jetzt an für uns besonders interessant wird, Mr. Barrie. Habe ich recht mit der Annahme, daß Sie das alles der Polizei mitgeteilt haben?«

»Ich pflege nicht zu lügen, Mr. Maitland.«

»Das habe ich auch nicht unterstellt. Es ist aber nicht immer klug oder auch nur notwendig, die ganze Wahrheit preiszugeben.«

»Ich sah keinen Anlaß, der Polizei etwas vorzuenthalten. Sie können sich meine Empfindungen vorstellen, als sie zum erstenmal kam, Mr. Maitland. Selbst wenn ich der Meinung gewesen wäre, Elizabeth hätte nur das bekommen, was sie verdiente, war da ja immer noch David. Ein Fremder mag bei ihm ähnlich denken, aber er war mein Sohn. Alles, was ich tun konnte, um zu helfen, gleichgültig, was ... obwohl ich zugebe, daß ich nicht erkannte, wohin mich das brachte.«

»Und beim zweiten Besuch der Beamten?«

»Wir gingen alles noch einmal bis ins Detail durch. Ich will nicht behaupten, daß sie mich der Unwahrheit überführen wollten, aber die wiederholten Fragen hätten diese Wirkung gehabt, wenn ich nicht bei der Wahrheit geblieben wäre.«

»Hm. Wie gesagt, wie Mr. Barleycorn klar sein dürfte, muß ich bis ins einzelne erfahren, was Sie ihnen erzählt haben. Vielleicht denken Sie daran, wenn Sie fortfahren.«

»Ich gebe mein Bestes«, protestierte Owen. »Und das ist ... sogar noch peinlicher als das Vorherige.«

Antony lächelte ihn an.

»Genau deshalb lege ich solchen Wert darauf, Mr. Barrie«, sagte er. »Es kann gar nicht anders gewesen sein.«

»Eben. Jedenfalls kam sie herein. Wir gingen ins Arbeitszimmer, wo ich gesessen hatte. Seit dem Tod meiner Frau fühle ich mich im Salon sonderbar einsam, und vor Davids Tod ist er abends nicht oft bei mir gewesen. Elizabeth hatte wohl gehofft, David sei noch nicht zu Hause gewesen, denn sie sagte als erstes: ›Owen, bei Gericht ist heute etwas Schreckliches passiert, von dem ich fürchte, daß du es mißverstehen wirst, wenn du davon erfährst.‹«

»Was haben Sie darauf erwidert?«

»Ich erklärte ihr, David sei vom Gericht sofort nach Hause gekommen und habe mir alles erzählt. Sie begriff zunächst nicht oder tat jedenfalls so und sagte, sie habe nur um unserer Liebe willen geschwiegen, weil sie mich hätte schützen und aus der ganzen Sache heraushalten wollen. Ich erklärte ihr noch einmal rundheraus, daß David mir alles erzählt habe. Über die Lügen, die sie alle beide verbreitet hatten, und die Tatsache, daß sie versprochen habe, ihn später zu heiraten, wenn er um ihretwillen einen Meineid schwöre.«

»Das wird sie aber getroffen haben, nicht?« fragte Maitland nicht ohne Befriedigung.

»Allerdings, ganz deutlich sogar. Trotzdem versuchte sie es mit einer Erklärung. Sie sagte, alles, was sie dem Gericht mitgeteilt hätten, sei die Wahrheit, Edward sei wirklich so pervers, wie sie mir erzählt habe. Um aber Davids Unterstützung zu erhalten, habe sie ihm dieses Versprechen geben müssen. Sie sagte, das sei unseretwegen geschehen. Ich glaube, das war das Allerschlimmste. Ich sagte ihr rundheraus, daß ich ihr nicht glaubte. Sie weinte ein bißchen, fiel sogar auf die Knie und sagte noch einmal: ›Nach allem, was wir einander bedeutet haben.‹ Aber ich konnte jetzt sehen, daß das offensichtlich unaufrichtig war. Ich schämte mich nur dafür, daß ich mich jemals von ihr hatte umgarnen lassen.«

»Und was *haben* Sie einander bedeutet, Mr. Barrie?«

»Wir hatten uns die Ehe versprochen, sobald sie frei war. Sie vertraute mir, wie ich glaubte, Dinge an, die sie keinem anderen Menschen erzählen konnte. Aber ich nehme an, Sie meinen eine sexuelle Beziehung. Ich bin auch nicht besser als irgendein anderer Mann, wenn sie mich auch nur ein bißchen ermutigt hätte ... aber sie sagte immer, unsere Liebe sei zu rein, als daß wir einander weitere Beweise der Aufrichtigkeit geben müßten.«

»Ich wußte es!« sagte Maitland. »Es war diese verdammte Scheinheiligkeit, die mich in meiner Überzeugung bestärkt hat«, erklärte er zu Desmond gewandt. »Und wenn ich sage überzeugt, so hatte ich doch manchmal Zweifel, obwohl ich Edward Coke schon vorher geglaubt hatte.«

»Aber sogar Mr. Barrie glaubt Edward jetzt«, sagte Desmond, »und seine Aussage wird ihn völlig reinwaschen, nicht wahr? Ich meine –«

»Was Sie meinen, ist nur allzu deutlich«, sagte Maitland ein wenig trocken. »Mr. Barrie, Sie glauben, daß Sie festgenommen werden, sonst wären Sie nicht zu mir gekommen.«

»Richtig.«

»Wie bald rechnen Sie damit?«

»Es sollte mich wundern, wenn man noch lange wartet.«

»Ja, gut, damit befassen wir uns gleich. Wenn Sie einstweilen daran denken, Desmond, daß unser Mandant eine Erklärung vor der Presse abgeben könnte, die Edward entlastet, so hat das keinen Sinn. Wenn Mr. Barrie verhaftet wird, wagt man das aus Angst vor einem Verfahren wegen Mißachtung des Gerichts nicht zu drucken, und außerdem wirkt das viel besser, wenn er den Geschworenen alles mit seinen eigenen Worten und auf seine Art mitteilt.«

»Ja, das sehe ich natürlich ein, entschuldigen Sie«, pflichtete Desmond ein wenig niedergeschlagen bei. »Trotzdem –«

»Im Augenblick geht es für uns zunächst um Mr. Barrie... Ja? Bringen wir zuerst Elizabeths Besuch bei Ihnen zu Ende, Mr. Barrie. Wie lange ist sie geblieben?«

»Es muß mindestens eine halbe Stunde gewesen sein, wenn nicht länger. Ich war aufgeregt, das können Sie sich vorstellen, und habe nicht auf die Uhr gesehen.«

»Sagen wir, sie verließ ihr Haus zehn Minuten nach zehn Uhr. Haben Sie sie zur Tür begleitet?«

»Ja. Offen gesagt, ich wollte mich vergewissern, daß sie wirklich ging. Das alles widerte mich an, und ich wollte es einfach hinter mir haben.«

»War zu der Zeit jemand auf der Straße?«

»Ich habe keinen Menschen gesehen. Die meisten Häuser sind jetzt Geschäftsgebäude, wissen Sie.«

»Aber trotzdem könnte jemand sich dort aufgehalten haben, wenn er darauf geachtet hätte, nicht bemerkt zu werden?«

»Durchaus, ja. An jedem Haus führen sechs Eingangsstufen zur Tür hinauf, die Schatten werfen. Aus diesem Grund ist Elizabeth erst in den frühen Morgenstunden entdeckt worden.«

»Hat die Polizei vom Zeitpunkt des Todes gesprochen?«

»Nein, aber man scheint davon auszugehen, daß es gleich passiert ist, nachdem sie mich verlassen hatte.«

»Wie lange standen Sie an der Tür?«

»Ein paar Sekunden, nicht länger.«

»Und es hätte jemand auf der Straße sein können, vielleicht sogar im Schatten der Eingangstreppe am Haus gegenüber?«

»Gewiß. Ich habe darauf nicht geachtet.«

»Verstehe. Vor Gericht soll das Motiv eigentlich keine Rolle spielen, vielleicht wissen Sie das sogar, Mr. Barrie, aber die traurige Wahrheit ist die: Eines der wirksamsten Argumente, das die Anklage vorbringen kann, hängt damit zusammen, und selbst der unerfahrenste Mann könnte die Geschworenen davon überzeugen, daß Sie ein Motiv besaßen, und ein gewichtiges noch obendrein. *Und* die Gelegenheit zur Tat. Wenn Sie verhaftet werden, dann wegen Verdacht des Mordes an Elizabeth Coke, nehme ich an. Woher konnte außer Ihnen irgend jemand wissen, daß sie da war, noch dazu gerade in diesem Augenblick? Das bringt uns zu der Frage, die nicht ganz außer acht gelassen werden darf: Ist David gewohnheitsmäßig durch die Avery Mews gegangen?«

»So ist es, und ich kann leider nicht bestreiten, daß ich das wußte. Er hat das unseren Nachbarn dauernd als Abkürzung empfohlen.«

Maitland lächelte ihn wieder an.

»Sie machen uns die Sache nicht gerade leichter, wie, Mr. Barrie?« fragte er. »Haben Sie Ihren Unvorsichtigkeiten auch noch die Krone aufgesetzt und zugelassen, daß die Polizei über das ›Gespräch‹ ein Protokoll anfertigte, das Sie dann unterschrieben?«

Zum erstenmal wirkte Barrie ein wenig verlegen.

»Leider, ja«, gab er zu.

»Vor oder nach der Warnung?«

»Nachher. Ich wollte nach wie vor helfen und alles tun, um Davids Mörder zu entlarven. Leider war ich so naiv, davon auszugehen, daß es nicht schaden konnte, weil ich die Wahrheit sagte.«

»Aber nachdem die Polizei fort war, haben Sie doch gleich Edward angerufen.«

»Ich habe zuerst eine Nacht darüber geschlafen, wenn ich auch zugebe, daß ich heute sehr früh angerufen habe.«

»Wie stehen Sie jetzt zu ihm?«

»Sie haben alles erfunden, Elizabeth und David, meine ich. Es tut mir leid, daß ich ihn so falsch eingeschätzt habe.«

»War das der einzige Grund für Ihren Anruf, also eine Art Entschuldigung?«

»Durchaus nicht. Ich habe stets Ihre Kanzlei beauftragt, Desmond, wenn auch in der Hauptsache Edwards Vater, als er noch lebte.«

»Mit Strafrecht beschäftigen sie sich aber nicht.«

»Nein, das weiß ich, aber ich dachte an Sie, Mr. Maitland. Desmond wird mir das bestätigen. Sie haben mich sehr beeindruckt, als Sie bei mir waren, obwohl ich damals mit Ihnen nicht einer Meinung war. Wenn irgend jemand mir helfen kann, dann sind es Sie, davon bin ich überzeugt.«

»Tja, bis eine Verhaftung erfolgt und wir im Magistratsgericht die Anschuldigung hören, wissen wir im einzelnen nicht, was man Ihnen vorwirft, außer die beiden Punkte und Gelegenheit zur Tat, die ich erwähnt habe. Wenn Sie über Ihr letztes Gespräch mit Chefinspektor Sykes und Inspektor Mayhew nachdenken, fällt Ihnen dann noch etwas ein, das man vielleicht gegen Sie vorbringen wird. War die Rede von weiteren Beweisen?«

»Sie haben viele Fragen über Messer gestellt.«

»Guter Gott«, sagte Antony betroffen. »Was ist damit?«

»Sie sagten, bei beiden Gelegenheiten sei dasselbe Messer benutzt worden«, erwiderte Owen gepreßt. »Sie sprachen von einer im Querschnitt dreieckigen Klinge, sehr spitz, wie man sie in jeder Küche finden könne, und wollten wissen, ob wir in der unsrigen so etwas auch hätten.«

»Ja, ich weiß«, sagte Maitland grimmig. »In aller Unschuld.«

»Na ja, ich argwöhnte nichts dabei, sie nachsehen zu lassen. Ich wußte übrigens, daß ein Satz Messer in einem Gestell vorhanden war, unterschiedlich groß, aber alle von einer Garnitur, und daß ich keines davon genommen hatte, wußte ich auch, also ... na gut! Ich führte Sykes und Mayhew zur Küche hinunter.«

»Das war gestern abend, sagten Sie. Die Haushälterin war schon fort?«

»Ja, aber heute beim Mittagessen erzählte sie mir, daß sie wiedergekommen seien, um mit ihr zu reden. Die Sache war nämlich die, daß eines der Messer aus der Garnitur fehlte, das mittlere, und auch nicht auftauchte, obwohl sie die ganze Besteckschublade durchsuchen durften. Sie kamen also wieder, um Mrs. Hill zu fragen, ob sie es aus irgendeinem Grund anderswo verwahrt hätte.«

»Und?«

»Das hatte sie nicht getan, sagte aber, sie hätte es gestern benützt, um Steakfleisch zu schneiden. Sie erzählte, sie habe von dem Messer eine Zeichnung angefertigt, und der jüngere Kriminalbeamte habe scharf den Atem eingesogen, als er das gesehen habe. Sie konnte sich nicht erinnern, es weggehängt zu haben, weil das bei ihr so zur Gewohnheit geworden sei, daß sie das ganz unbewußt getan haben könne. Oder auch nicht, versteht sich.«

»War das ihre ganze Aussage?«

»Sie sagte, man habe ihr ein Blatt Papier gezeigt, das sie als Durchsuchungsbefehl bezeichnet hätten – eine Menge juristisches Zeug, sagte sie, das sie nicht gelesen habe –, und zwei Polizisten geholt, um das Haus von oben bis unten zu durchsuchen.«

»Sie waren zu der Zeit außer Haus?«

»Ja. Sie verstehen von diesen Dingen mehr als ich, Mr. Maitland. Hat es irgendeinen Sinn, wenn ich hingehe und noch einmal nachsehe?«

»Ich würde auf Anhieb verneinen, aber schaden kann es nicht. Wenn die Polizei eine Durchsuchung anstellt, dann tut sie das gründlich. Mir gefällt das nicht, Mr. Barrie, ganz und gar nicht. Ich nehme an, die restlichen Messer der Garnitur sind beschlagnahmt worden.«

»Ja, Mrs. Hill war ganz empört darüber. Sie sind mitgenommen worden.«

»Dann ist es ein Kinderspiel, den Hersteller ausfindig zu machen, die genauen Maße des fehlenden Messers festzustellen und zu klären, ob es zu den Wunden passen würde. Wo sind diese Messer aufbewahrt worden, Mr. Barrie, daß sofort auffiel, wenn eines fehlte?«

»Eigens in einem Wandgestell über dem Hackbrett.«

»Und Sie vertrauen Mrs. Hill?«

»Sie hat mich versorgt, seitdem meine Frau vor fünfzehn Jahren gestorben ist. Vielleicht wäre David anders geworden, wenn Nellie noch am Leben wäre«, sagte Owen, der trotz ihrer Bedeutung nicht ganz bei der Sache zu sein schien.

»Ja, vielleicht.« Man konnte nicht bestreiten, daß Maitlands Bestätigung ein wenig zerstreut klang. »Wir sprechen aber von Mrs. Hill. Ich nehme an, Sie vertrauen ihr also.«

»Ja, natürlich, nach der langen Zeit. Übrigens ist sie sehr aufgebracht über die Ermittlungen der Polizei im Haus.«

»Das war wohl zu erwarten. Sie haben aber mit ihr gesprochen, Mr. Barrie. Wann will sie die Messer zuletzt gesehen haben?«

»Um vier Uhr nachmittags. Sie hatte schon alles für den Herd fertig und spülte das benutzte Geschirr ab, während sie kochte. Man kann sich durchaus vorstellen, daß sie sich nicht genau erinnert, es weggeräumt zu haben. Ich bin allerdings sicher, daß sie es an den gewohnten Platz getan hätte, weil sie derselbe Gewohnheitsmensch ist wie wir alle.«

»Und danach hat sie nicht mehr darauf geachtet?«

»Nein.«

»Sie selbst sind früh nach Hause gekommen, Mr. Barrie?«

»Das sagte ich schon, und den Grund habe ich auch genannt.«

»Ja, aber das ist ein wichtiger Punkt. Haben Sie zu diesem Zeitpunkt Mrs. Hill gesehen?«

»Nein, bis Davids Weggang nicht. Sie kam herein und fragte, ob er zum Abendessen bleiben würde, und ich mußte ihr sagen, daß ich allein essen würde.«

»Was hat sie nach Ihrem Wissen während dieser Zeit gemacht?«

»Sie wird in der Küche gewesen sein oder in dem kleinen Wohnzimmer nebenan, das wir für sie eingerichtet haben. Außer, wenn sie herüberkam, um den Tisch zu decken, aber da lief sie hin und her, und niemand hätte Gelegenheit haben können, unbemerkt hereinzukommen.«

»Haben Sie sie das ausdrücklich gefragt?«

»Allerdings, ja. Sie ist ganz sicher, daß niemand das Messer ohne ihr Wissen hätte stehlen können.«

»Dann sind wir bei fünf Minuten nach acht Uhr, habe ich recht?« Er schien seiner Sache plötzlich nicht mehr sicher zu sein.

»Ja, da ging sie. Ich aß zu Abend.«

»Wie lange hat das etwa gedauert, Mr. Barrie?«

»Ach, nicht länger als zwanzig Minuten, würde ich sagen. Es macht keinen großen Spaß, allein zu essen. Anschließend ging ich zwischen Eßzimmer und Küche hin und her und ließ das Geschirr säuberlich gestapelt neben der Spüle stehen. Ich bin da ein bißchen pedantisch, fürchte ich.«

»Und es ist Ihnen wohl auch nicht aufgefallen, ob das Messer an seinem gewohnten Platz war.«

Der ironische Unterton schien Owen Barrie zu beunruhigen. Er wurde ein bißchen rot und sagte eher scharf: »Nein, allerdings nicht!«

»Wie lange haben Sie zum Aufräumen gebraucht?«

»Zehn, fünfzehn Minuten, genau weiß ich es nicht.«

»Mr. Barleycorn wird natürlich mit Mrs. Hill sprechen müssen –«

»Wenn Owen festgenommen wird«, sagte Desmond, »lädt die Anklage sie bestimmt als Zeugin vor.«

»Ja, genau. Aus diesem Grund schlage ich vor, mein lieber Desmond, daß Sie mit Mr. Barrie jetzt nach Hause fahren und mit ihr reden, bevor uns jemand vorwerfen kann, wir hätten versucht, die Zeugin zu beeinflussen. Aber wie ich vorhin schon sagen wollte: Ich glaube nicht, daß wir aus ihr noch etwas herausholen können. Dann bleibt uns die Zeit zwischen, sagen wir, fünf nach halb acht Uhr und dem Augenblick, als das Messer in der Tat verwendet wurde –, in der es entwendet worden sein kann. Gibt es irgendeine Möglichkeit für eine fremde Person, in die Küche zu gelangen?«

»Tja ... Sie werden das nicht glauben«, sagte Owen.

»Nur heraus damit.«

»Hm. Ich trage keinen Schlüssel zur Hintertür mit mir herum, und David hat das, glaube ich, auch nicht getan. Mrs. Hill hat mir aber erzählt, daß es einen Ersatzschlüssel gibt, und da sie ziemlich vergeßlich ist, hängt sie ihn immer im Eingang auf.«

»Himmel Herrgott!« schimpfte Maitland. »Wo jeder Mensch dran kann.«

»Ja. Ich sagte ja, Sie glauben mir das nicht«, erklärte Owen beinahe mit Befriedigung. »Sie sagt, niemand hätte ihn sehen können, und zeigte mir die Stelle, um das zu beweisen. Wir sperren aber die Außentür meistens auch nicht ab, also brauchte jemand nur nach oben zu greifen, ohne zu wissen, daß der Schlüssel da war, so sehr lag das nahe.«

»Verstehe. Na, ich kann mir vorstellen, wie der Ankläger sich damit verlustiert«, sagte Maitland. »Gibt es noch etwas, was Sie uns noch nicht gesagt haben, Mr. Barrie?«

»Ich glaube nicht.«

»Hoffen wir, daß Sie recht haben.«

»Sie glauben, man wird beweisen, daß es eben dieses Messer war, wenn der Hersteller gefunden ist?«

»Auf normale Weise sollte es in einem geordneten Haushalt nicht verschwinden können«, meinte Maitland. »Ich fürchte sehr –« Er verstummte und starrte ins Leere, nahm sich aber wieder zusammen und wechselte geschickt das Thema. »Als Sie sagten, Sie wünschten meine Hilfe, Mr. Barrie, haben Sie, wie ich vermute, noch an etwas anderes gedacht als an die bloße Vertretung vor Gericht.«

»Sie haben den Ruf, daß Sie in solchen Fällen die Wahrheit herausfinden«, gab Owen zurück.

»Mein Onkel hat einen weniger schmeichelhaften Namen dafür. Wenn ich Ihnen aber helfen soll, müssen Sie zuerst mir helfen. Fällt Ihnen irgend jemand mit einem Motiv für diese beiden Morde ein? Ich sollte noch einmal betonen: Wenn eine Verhaftung vorgenommen wird, dann nur wegen eines Mordes, den die Anklage am ehesten beweisen zu können glaubt. Sie werden mir aber sicher rechtgeben, wenn ich sage, daß es nicht vernünftig wäre, sie getrennt zu betrachten.«

»Das ist mir natürlich klar, aber mir fällt dennoch niemand ein.«

»Kein gemeinsamer Freund oder Bekannter, der möglicherweise einen Grund gehabt haben mag, sie beide zu töten?«

»Nur ich, Mr. Maitland, nur ich!«

»Tja, ich kann nur eines sagen: Wiederholen Sie das bei keinem außer bei uns. Und wenn Sie vor Gericht kommen, dann … aber darüber unterhalten wir uns später, wenn das Schlimmste wirklich eingetreten ist. Wenn Ihnen inzwischen irgendeine Antwort auf meine Frage einfällt, wäre ich froh, sie zu erfahren. Im Augenblick habe ich keine Ahnung, wo ich anfangen soll.«

»Heißt das, daß Sie mir nicht glauben?«

»Es heißt genau das, was ich gesagt habe, nicht mehr und nicht weniger, Mr. Barrie. Wenn Sie mich jetzt entschuldigen... Desmond fährt mit Ihnen nach Hause – nicht wahr, Desmond? – um mit Mrs. Hill zu sprechen, solange das noch möglich ist. Vergessen Sie aber nicht: Wenn die Polizei wiederkommt, entweder mit Fragen oder mit einem Haftbefehl, sagen Sie kein Wort.« Aber als er die beiden Männer einen Augenblick später gehen sah, dachte er bei sich: In dieser Richtung hast du schon Schaden genug angerichtet.

3

»Bißchen überraschend«, sagte Vera am Abend. Da Dienstag war, aßen sie und ihr Mann oben zu Abend und saßen in diesem Augenblick noch beim Sherry. Es war ein warmer Abend, sogar für den Juni, aber das Zimmer lag hoch genug, um vom leichten Wind erfaßt zu werden, so daß die Vorhänge sich ein wenig bauschten. »Bist du nicht überrascht gewesen, Nicholas?« fragte sie betont.

»Ich«, sagte Sir Nicholas, »bin nie überrascht. Obwohl ich bei diesem Anlaß zugeben muß, das vage Gefühl gehabt zu haben, wenn Antony sich blamieren würde, dann in einer anderen Beziehung. Vielleicht würdest du uns genau erklären, worauf du dich eingelassen hast, mein Lieber.«

Antony trank einen Schluck Sherry, bevor er antwortete.

»Die Verteidigung von Owen Barrie zu übernehmen, falls er verhaftet wird«, sagte er freundlich. Und fügte hinzu: »Ich mag ihn, weißt du, und er tut mir leid.«

»Wenn du behaupten willst, es sei gerechtfertigt gewesen, daß er zwei Morde begangen hat –«

»Keine Rede, obwohl das übrigens Desmond Barleycorn gemeint hat, als ich ihn fragte, wie er sich dazu stelle, die Verteidigung zu übernehmen.«

»Das ist jedenfalls eine Sache, auf die du dich nicht zu tief einlassen solltest«, meinte sein Onkel.

»Warum denn nicht? Das ist doch ein ganz normaler Fall.«

»Nichts, was du in die Hand nimmst, bleibt normal«, erwiderte Sir Nicholas vernichtend. »Aber wenn du genau wissen willst, was ich meine, will ich es dir sagen. Ich habe seit unserer Unterhaltung beim Mittagessen nachgedacht –«

»Nein!«

»– und ich glaube die Erklärung für Owen Barries doch sehr merkwürdige Entscheidung gefunden zu haben, Edward Coke mit seiner Vertretung zu beauftragen.«

»Ein Rätsel ist das ja eigentlich nicht, Onkel Nick. Die Kanzlei hat seine Interessen schon vertreten, als Edwards Vater noch lebte, und außerdem bereut er es offenbar, den Mann so verkannt zu haben.«

»Das ist wenigstens eine positive Seite, die dabei herausgekommen ist«, erklärte Jenny. »Edward Coke ist rehabilitiert worden.«

»Wenn du jedes Wort glaubst, das man dir erzählt –«, begann Sir Nicholas und verstummte kurz. »Ich gebe dir aber recht, meine Liebe, er hätte diese Geschichte nicht erzählt, wenn sie nicht wahr wäre. Sie ist viel zu belastend.«

»Das ist nicht der Grund, warum ich sie glaube«, erwiderte Jenny.

»Nein, du glaubst sie, weil sie beweist, daß dein Mann von Anfang an recht hatte. Na gut, ich entschuldige mich, wenn dir dann wohler ist«, lenkte Sir Nicholas ein, der nicht die Torheit beging, das Unhaltbare aufrechtzuerhalten. »Ich habe mich täuschen lassen, wie man es sich ärger nicht denken kann.«

»Aber sie war eine sehr hübsche Frau«, meinte Antony. Er und Vera lächelten sich an.

»Das hatte überhaupt nichts damit zu tun, wie du sehr wohl weißt. Aber wie ich gerade ausführen wollte, als du mich unterbrochen hast: Ich bin der Meinung, ich kann dir Barries Grund dafür nennen, warum er seine Strafverteidigung einer Kanzlei ohne Erfahrung im Strafrecht übertragen hat.«

»Wenn du glaubst, daran sei etwas merkwürdig –«

»Selbstverständlich ist es merkwürdig«, knurrte sein Onkel. »Du denkst nicht nach, Antony. Du hast selbst darauf hingewiesen, daß die beiden Morde im Zusammenhang gesehen werden müssen. Nun gut: Wenn Barrie unschuldig ist, wer wäre dann der einzig andere denkbare Verdächtige?«

»Du meinst Edward Coke, nicht wahr?«

»Ich hatte gehofft, mich klar genug ausgedrückt zu haben.«

»Owen Barrie hat also ... nun, Edward Coke würde naheliegenderweise die Verteidigung nicht selbst übernehmen, aber du unterstellst, Barrie sei zu seiner Kanzlei gegangen, um ihm die Hände zu binden.«

»So ungefähr. Siehst du jetzt ein, warum ich sage, du solltest dich nicht zu tief darauf einlassen?«

»Jennys Gesicht spiegelte ihre sorgenvollen Gedanken wider.

»Aber, Onkel Nick –«

»Ich sage nur, meine Liebe: Wenn Antony hier herumpfuscht, stößt er vielleicht auf Dinge, die ihm gar nicht schmecken werden. Entweder, daß sein Mandant der Täter ist, wodurch er in seiner Stellung als Verteidiger erhebliche Schwierigkeiten bekäme –«

»Du hast mir oft genug erklärt, daß das nur seine Meinung sei, Onkel Nick«, gab Jenny mit Nachdruck zurück. »Er würde es nicht *wissen* und wäre nicht verpflichtet, sich so zu verhalten, als wüßte er es.«

»Das ist völlig richtig«, gab Sir Nicholas in einem seiner plötzlichen Stimmungswechsel zu. »Ich rede aber nicht von seiner beruflichen Pflicht, sondern von seiner persönlichen Gemütsruhe. Kommt er andererseits dahinter, daß Edward Coke der Schuldige ist ... was dann? Dieser junge Mann, Desmond Barleycorn, verfaßt zwar den Schriftsatz zur Beauftragung, aber darauf steht der Name der Anwaltskanzlei. Willst du mir weismachen, daß er seinen eigenen Solicitor vor Gericht entlarven wird?«

»Hat er schon getan«, sagte Vera. »Hab' dir das erzählt, Nicholas.«

Sir Nicholas schauderte.

»Ich kann nur dankbar dafür sein, daß es sich um eine Sache handelte, an der ich nicht beteiligt war. Außerdem waren die Umstände anderer Art, und das wurde anders bewältigt.« Er wandte sich an seinen Neffen. »Begreifst du jetzt, Antony, warum ich dich bitte, ja, anflehe, diesen Fall genau wie irgendeinen beliebigen zu behandeln? Gib bei der Beweislage vor Gericht dein Bestes, und vergiß alles andere.«

»Ja, Onkel Nick«, sagte Antony, »und für deine Meinungen bin ich dir natürlich dankbar.«

»Du stimmst nur nicht damit überein.« Sir Nicholas' Stimmung schlug rasch wieder zu der tadelsüchtigen von vorher um. »Welche Lösung schwebt dir dann vor?«

»Ich habe keine, Sir, aber doch den Anflug einer Idee«, gab Antony zu.

»Ich habe bei dir noch nie etwas anderes erlebt. Allerdings würde ich sie gerne hören.«

»Ich fürchte, dafür ist sie noch zu verschwommen. Ich kann dir aber sagen: Ich glaube eigentlich nicht, daß Owen Barrie die Morde begangen hat. Was das angeht, hätte wohl Elizabeth eher ihn umgebracht als umgekehrt, weil er beschlossen hatte, die Wahrheit zu sagen, wie David sie ihm gegenüber zugegeben hatte.«

»So kann man es auch sehen«, meinte sein Onkel. »Aber ein älterer Mann, sehr verliebt in eine viel jüngere Frau, plötzlich aller Illusionen über ihre Gefühle ihm gegenüber beraubt. Das ist ein starkes Motiv.«

»Den Mord an David darfst du nicht übersehen.«

»Aber er war derjenige, mit dem sie ihn betrogen hat. Nein, Antony, ich halte nicht viel von deinem Grund, deinen Mandanten freizusprechen.«

»Na gut, aber vergiß nicht, daß ich eben an seine Unschuld glaube. Weiter zu Edward Coke. Ich glaube nicht, daß er es getan hat.«

»Dafür wirst du wohl auch einen bestechenden Grund haben.«

»Allerdings, ja. Wenn er seine Frau und den Mann, den er als ihren Liebhaber verdächtigen mußte, hätte umbringen wollen, hätte er dazu schon früher Gelegenheit gehabt. Du wirst mir erwidern, das sei auch wieder nur meine Meinung, Onkel Nick, und ich gebe das offen zu, aber es ist meine innere Überzeugung.«

»Du wirst auf meinen Rat also nicht hören?«

»Wenn Owen Barrie verhaftet wird, nein.«

»Aber ich sehe keinen einzigen Weg, der dir offenstünde«, klagte sein Onkel.

»Ich habe im Verlauf des Verleumdungsverfahrens ein paar Freunde der Barries und Cokes kennengelernt. Bei denen fange ich an. Vielleicht können sie mir mehr erzählen. Aber erst, wenn Sykes wirklich soweit geht, Owen Barrie zu verhaften«, fügte er hastig hinzu, als er den Blick seines Onkels sah. »Wenn mein Mandant nicht angeklagt wird, habe ich überhaupt kein Interesse an der Sache.«

Seine Zweifel wurden rasch zerstreut. Noch am Abend rief Desmond Barleycorn an, bevor Sir Nicholas und Vera hinuntergegangen waren, und teilte mit, daß Owen Barrie wegen Verdachts des Mordes an Elizabeth Coke verhaftet worden sei. Am nächsten Morgen sollte er dem Magistratsgericht vorgeführt werden.

»Wir werden nichts einwenden, also kann ich das übernehmen, wenn Sie keine Zeit haben.« Aber Maitland, der aus dem Augenwinkel die Reaktion seines Onkels beobachtete, versicherte sofort, er werde da sein.

Mittwoch, 27. Juni

I

In schweren Fällen ist die Anhörung vor dem Magistratsgericht kaum mehr als eine Formalität. Für die Verteidigung hat sie aber den Vorteil, daß sie die erste Gelegenheit bietet, die Hauptpunkte der Anklage kennenzulernen. Dabei ist es nicht notwendig, daß sie alle ausnahmslos aufgeführt werden, nur so viel, daß die Berechtigung für einen Strafprozeß nachgewiesen wird. Später erhält der Solicitor des Angeklagten natürlich eine genaue Schilderung der Punkte, die man seinem Mandanten vorwirft, aber für Maitland zumindest konnte die damit verbundene Verzögerung unangenehm werden.

An diesem Vormittag hatte die Verteidigung allerdings Glück, wenn man es als Glück bezeichnen durfte, daß sich die schlimmsten Befürchtungen bestätigten. Eine Garnitur Messer von derselben Art wie im Haus der Barries war gefunden worden – wie Desmond bei seinem Gespräch am Abend zuvor mit Mrs. Hill erfahren hatte, wußte sie noch ganz genau, wo sie gekauft worden waren – und das Gegenstück zu dem verschwundenen Messer hatte, wie geprüft worden war, genau in die eigenartig geformten Wunden Elizabeth Cokes gepaßt. Nach dem Gespräch mit der Haushälterin hatte die Polizei, wie Antony ein wenig zynisch dachte, großen Eifer an den Tag gelegt. Alles sprach dafür, daß das den Entschluß, Owen Barrie zu verhaften, besiegelt hatte.

Im übrigen ging die Anklage auf das Motiv nicht ein und erwähnte nur, zwischen dem Angeklagten und der Toten habe ein Eheversprechen bestanden und Mr. Barrie habe in Schriftform zugegeben, daß zwischen ihnen unmittelbar vor Elizabeth Cokes Tod eine schwere Auseinandersetzung stattgefunden habe. Zeit und Ort des Mordes ebenso wie die mutmaßliche Tatwaffe sprachen eindringlich gegen den Verhafteten. Maitland hielt sich zurück und protestierte nur einmal ohne sonderlichen Nachdruck, als die Anklage die, wie sie das nannte, ›nicht unmittelbar sachdienlichen‹ Teile von Barries Aussage bis zur Verhandlung zurückzuhalten wünschte, und der Ausgang entsprach durchaus den Erwartungen.

»Ich kann mir nicht helfen, es wäre doch am besten gewesen, er hätte auf Ihren Rat gehört und sich zu Totschlag bekannt«, meinte Desmond düster, als sie das Gebäude verließen. »Wenn alles ausgesprochen wird, glaube ich, daß wir damit gut durchgekommen wären.«

»Das glaube ich auch, aber man muß ihn dafür bewundern, daß er so fest bleibt. Ich hatte ganz vergessen, daß Sie ihn ja für den Täter halten, Desmond, nicht?«

»Ja, sehen Sie, ich weiß, daß Edward es nicht gewesen ist«, sagte Desmond schlicht.

»Und Sie glauben nach wie vor, Mr. Barrie sei die einzige Alternative? Ich habe gestern abend ausführlich mit meinem Onkel diskutiert und sehe noch eine andere Möglichkeit.«

»Wer?« fuhr Desmond auf.

»Wer, weiß ich nicht«, gab Antony geduldig zurück. »Ich habe nur den Hauch einer Idee über ein mögliches Motiv. Und ich denke nicht daran, mich damit zu blamieren, daß ich Ihnen das jetzt auseinandersetze, denn es könnte sehr wohl sein, daß ich mich irre.«

»Das halte ich aber gar nicht für fair«, murrte Desmond. »Und außerdem«, fügte er ganz im Stil von Sir Nicholas hinzu, »was wollten Sie da unternehmen?«

»Ich krieche jedenfalls nicht auf Händen und Knien herum und begucke mir alles durch ein Mikroskop«, sagte Antony leichthin und sah belustigt, daß Desmond, wie halb erwartet, ein langes Gesicht machte. In mancher Beziehung war der Solicitor noch sehr jung, jünger als es seine Jahre auswiesen. »Ich möchte noch einmal mit den Leuten reden, die im Verleumdungsprozeß ausgesagt haben.«

»Aber sie sind an der Sache doch nur ganz – ganz von fern beteiligt gewesen«, wandte Desmond ein.

»Schon wahr, aber sie gehörten alle zu demselben Kreis wie die Barries und die Cokes, wenn ich es so ausdrücken darf. Vielleicht ergibt sich etwas.«

»Das halte ich für sehr unwahrscheinlich«, meinte Desmond unverblümt.

»Wahrscheinlich haben Sie recht, aber irgendwo muß ich anfangen. Und Spuren, wie der kleine Moritz sie sich vorstellt, Desmond, überlasse ich der Polizei, die durchaus fähig ist, sie selbst zu finden. Zwar kann sie nicht immer etwas Richtiges damit anfangen«, fügte er hinzu, »aber das läßt sich nicht ändern. Mir geht es um die Menschen.«

»Das hört sich aber recht zufällig an«, gab Desmond zu bedenken.

»Schon wieder eine Illusion weniger«, sagte Antony belustigt. »Ich enttäusche Sie ungern, aber ich kann nur so und nicht anders arbeiten. Und mit Mary Jerrold möchte ich auch noch einmal reden.«

Desmond blieb schlagartig stehen, was die Leute, die hinter ihm waren, einigermaßen behinderte. Er starrte Maitland vorwurfsvoll an.

»Wenn Sie mich nicht anlügen und in Wirklichkeit glauben, Edward hätte es doch getan, sehe ich nicht ein, was Sie noch von ihr wollen«, meinte er.

»Ich lüge Sie nicht an«, erwiderte Antony ruhig. Er konnte Desmonds heftigen Einsatz für seinen Freund und Partner verstehen und nachfühlen und bewunderte ihn sogar dafür. »Wenn mir jemand etwas über Elizabeth Coke sagen kann, dann ist es Mary Jerrold. Ich weiß, daß sie Cokes Ansicht, selbst nach einer Scheidung nicht wieder heiraten zu können, akzeptiert hat, aber in ihrem Innersten muß sie Elizabeth doch als Rivalin betrachtet haben. Ich möchte deshalb wetten, daß sie die andere Frau durch und durch kannte.«

»Ach, wenn das alles ist, was Sie wollen –« Desmond verstummte und lächelte verlegen. »Wann wollen Sie alle diese Leute sprechen?« fragte er resigniert.

»Wenn Ihnen das beiden recht ist, bringen Sie Miss Jerrold heute abend mit zum Kempenfeldt Square«, schlug Antony vor. »Ich glaube, mein Onkel und meine Tante sind heute abend nicht zu Hause, also könnten wir uns ins Arbeitszimmer setzen. Aber ich will Sie bei *dem* Gespräch nur dabei haben, damit Sie sehen, daß alles mit rechten Dingen zugeht, Desmond, für den Fall, daß Sie mir immer noch nicht trauen. Ich habe das Gefühl, daß ich aus den anderen mehr herausbekomme, wenn ich allein mit ihnen spreche.«

»Aber –«

»Ich weiß, daß das nicht üblich ist. Ich bin aber bekannt dafür, daß ich unkonventionell vorgehe, und möchte den Ruf nutzen«, erklärte Antony. »Es ist nicht so, daß ich Sie nicht dabei haben möchte«, fuhr er fort, »sondern ich habe einfach das Gefühl, die Menschen gehen eher aus sich heraus, wenn sie es mit nur einer Person zu tun haben, statt daß ihnen zwei Leute gegenübersitzen.«

»Ja, das kann ich verstehen. Und um das logisch fortzuspinnen ... heißt das, Sie wollen die Walpoles und die Stowes getrennt sprechen?«

»Das sollte nicht so schwierig sein, oder? Walpole und Stowe werden an ihren Arbeitsplätzen sein – bei Terence Stowe dürfte ich das nicht sagen, wie? Er wäre vielleicht beleidigt. Aber wenn ich Walpole in seinem Büro und Stowe im Krankenhaus erwische, um dann die Ehefrauen zu Hause zu besuchen –«

»Es könnte schwierig sein, Joanna Stowe untertags zu erreichen. Sie ist mit ihrem Ehrenamt sehr beschäftigt.«

»Ja, den Eindruck hatte ich. Und Mrs. Walpole ist ja manchmal bei ihrem Mann im Büro. Das hatte ich vergessen. Wird schwierig werden.«

»Überlassen Sie das mir.« Desmond schien wieder schwungvoll zu werden. »Ich kenne sie ja, wissen Sie, und da können wir uns unterhalten, bevor ich einen festen Termin vereinbare und eine Zeit vorschlagen kann, sobald ich dahintergekommen bin, wann Sie mit jedem einzelnen reden könnten.«

»Danke, das wäre wirklich sehr nützlich. Kümmern Sie sich auch um Miss Ross?«

»Ja. Da gibt es keine Schwierigkeiten. Sie gehört zu den begüterten Müßiggängern. Das heißt, beim Geld weiß ich es nicht so genau, aber auf jeden Fall tut sie nichts.«

Antony schaute auf die Uhr.

»Wenn Sie mit mir in die Kanzlei gehen, können wir meinen Onkel abholen und gemeinsam essen«, schlug er vor. »Er beklagt meine Methoden nicht weniger als Sie – welches Zitat gebraucht er immer wieder? ›Unter Gentlemen sind Fragen als Gesprächsform nicht üblich –‹, also können Sie sich gegenseitig trösten. Aber wenn Sie keinen öffentlichen Aufruhr im Restaurant wünschen, sagen Sie ihm nicht, daß Sie mich bei den vorgesehenen Besuchen nicht begleiten. Er würde sich nur aufregen.«

»Ich kann mir nicht denken, daß Sie das beeinflussen würde«, meinte Desmond.

»Das nicht, aber was tut man nicht alles um des lieben Friedens willen?« gab Antony zur Antwort. »Gehen wir zu Fuß oder suchen wir uns ein Taxi?«

2

Da es noch recht früh war, entschied sich Desmond für einen Spaziergang. Sie trafen Sir Nicholas in seinem Arbeitszimmer an, den Schreibtisch übersät mit Papieren, einen Aktenstapel neben sich auf dem Boden. Er starrte die Unterlagen vor sich finster an, schob aber die Brille auf die Stirn, als die beiden Männer eintraten, und ließ nach der Vorstellung große Bereitschaft erkennen, seine Arbeit sofort im Stich zu lassen. Sie gingen deshalb zu ›Astroff's‹, wo Sir Nicholas' Lieblingstisch auf sie wartete. Die Mahlzeit verlief angenehm, bis auf eine bewußte Provokation durch Maitland. Als sein Onkel den jungen Solicitor wohlwollend ansah und freundlich sagte: »Sie sind also der junge Mann, der mit Antonys Unterstützung in seiner neuesten Sache belastet ist«, unterbrach Maitland die eher gestammelte Antwort Desmonds mit den Worten: »Wir sind über unseren Mandanten nicht so ganz einer Ansicht, Onkel Nick. Wie ich dir schon erklärt habe, halte ich ihn für unschuldig, aber Desmond ist anderer Meinung. Er glaubt, daß er es getan hat, entschuldigt sein Verhalten aber eher. Entschuldbarer Totschlag wäre die richtige Kategorie.« Das führt natürlich, wie er schon erwartet hatte, zu einer kurzen Belehrung über die Unversehrtheit menschlichen Lebens, aber da sie an ihn gerichtet war, statt an den jüngsten Tischgenossen, beeinträchtigte sie Desmonds Vergnügen an der Zusammenkunft nicht ernsthaft.

Danach verabschiedeten sie sich, und Onkel und Neffe schlenderten gemeinsam zum Inner Temple zurück. Alles wäre gut gewesen, hätte der alte Mr. Mallory sich nicht augenblicklich eingestellt, als er die Tür aufgehen hörte.

»Guten Tag, Sir Nicholas«, sagte er. »Mr. Maitland, Chefinspektor Sykes wartet auf Sie. Ich habe mir erlaubt, ihn von Willett in Ihr Zimmer führen zu lassen.«

»Danke, Mallory«, sagte Antony, und in diesem Augenblick ging ihm sogar diese kleine Höflichkeit sehr wider den Strich. Er wußte ganz genau: Mallory war sich im selben Maß wie er selbst bewußt, daß Sir Nicholas' Einwände gegen manche Kontakte Antonys mit der Polizei hatte, es ihm also wesentlich lieber gewesen wäre, die Nachricht unter vier Augen zu erfahren. Es ließ sich aber nichts mehr ändern. Er drehte sich herum und begegnete dem vorwurfsvollen Blick seines Onkels.

»Er führt die Ermittlungen im Fall Barrie, Onkel Nick. In diesem Zusammenhang wird er mich sprechen wollen.«

»Das nehme ich an.« Sir Nicholas hatte die Tür zu seinem eigenen Zimmer erreicht und sagte über die Schulter: »Ich bin in die Papierflut, mit der Collingwood mich überfallen hat, aber nicht so vertieft, daß ich nicht gleich von dir etwas hören wollte, sobald dein Besucher sich verabschiedet hat.«

Antony sagte so beiläufig, wie es ihm möglich war: »Ja, natürlich«, aber in Wahrheit verspürte er ein wenig Verwunderung und Unbehagen über den Besuch.

Chefinspektor Sykes war der einzige Mensch, von dem Maitland jemals erlebt hatte, daß er es sich in einem der Besuchersessel offenkundig bequem machen konnte.

»Ich hoffe, Sie haben nicht zu lange warten müssen«, begrüßte Antony ihn, als er hereinkam.

»Meine eigene Schuld, Mr. Maitland, ich hätte vorher anrufen sollen. Aber nach dem Essen kam ich mehr oder weniger zufällig hier vorbei und wollte es versuchen. Ich habe heute früh vor Gericht mich bemerkbar machen wollen, aber das ist mir nicht gelungen.«

»Ich habe Sie dort gesehen, als Sie aussagten«, gab Antony zu. »Hinterher schienen Sie verschwunden zu sein.«

»Sie haben also die Verteidigung von Owen Barrie gegen die Beschuldigung übernommen, Elizabeth Coke ermordet zu haben«, stellte Sykes nachdenklich fest.

»Ich hätte gedacht, das versteht sich von selbst. Der Grund für Ihren Besuch kann das nicht sein, Chefinspektor. Sie wissen, daß wir darüber gar nicht diskutieren dürften.«

»Nicht über den Fall«, erklärte Sykes bedächtig, »aber im Hinblick darauf, wenn Sie mich recht verstehen ...«

»Leider nicht.«

»Sie haben nicht vergessen, Mr. Maitland, daß es kaum acht Wochen her ist, seit Sie Chef-Superintendent Briggs als Zeugen für die Verteidigung in einem Mordprozeß in den Zeugenstand beriefen.«

»Natürlich habe ich das nicht vergessen, aber das war eine ganz andere Sache. Ich habe nicht die Absicht, ihn diesmal vorzuladen, wenn Sie das meinen.«

»Das meine ich auch nicht, und Sie wissen das genau«, mahnte ihn Sykes. »Ich versuche Ihnen nur nahezubringen, daß er Ihnen das nicht verziehen hat, ganz und gar nicht.«

»Wenn das eine Warnung ist, Chefinspektor, bin ich Ihnen dafür sehr verbunden.« Das war in aller Aufrichtigkeit gesagt; Sykes' Mitteilung verriet sein absolutes Vertrauen in die Diskretion Antonys, da Chef-Superintendent Briggs sein direkter Vorgesetzter war. »Es besteht kein Anlaß zur Sorge, wissen Sie. Ich glaube zwar, daß er darüber nie hinwegkommen wird, aber auf seine Einstellung mir gegenüber wird sich das nicht auswirken. Wir haben uns nie verstanden.«

Sykes lächelte auf seine stille Weise bei dieser Untertreibung.
»Ich weiß, er hat Ihnen immer mißtraut«, sagte er.
»Wie Sie bei Gelegenheit auch, Chefinspektor.«
»Ich dachte ein-, zweimal, Sie seien nicht ganz offen uns gegenüber bei Dingen, die Sie wußten«, erklärte Sykes präzise. »Aber das ist etwas ganz anderes. Ich bin entschieden von Ihrer Integrität überzeugt.«
»Und Briggs nicht? Das ist bedauerlich, aber da ich das Gesetz nicht übertreten und das auch weiterhin nicht im Sinn habe, kann es mir wohl kaum zum Schaden gereichen.«
»Da wäre ich mir nicht so sicher, mein Freund«, meinte Sykes ernsthaft. »Was ich Ihnen beizubringen versuche, ist, daß sich seine Einstellung verhärtet.«
»Trotzdem –«
»Er setzt sich etwas in den Kopf, wissen Sie«, fuhr Sykes fort, »und dann kann nichts auf der ganzen Welt ihn mehr davon abbringen.«
»Sie sollten mit meinem Onkel sprechen. Er hat mir das auch schon erklärt.«
»Hm, wenn ich nur erreichen könnte, daß Sie das glauben. Diese Verleumdungsklage, zum Beispiel... Ich nehme an, Sie haben nichts dagegen einzuwenden, daß ich darüber spreche, Mr. Maitland.«
»Es könnte schwierig werden, das zu tun, ohne auf die Mordanklage zu kommen.«
»Genau, aber ich finde, Sie sollten wissen, was der Chef-Superindendent davon hält, wie Sie David Barrie befragt haben.«
»Ich verstehe immer noch nicht.«
»Er behauptet, Sie hätten diese Morde provoziert, weil Sie den jungen Mann fragten, ob er wisse, daß Elizabeth Coke seinen Vater heiraten wolle.«
Einen Augenblick lang herrschte Stille. Maitland hob die Hand, um seine Augen zu bedecken, ließ sie wieder sinken und sah seinem Besucher ins Gesicht.
»Glauben Sie nicht, daß ich mir dessen sehr bewußt bin?« fragte er.
»Es tut mir leid, wenn ich mich schlecht ausgedrückt habe. Ich

wollte darauf hinaus: Briggs glaubt, Sie hätten das ganz bewußt getan. Noch schlimmer, er meint, die Frage habe jeder Grundlage entbehrt.«

»Na, da irrt er sich. Owen Barrie hatte mir das selbst mitgeteilt ... und ich hätte mir natürlich nie träumen lassen, daß das solche Folgen haben würde.«

»Schon, Mr. Maitland, aber da ist ein Punkt. Ich weiß, daß ich mir hier etwas herausnehme, aber ich hoffe, wir können einander inzwischen vertrauen.« Er verstummte kurz und lächelte. »Mit der Einschränkung, die ich vorhin gemacht habe, versteht sich.«

»Gewiß«, bestätigte Antony ernsthaft.

»Dann kann ich Ihnen sagen, die Anklage wird Owen Barries Aussage als krasse Lüge hinstellen, jedenfalls, soweit sie Elizabeths Versprechen betrifft, ihn zu heiraten. Wenn es darüber Streit gibt, könnte Ihre eigene Erklärung während des Verleumdungsverfahrens in Zweifel gezogen werden.«

»Lassen wir das einmal beiseite. Wenn sie Barries Aussage bestreiten, beseitigen sie das Motiv, auf das man sich meiner Meinung nach sehr stark stützt.«

»Man hat die Tatgelegenheit und die mutmaßliche Tatwaffe«, gab Sykes zurück. »Dem Gericht aber wird vorgetragen werden, daß dieses Verlöbnis oder Einverständnis, oder wie Sie das nennen wollen, eine reine Erfindung von Barrie war, gewissermaßen ein Wunschgedanke, und daß, als David nach Hause kam und ihn zur Rede stellte, ein heftiger Streit entbrannte – den er ja einräumt, wie Sie wissen –, so daß der Mord aus Eifersucht begangen worden sein kann.«

»Er wird nicht des Mordes an David angeklagt.«

»Das ist mir völlig klar, Mr. Maitland, aber lassen Sie mich ausreden. Man meint also, Elizabeth Coke sei aus reiner Rücksichtnahme auf Owen Barries Gemütszustand zu ihm gekommen, in der Meinung, er müsse ihre Worte mißverstanden haben. Sie wollte das demnach richtigstellen. Erneut Eifersucht ... verstehen Sie? Das würde erklären, warum wiederholt zugestochen wurde, obwohl der erste Stoß schon tödlich war.«

»Der erste Stoß?« wiederholte Maitland scharf.

»Ja, so ist es.«

»Bei der Anhörung war davon aber keine Rede.«

»Nein. Wenn Sie sich erinnern –«

»Ja, die Anklage hielt sich sehr zurück. Aber was ist mit David Barrie?«

»Keinesfalls der erste Stoß. Das ist ziemlich leicht festzustellen, wissen Sie. Aber mindestens drei Wunden wären tödlich gewesen. Um aber auf Elizabeth Coke zurückzukommen: Sie sehen, wie die Theorie nahtlos zu den Fakten paßt, nicht wahr?«

»Im anderen Fall wäre ich ein Narr. Man zielt offenbar darauf ab, befürchtet aber offenbar, wir könnten auf etwas weniger Schwerwiegendes abstellen.«

»So sieht das der Ankläger meinem Eindruck nach«, erklärte Sykes. »Und ich kann mich nicht erinnern, daß ich schon einmal auf so unschickliche Weise mit einem Strafverteidiger gesprochen hätte«, fügte er bitter hinzu. »Aber es geht mir um Ihre Position. Könnten wir darauf zurückkommen?«

»Wenn Sie wollen. Ich nehme an, Sie meinen, was geschehen würde, wenn Owen Barrie schuldig gesprochen werden sollte.«

»Genau das. Man könnte behaupten, Sie hätten diese Frage in den Verleumdungsprozeß eingeführt, obwohl es dafür keinerlei Grundlage gegeben hat, und dieser Teil von Barries Aussage, der von der Anklage bestritten wird, sei auf Ihre Anregung hin zustandegekommen.«

»Immerhin noch besser als der Vorwurf, die Zeugen beeinflußt zu haben«, meinte Antony mit einem Versuch zur Lockerheit. »Das war es beim letztenmal, nicht?«

»Zum Lachen gibt es da nichts«, rügte Sykes. »Es wäre trotzdem Anstiftung zum Meineid, jedenfalls dann, wenn Barrie das vor Gericht sinngemäß wiederholt, und nicht erfreulich, wenn sich das herumspräche.«

»Nein, das ist mir durchaus klar. Und wenn es mir gelingt, einen oder mehrere Zeugen zu finden, die bestätigen, was ich meine –«

»Niemand kann wissen, was dann passiert«, sagte Sykes entschieden.

»Aber es ist doch so –« Er verstummte, als ihm etwas einfiel. »Hören Sie, Sykes, wollen Sie sagen, daß Briggs den Verstand verliert?«

»Auf keinen Fall, Mr. Maitland.« Sykes' vorsichtige Seele war bis ins tiefste erschüttert. »Aber ich will nicht bestreiten«, fügte er zögernd hinzu, »daß in dieser Frage allein –«

»Sie meinen, er hat sich, was mich betrifft, in eine fixe Idee verrannt? Tja, ich kann nur sagen, daß ich die Absicht habe, ganz auf dem Pfade der Rechtschaffenheit zu wandeln, Chefinspektor. Damit müßte die Sache doch ihr Bewenden haben, oder?«

»Ich rede nicht von einem Beweis dafür, daß etwas Unrechtes geschehen ist, Mr. Maitland, sondern nur von Gerüchten, davon, was getuschelt werden könnte.« Er erhob sich. »Ich habe mich nicht nach dem Befinden von Mrs. Maitland oder Lady Harding oder Ihres Onkels erkundigt«, meinte er entschuldigend und schuldbewußt.

Antony lächelte ihn an.

»Nein, und das ist das erste Mal, daß ich erlebe, wie Sie ein Gespräch ohne diese Einleitung begonnen haben«, sagte er. »Es geht ihnen allen gut, danke, und ich bin Ihnen für die Warnung sehr verpflichtet. Ich brauche Ihnen nicht eigens zu versichern, daß der Verlauf unseres Gesprächs streng unter uns bleibt.«

»Sir Nicholas wird Sie bestimmt fragen –«

»Ja, ich weiß. Ich werde ihm sagen müssen, daß Sie mich aufgefordert haben, vor Briggs auf der Hut zu sein. Und wenn Mallory uns nicht mit der Nachricht begrüßt hätte, daß Sie hier sind, als wir vom Essen kamen«, fügte er hinzu, »würde ich Ihren Besuch überhaupt nicht erwähnen. Er ist in diesem Punkt selbst sehr eigen, und das wird seine schlimmsten Befürchtungen nur bestätigen.«

Es hatte aber keinen Sinn, die Dinge noch mehr zu verschlimmern, als sie es ohnehin schon waren. Maitland suchte daher sofort seinen Onkel auf, nachdem er Sykes zur Tür geleitet und ihm kurz nachgesehen hatte, als der Kriminalbeamte die recht dunkle Treppe hinuntergestiegen war.

»Nun?« fragte Sir Nicholas, als er hereinkam.

»Er ist genauso schlimm wie du, Onkel Nick. Eine düstere Warnung vor Chef-Superintendent Briggs.«

Sir Nicholas zog die Brauen zusammen.

»Ich vermag nicht zu erkennen, worauf er in dieser Sache Unterstellungen gegen dich stützen könnte«, sagte er.

»Ich auch nicht.« Er ließ einen scharfen Blick seines Onkels über sich ergehen und fuhr hastig fort: »Die Sache ist die, weißt du. Ich glaube, nach all den Jahren hat Sykes eine gewisse Zuneigung zu mir entwickelt. Er sieht Probleme, wo keine sind.«

»Ich nehme an«, erklärte Sir Nicholas kalt, »was du mir mitteilen – oder vielmehr nicht mitteilen – willst, ist, daß du ganz unschicklicherweise alle Aspekte des Falles mit ihm besprochen hast. Nun gut«, sagte er nach einer Pause, als Antony schwieg, »ich will dich da nicht drängen, aber du solltest bedenken, daß sowohl Vera als auch ich früher ganz Ähnliches über Superintendent Briggs zu dir gesagt haben, obschon mit mehr Gehalt, wie wir beide meinen, als die düstere Warnung, von der du eben spöttisch gesprochen hast.«

»Ich bin es müde, immer neu betonen zu müssen, daß ich nichts zu unternehmen beabsichtige, was Probleme schaffen könnte.«

Sir Nicholas' Stimmungswechsel waren manchmal verwirrend. Auch jetzt fand ein solcher statt, und er lächelte seinen Neffen beinahe gütig an.

»Es hat keinen Sinn, darüber zu streiten, oder? Darf ich mir einen klugen Satz von dir zu eigen machen und sagen, man lernt nie aus, Antony?«

3

Es war Maitlands Gewohnheit schon seit dem Beginn seiner beruflichen Laufbahn, Sir Nicholas' Arbeitszimmer zu nutzen, wenn sich die Gelegenheit für ihn ergab, ein Gespräch zu Hause zu führen, stets vorausgesetzt natürlich, der Eigentümer war anderweitig beschäftigt. Er hatte an diesem Abend die Bestätigung erhalten, daß Onkel und Tante auswärts essen würden und nichts dagegen hatten, wenn er ihr Lieblingszimmer benutzte. Mit Desmond hatte er vereinbart, daß er Mary Jerrold nach dem Abendessen mitbringen sollte, und zur Abwechslung einmal führte der Eifer des jungen Mannes sie nicht zu früh ins Haus. Vielleicht war es auch Marys Einfluß, der ihn bremste. Auf jeden Fall war es kurz nach neun Uhr, als Gibbs über das Haustelefon mitteilte, zwei Besucher für Mr. Maitland seien zur Stelle. Bis Vera eingezogen war, hatte er sich auf seine halsstarrige Weise rundweg geweigert, den Apparat zu nutzen, der seinetwegen installiert worden war, sondern darauf bestanden, bei allen dadurch Schuldgefühle zu erregen, daß er mit Mitteilungen die Treppen hinaufstapfte. Antony lächelte, als er den Hörer auflegte und sich zu Jenny umwandte.

»Ich rechne immer damit, daß Gibbs in die Art zurückfällt, die er hatte, bevor Onkel Nick Vera heiratete«, sagte er, »aber jetzt sind wir, glaube ich, ziemlich sicher, nicht? Er hat nichts davon merken lassen.«

»Sie bringt ihn eines Tages vielleicht sogar dazu, daß er in den Ruhestand geht«, meinte Jenny hoffnungsvoll. Aber ihr Mann schüttelte dazu nur den Kopf; diese Hoffnung hatte er längst aufgegeben.

Mary Jerrold und Desmond Barleycorn erwarteten ihn im Arbeitszimmer. Sein erster Gedanke war der, daß Mary sich unbehaglich fühlte, sein zweiter, daß das unter den Umständen nicht verwunderlich sein konnte. Er tat sein Bestes, um es ihr bequem zu machen und die Atmosphäre dadurch aufzulockern, daß sie sich kurze Zeit ganz allgemein miteinander unterhielten, bevor er seine Fragen stellte. Er nahm sogar auf dem Sofa Platz, wo er beide Besucher mühelos im Auge behalten konnte, obwohl er, selbst von innerer Unruhe erfaßt, am liebsten im Zimmer umhergegangen wäre. Seine gutmütige Absicht wurde zum Teil aber von Mary Jerrold durchkreuzt, die steif auf der Vorderkante von Sir Nicholas' Lieblingssessel saß und eine Bemerkung Antonys über das warme Wetter mit den hervorgestoßenen Worten unterbrach: »Ich weiß wirklich nicht, warum Sie mich noch einmal sprechen wollen.«

»Ich dachte, das hätte Desmond Ihnen vielleicht schon klargemacht«, erwiderte Antony. Desmond warf ihm einen vorwurfsvollen Blick zu, da er ebenso im dunkeln tappte wie das Mädchen. Er hatte Maitlands Erklärung beim erstenmal so wenig geglaubt, wie er es jetzt tat. »Sehen Sie, Miss Jerrold«, begann Antony, »bei jeder Untersuchung von Mordfällen ist es ungeheuer wichtig, etwas über den Charakter des Opfers zu erfahren. Ich dachte, Sie könnten aus Ihren besonderen Umständen heraus mir mehr als jeder andere Mensch über Elizabeth Coke erzählen.«

»Außer Edward«, widersprach Mary, nachdem sie kurz über den

Satz nachgedacht hatte. »Er müßte sie besser kennen als jeder andere.«

»Da bin ich nicht Ihrer Meinung. Anfangs war er in sie verliebt, und es heißt, die Liebe mache blind, nicht wahr? Und danach ... Ich glaube, er würde dazu neigen, ihr Verhalten nach seinem eigenen Standpunkt zu beurteilen, weil er so direkt betroffen war.«

»Tja, ich will mein Bestes tun, aber über David Barrie weiß ich überhaupt nichts.«

»Sie hatten ihn aber kennengelernt.«

»Ja, das sagte ich beim letztenmal, oder? Ich hielt ihn für ziemlich affektiert, als Mensch eher unbedeutend«, fuhr Mary fort. »Und Owen Barrie mochte ich sehr, nur war er Elizabeths Fehlern gegenüber genauso blind wie alle anderen. In dieser Beziehung haben Sie völlig recht, Mr. Maitland, manchmal dachte ich, ich sei die einzige, die sie durchschaute, und ich wäre sehr froh, wenn Sie für Mr. Barrie etwas tun könnten, obwohl ich das Gefühl habe, daß Desmond ihm die beiden Morde wirklich zutraut. Freilich nicht auf Edwards Kosten ... Owen Barrie freizubekommen, meine ich.«

»Ich bin sicher, Desmond hat Ihnen zumindest das klargemacht. Daran denke ich zu allerletzt.«

Das brachte endlich die Beruhigung, die er so lange vergeblich hatte herbeiführen wollen. Sie lächelte ihn herzlich an und sagte: »Dann will ich alles tun, was ich kann, um Ihnen zu helfen. Was möchten Sie wissen?«

»Es ist schwer, Ihnen das deutlich zu machen, ohne Suggestivfragen zu stellen«, sagte Maitland. In einem Kleid aus seidigem Material in zartem Blau sah sie einer Rechtsanwältin so unähnlich, wie man sich das nur denken konnte, und er mußte sich unterbrechen, als er diesen Punkt erläutern wollte. »Wenn ich Ihnen sage, was Edward über seine Frau mitgeteilt hat, können Sie mir vielleicht erklären, ob Sie zustimmen.«

»Edward würde Sie nicht belügen.«

»Meine liebe Miss Jerrold, Sie dürfen mir nichts unterstellen. Ich habe eine solche Andeutung nicht gemacht. Nur bin ich eben der Meinung, seine Einstellung könnte durch ihre Beziehung gefärbt worden sein.«

»Es tut mir leid«, sagte sie zerknirscht. »Was hat Edward Ihnen über Elizabeth erzählt?«

»Daß sie frigide war«, antwortete Antony kurz. Und fragte sich dabei, ob es jemals dazu kommen würde, daß Edward Coke und dieses Mädchen, das ihn so inbrünstig liebte, ganz offen miteinander sein konnten und die ganze Wahrheit über seine katastrophale Ehe ans Tageslicht kommen würde.

Seine Bemerkung hatte den Erfolg, daß Mary sich wieder steif aufrichtete.

»Aber das ist doch Unsinn«, protestierte sie. »Sie war – ich kann es nicht anders ausdrücken, Mr. Maitland – sie war eine der sinnlichsten Frauen, die ich je gekannt habe.«

»War sie das wirklich?«

»Aber Edward hat doch –«

»Ich glaube nicht, daß ich auf seine Gründe für diesen Irrtum eingehen kann, Miss Jerrold, obwohl ich sie zu verstehen glaube. Würden Sie mir die Gründe für Ihre Meinung verraten?«

»Sie halten mich für voreingenommen«, beschuldigte sie ihn.

»Genau deshalb, weil ich das nicht glaube, wollte ich noch einmal mit Ihnen reden«, gab er zurück, und zum erstenmal begann Desmond ihm zu glauben. »Ich denke, Ihre juristische Ausbildung hat bei Ihnen dazu geführt, Indizien sehr genau zu prüfen, obwohl ich Sie natürlich nicht gut kenne und mich da auch irren kann. Aber seien Sie lieb und erzählen Sie mir –«

»Sie wissen, daß ich ziemlich oft bei ihnen zum Essen eingeladen war, meistens dann, wenn auch Desmond dabei war. Und häufig waren noch ein, zwei andere Paare eingeladen, und es war ganz auffällig – Sie werden das wohl nicht als Beweis gelten lassen – daß sie sich um jeden anwesenden Mann bemühte und kein einziger ihr widerstehen konnte. Ich glaube, sie hätte jeden Mann um ihren kleinen Finger wickeln können. Es wundert mich, daß Desmond Ihnen davon nichts erzählt hat.«

»Ist mir nie aufgefallen«, sagte Desmond nur. »Und wenn Sie wissen wollen, warum«, fügte er plötzlich hinzu, »dann deshalb, weil ich Augen nur für Sie hatte.«

Mary starrte ihn kurz an.

»Ach, Desmond!« sagte sie, offenkundig zwischen Reue und Verärgerung hin und her gerissen. »Ich dachte... und die ganze

Zeit erzähle ich Ihnen von meinen Gefühlen für Edward. Ich wollte Ihnen nicht wehtun.«

»Das haben Sie auch nicht getan«, beschwichtigte Desmond. Antony konnte allerdings nicht entscheiden, ob das stimmte oder nicht. »Und wenn Sie wissen wollen, was ich bei Elizabeths Tod empfunden habe«, sagte er trotzig, »ich bin froh, daß Edward frei ist. Sie hätten sich nie entschließen können, solange er sich ihr verbunden fühlte, aber so haben wir beide die gleichen Chancen. Und wenn Sie glauben«, fuhr er Maitland an, »daß mir das ein Motiv für den Mord an ihr verleiht, haben Sie ganz recht. Nur habe ich ihn nicht begangen.«

»Motive scheinen nur so herumzuschwirren«, meinte Maitland gelassen. »Über das Ihre habe ich noch gar nicht nachgedacht.« Sein Blick kehrte dabei wieder zu dem Mädchen zurück, und Desmond fuhr sofort auf, als hätte er offen eine Anschuldigung erhoben.

»Wenn Sie glauben, daß Mary –«

»Der Gedanke ist mir durch den Kopf gegangen«, räumte Antony ein. Soviel er erkennen konnte, hatte er aus dem Gespräch herausgeholt, was möglich war, und interessierte sich jetzt dafür, wie es hier weitergehen würde.

»Dann darf ich Sie daran erinnern, daß auch David Barrie umgebracht worden ist«, fauchte Desmond. »Sie können nicht behaupten, daß sie dafür auch ein Motiv gehabt hätte.«

»Mir fiele eines ein«, sagte Mary. Sie schien beinahe belustigt und von Maitlands Offenheit keineswegs beleidigt zu sein.

»Wirklich? Heraus damit«, sagte Antony.

»Die Verleumdungsklage hatte David und Elizabeth in den Augen aller miteinander verbunden, und als sie beide an demselben Abend umgebracht wurden, lag nahe, daß das etwas damit zu tun hatte. Davids Tod hätte das wahre Motiv verschleiert.« Sie schwieg einen Augenblick und lachte dann laut. »Es tut mir leid, Desmond, aber für Sie gilt das auch.«

»Vielleicht, aber von *Ihnen* würde das niemand glauben«, gab Desmond verärgert zurück. »So – so heimtückisch könnten Sie gar nicht sein.«

»Man könnte behaupten, es gehört eine Frau dazu, auf solche

Dinge zu kommen«, betonte Mary. »Obwohl ich übrigens nicht glaube, daß ich jemandem ein Messer in den Leib stoßen könnte«, fügte sie in ernsterem Ton hinzu. »Ich glaube, ich brächte es nicht fertig.«

»Das denke ich auch«, meinte Maitland. »Aber ich wäre froh, wenn alle Leute so offen reden würden wie Sie, Miss Jerrold. Sie hatten mir erzählt, daß die Barries manchmal am selben Abend zum Essen bei den Cokes eingeladen waren wie Sie und daß Elizabeth mit beiden geflirtet hat. Jedem wird sie dann hinterher erklärt haben, das hätte sie nur deshalb getan, damit ihre Beziehung zueinander nicht auffiel«, fügte er nachdenklich an.

»Ja, ich bin sicher, daß es so gewesen ist. Ich glaube, ich habe das nicht sehr gut erklärt. Ihr Verhalten war bei jedem Mann, mit dem sie in Berührung kam, anders. Owen Barrie etwa halte ich für einen ziemlich altmodischen Mann, und ich bin sicher, daß er sie für makellos rein gehalten hat.«

»Ja, ich verstehe. Das ist ein sehr wichtiger Punkt. Wen haben Sie bei den Cokes noch getroffen?«

»Manchmal Primrose Ross, die Walpoles und die Stowes. Ein-, zweimal war noch ein anderes Paar dabei – jedesmal andere, meine ich – aber das waren nur zufällige Bekanntschaften. Ich erinnere mich nicht einmal mehr an ihre Namen.«

»Sie, Desmond?«

»Leider nicht. Die Leute, die Mary erwähnte, waren ihre besonderen Freunde.«

»Gut. Miss Jerrold, hat sie es bei Mr. Walpole und Mr. Stowe genauso gemacht wie bei den Barries?«

»O ja.«

»Sind sie darauf eingegangen?«

»Jeder auf seine Art. Roland Walpole ließ ihr gutmütig den Willen, wie ich fand, so als hätte er es mit einem Kind zu tun, Terence Stowe bewies ein wenig mehr Zurückhaltung. Als Arzt muß man wohl besonders vorsichtig sein.«

Antony lächelte sie an. Das Gespräch bereitete ihm unerwartetes Vergnügen.

»Wissen Sie, Miss Jerrold, das ist das erstemal, daß eine Bemerkung ein bißchen gehässig klingt«, sagte er.

»Außer bei Elizabeth, versteht sich«, erwiderte Mary ernsthaft.

»Ja, abgesehen von ihr. Sie sind sehr offen zu mir gewesen, und dafür bin ich Ihnen wirklich dankbar. Und Ihnen natürlich auch, Desmond.« Sie unterhielten sich noch eine Weile, aber es kam nichts weiter mehr dabei heraus, so daß er sie verabschiedete – Gibbs hatte sich schon zurückgezogen, weil es nach zehn Uhr war – und hinaufging, um Jenny zu berichten.

»Aber ich verstehe so wenig wie Mary Jerrold, warum Edward Coke sich in seiner Frau so getäuscht hat«, meinte Jenny. »Ich kann durchaus verstehen, warum du ihr das nicht erklärt hast, aber bei mir ist das anders, da bist du immer indiskret.«

»Nur, weil du die Diskretion in Person bist, Schatz. Manchmal frage ich mich ... langweilt dich denn die ganze Fachsimpelei nicht? Seit Vera Onkel Nick geheiratet hat, ist es eher noch schlimmer geworden.«

»Du weißt, daß es nicht so ist. Manchmal habe ich sogar das Gefühl, ich verstehe davon so viel wie ihr«, erklärte Jenny.

»Nur, daß du keinen logischen Verstand besitzt, Liebste«, betonte Antony lachend. »Gott sei Dank nicht. Wenn du anfangen würdest, vernünftig zu werden –«

Jenny lachte ebenfalls, ließ sich aber nicht abbringen.

»Du wolltest mir erzählen –«

»Ach ja, über Edward Coke. Nun, zunächst verliebte er sich Hals über Kopf in Elizabeth, und er muß damals schon Mitte Dreißig gewesen sein, wohlgemerkt.«

»Wie der Mann in dem Lied«, sagte Jenny.

»Was für ein Lied?« fragte Antony verständnislos.

»Wenn er denkt, die Liebe sei vorbei, kommt die große Liebe, nicht die Liebelei«, sagte Jenny, zu Recht der Meinung, das sei Erklärung genug.

»Ach so, verstehe. Aber ich glaube nicht, daß es bei Edward Coke so war«, widersprach Antony. »Ich kann mir überhaupt nicht vorstellen, daß er mit mehreren gleichzeitig Liebschaften unterhielt. Wenn er heiratete, dann sollte das für ihn endgültig sein. Vielleicht springt er auch nicht so rasch auf eine Frau an, ich weiß nicht, oder er dachte, mit fünfunddreißig Jahren wisse er ja nun, was er wolle. Jedenfalls war er sehr verliebt in sie und sah die pure

Vollkommenheit. Und ihre Ehe scheint einige Monate lang ganz normal verlaufen zu sein, dann zog sie sich aus einer engen Beziehung zurück und bestand schließlich sogar auf getrennten Schlafzimmern. Ich glaube, wie du weißt, daß sie ihn wegen des Geldes, also der erwarteten Erbschaft von Tante Harriet, geheiratet hat. Es kann also gut sein, daß sie seine Avancen nicht mehr ertragen wollte. Aber so würde er das nicht sehen, oder? Ich nehme an, er hat für sich nach einer Erklärung gesucht und sich für die entschieden, daß sie eben von Natur aus allen Männern gegenüber kalt sei. Anschließend verschloß er die Augen vor ihrer Einstellung zu anderen Männern oder hielt das nur für Spielerei.«

»Ja, das klingt ganz logisch«, meinte Jenny. »Antony, wäre es nicht schrecklich –«

»Doch, aber da dem nicht so ist, brauchen wir uns den Kopf darüber nicht zu zerbrechen«, erklärte Antony entschieden. »Ich finde, daß wir uns doch etwas von dem Kognak verdient haben, den wir für Onkel Nick bereithalten, du nicht? Es strengt doch an, so offen zu sein.«

»Ja, mir gefällt Mary Jerrold«, sagte Jenny und ging damit auf den Sinn mehr als auf die Worte ein. Sie suchte im Schrank, aber da die Hardings erst am vergangenen Abend bei ihnen gewesen waren, fiel es nicht schwer, die Flasche zu entdecken. »Aber ich möchte wissen, wen von den beiden sie am Ende nehmen wird«, fuhr sie fort, als sie sich aufrichtete, »Edward Coke oder deinen Freund Desmond.«

»Das weiß ich nicht, und im Augenblick ist mir das auch egal«, gab Antony zurück und griff nach dem Glas. »Außerdem kann ich nicht beurteilen, ob Desmond mich nach meiner Unverblümtheit heute abend noch als Freund betrachtet.«

»Aber sicher, sonst hätte er nicht vor dir praktisch einen Heiratsantrag gemacht.«

»So siehst du das?«

»Natürlich.«

»Du könntest recht haben. Aber mich beschäftigt der bevorstehende Prozeß gegen Owen Barrie, und wie ich ihn da heraushauen soll.«

Erst später, als sie im Bett lagen, fiel ihm der Besuch von Chefinspektor Sykes mit seinen warnenden Worten wieder ein. Er hatte Jenny nichts davon gesagt und auch nicht die Absicht dazu, aber Onkel Nick würde ebenfalls nichts erzählen, also ging das in Ordnung. Trotzdem dauerte es sehr lange, bis er einschlafen konnte.

Freitag, 29. Juni

I

Trotz der Bedenken Antonys klang Desmonds Stimme durchaus freundlich, als er am Freitag vormittag anrief.

»Tut mir leid, daß es so lange gedauert hat«, begann er.

»Ist mir nicht lange vorgekommen«, sagte Antony aufrichtig. Der Vertrag erschien komplizierter denn je, und die Tage waren nicht lang genug für die Enträtselung. »Soll das heißen, daß Sie Termine für mich vereinbart haben?«

»Richtig. Für heute, wenn das nicht zu knapp wird.«

»Keine Spur. Mir ist es lieber, wenn es rasch geht, wie ich schon sagte. Mallory teilte mir mit, daß ich die nächste Woche fast dauernd bei Gericht bin.«

»Dann ist es ja gut. Ich habe selbst ein bißchen herumgeschnüffelt und herausgebracht, wann Sie Roland und Frances, Terence und Joanna getrennt sprechen können.«

»Fein.«

»Frances ist heute im Büro, aber da bin ich recht raffiniert gewesen«, erzählte Desmond zufrieden. »Ich sagte, Sie wollten Roland sprechen, und vereinbarte einen Termin für halb elf Uhr mit ihm. Er sagte, länger als eine halbe Stunde könne er Ihnen nicht widmen, weil er dann zu einem Kunden müsse. Ich dachte mir, Sie könnten dann noch bleiben und mit Frances reden.«

»Sehr geschickt gemacht! Das müßte gehen.«

»Bei Terence und Joanna war es ein bißchen schwieriger. Er operiert heute vormittag, und außerdem scheint er nicht so begierig darauf zu sein, daß Sie im Krankenhaus auftauchen.«

»Ja, das könnte man mißverstehen«, bestätigte Antony.

»Er sagte aber, bis Mittag sei er fertig, dann fahre er heim und könne dort mit Ihnen sprechen. Ich glaube aber nicht, daß er sehr begeistert darüber ist, weil er sagte, dadurch müsse er länger arbeiten. Und da kommt das Gespräch mit Joanna zustande. Sie ist gegen vier Uhr zu Hause, während Terence mindestens zwei Stunden länger ausbleiben dürfte. Wenn Sie es also ermöglichen könnten, zu der Zeit mit ihr –«

»Wird immer besser. Dann bleibt nur noch Primrose Ross.«

»Mit ihr habe ich nichts vereinbart, weil ich nicht wußte, wie lange Sie bei den anderen brauchen würden. Es sollte aber nicht schwierig sein, sie zu erreichen, wann Ihnen das paßt. Wenn es beim erstenmal nichts wird, können Sie es ein zweites Mal versuchen.«

»Ja, natürlich, das mache ich.«

»Und Sie sind ganz sicher, daß ich nicht mitkommen soll?«

»Ganz sicher, Desmond. Es geht nur darum, daß sie wohl eher aus sich herausgehen, wenn wir allein sind«, erläuterte er noch einmal. »Sind Sie und Miss Jerrold gestern abend gut nach Hause gekommen?«

»Ich glaube, eine gewisse Verlegenheit war schon vorhanden, der Dinge wegen, die gestern besprochen wurden«, räumte Desmond ein, klang aber nicht sehr niedergeschlagen. »Sie sind sicher der Meinung, daß es dumm von mir war, so offen zu reden, aber bis dahin sah das alles so hoffnungslos aus.«

»Ihrem Gedankengang kann ich da nicht ganz folgen, fürchte ich.«

»Ach, das Unerreichbare ist immer viel reizvoller«, meinte Desmond. »Jedenfalls war Mary ziemlich nachdenklich. Ich halte das für ein gutes Zeichen, Sie nicht?«

»Ich weiß nicht, ob ich das richtig beurteilen kann, aber Sie könnten recht haben.«

»Fein. Und Sie sagen mir, was bei den Gesprächen herausgekommen ist«, fügte er besorgt hinzu.

»Versteht sich. Erwarten Sie aber nichts Besonderes, Desmond. Das ist eher ein Verzweiflungsschritt.« Und so war es mehr oder weniger auch, dachte er, als er auflegte.

Immerhin hatte er den kleinen Trost, den vertrackten und inzwischen verhaßten Vertrag jetzt im Stich lassen zu können.

Roland Walpole empfing ihn freundlich und verriet keine Überraschung bei seinem Alleinauftritt.

»Ganz begreiflich«, meinte er, als Antony zu einer Erklärung ansetzte. »Manchmal ist es peinlich, wenn die Damen anwesend sind.«

»Genau das ist es«, sagte Maitland erleichtert. »Es sind zwei Punkte, über die ich mit Ihnen reden möchte, Mr. Walpole, und das mache ich, offen gesagt, als eine Art letzter Zuflucht.«

»Sie können gerne alles hören, was ich weiß, aber ich kann mir beim besten Willen nicht vorstellen, wie ich Ihnen helfen könnte.«

»Der eine Punkt ist der, daß ich gern wissen möchte, was Sie von Elizabeth Coke gehalten haben. Und eben dachte ich, Sie würden offener reden können, wenn Mrs. Walpole nicht dabei ist«, fügte er lächelnd hinzu.

»Da liegen Sie völlig richtig. Nicht, daß ich mir etwas dabei gedacht hätte, bis ich den Brief von Primrose sah. Ich glaubte, das sei eben Elizabeths Art.«

»Was genau –?«

»Sie gab jedem Mann, dem sie begegnete, deutliche Signale. Höchst peinlich, wenn Edward dabei war, von Fran nicht zu reden, aber zum Glück ist sie eine verständnisvolle Frau. Und offen gesagt, ich dachte, das sei eben Elizabeths Art, wie ich schon sagte, und hätte nichts Besonderes zu bedeuten.«

»Sie hat bei Ihnen keine Saite zum Klingen gebracht?« fragte Antony vorsichtig.

»Ich bin auch nur ein Mensch«, gab Walpole zurück. »Sie war eine sehr hübsche, wenn nicht sogar schöne Frau. Aber ich bin glücklich verheiratet, um es deutlich zu sagen. Fran ist sehr lieb, also war ich zwar geschmeichelt, kam aber nie auf den Gedanken, das weiterzuspinnen.«

»Denken Sie, Mrs. Coke wäre einverstanden gewesen, wenn Sie einen solchen Vorschlag gemacht hätten?«

»Das werden wir nie wissen.«

»Sie sagen, bis Sie den verleumderischen Brief gelesen haben, hätten Sie das nur für ihre Art gehalten.«

»Ich habe ihr wohl etwas nachgesehen. Edward ist schließlich ein alter Freund, und als seine Ehefrau hatte sie Anspruch auf meine

Rücksichtnahme. Aber als ich sah, was sie geschrieben hatte, zögerte ich keinen Augenblick zwischen den beiden. Soviel ich weiß, hat David Barrie vor Gericht zugegeben, daß zwischen ihm und Elizabeth doch etwas gewesen ist, aber ich wünsche mir, daß Sie beweisen könnten, alles sei eine Lüge gewesen.«

»Ich glaube, auf dem Weg dazu sind wir.« Roland sah ihn interessiert an, aber Antony ging nicht weiter darauf ein. Das wäre nicht nur eine unberechtigte Indiskretion gewesen, sondern er fragte sich plötzlich auch, ob das angesichts der Eröffnungen durch Chefinspektor Sykes am Vortag überhaupt noch zutraf.

»Ja, es geht mich wohl nichts an«, meinte Roland heiter. »Ich bin neugierig, ob Edward jetzt die kleine Jerrold heiraten wird.«

»Hat er Ihnen gegenüber schon einmal von ihr gesprochen?«

Rolands Augen verengten sich.

»Ich dachte nicht, daß Sie hier sind, um über Edward zu sprechen«, sagte er. »Aber nein, er ist ein vorsichtiger Knabe und hat nie ein Wort darüber fallen lassen. Aber ich habe sie zusammen gesehen. Ihre Gefühle für ihn waren nur zu deutlich sichtbar.«

»Verstehe. Um auf Elizabeth Coke zurückzukommen: Wissen Sie, wenn wir Mr. Coke einmal beiseite lassen, etwas über ihre Beziehungen zu anderen Männern?«

»Nur mit Owen Barrie, und nach dem, was er mir erzählt hat, mit David«, antwortete Roland. »Was die anderen anging, so könnten sie so uninteressiert gewesen sein, wie ich es war. Und ich würde von Owen auch nichts sagen, wenn ich mir nicht ganz sicher wäre, daß Sie schon genau gewußt haben, was er mir gesagt hat. Er rief mich an dem Abend an, am Donnerstag, an dem Elizabeth und David umgebracht wurden.«

Maitland, der tief in den Sessel gerutscht war, setzte sich kerzengerade auf.

»*Das* mir anzuvertrauen, hat mein Mandant nicht für nötig gehalten«, rügte er. Er kramte währenddessen nach einem der zerfledderten Briefumschläge, auf denen er sich seine Notizen zu machen pflegte, zumeist leserliche. »Das interessiert mich aber ganz besonders.«

»Na ja, er mag Ihnen nicht berichtet haben, daß er es mir gesagt hat, was ein bißchen kompliziert klingt«, fuhr Roland fort, »aber ich weiß nicht, wie ich es sonst ausdrücken soll: Ich bin jedenfalls sicher, daß er Ihnen dasselbe erzählt hat. Er ist ein hochintelligenter Mann, wissen Sie, und ich bilde mir ein, daß ihm klar ist, was ihm als einzige Hoffnung bleibt, nämlich, mit Totschlag davonzukommen.«

Es war vielleicht zweckmäßig, darauf in diesem Augenblick nicht einzugehen.

»Weiter, Mr. Walpole«, ermunterte Antony ausdruckslos.

»Er sagte, David sei sehr aufgeregt vom Gericht nach Hause gekommen und hätte barsch zu wissen verlangt, ob es zutreffe, daß etwas zwischen seinem Vater und Elizabeth sei. Owen antwortete darauf, sobald sie frei sei, wollten sie ihre Verlobung bekanntgeben, und im Verlauf des folgenden Gesprächs gab David in seiner Aufregung Owen gegenüber zu, daß die ganze Geschichte über Edward von A bis Z erlogen sei und Elizabeth auch ihm die Ehe versprochen habe, der Grund für ihn, ihre Aussage zu unterstützen.«

»Wann hat dieses Gespräch stattgefunden?«

»Ich habe nicht genau darauf geachtet, aber als wir uns am nächsten Morgen darüber unterhielten, sagte Fran, es sei fast genau neun Uhr gewesen.«

»Hatten Sie vorher eine Ahnung davon gehabt, daß zwischen ihr und einem der Barries etwas war?«

»Eigentlich nicht. Ich bin auch ganz sicher, daß Owen mit ihr sich nie auf eine Affäre eingelassen hat. Das wäre ganz und gar nicht sein Stil. Was David angeht, hielt ich ihn für ein Leichtgewicht und konnte mir nicht vorstellen, daß sie sich für ihn interessieren würde. Vielleicht entspricht das auch der Wahrheit.«

»Kann ich Ihren Worten demnach entnehmen, daß Sie Owen Barrie für den Täter halten, Mr. Walpole?«

»Strenggenommen muß die Antwort Ja lauten. Aber ich glaube, die Offenbarungen müssen ihm so zugesetzt haben, daß er nicht wußte, was er tat. Ich kann natürlich nicht beurteilen, was nun am besten geschieht, das ist Ihr Fach. Entweder Totschlag, wie ich schon sagte, oder vorübergehende Unzurechnungsfähigkeit.«

»Haben Sie den Bericht über die Anhörung im Magistratsgericht gelesen?«

»Ja.«

»Dann ist Ihnen vielleicht aufgefallen, daß Mr. Barrie sich als nicht schuldig bezeichnet hat.«

»Aber Sie werden ihm doch empfohlen haben –«

»Ich konnte ihm nicht vorschreiben, ob er sich schuldig oder nicht schuldig bekennen sollte, Mr. Walpole, aber ich habe auf die Vorteile – die möglichen Vorteile – hingewiesen, die damit verbunden sein können, wenn man sich zu einer weniger schweren Schuld bekennt. Er besteht aber fest darauf, daß er es nicht getan hat.«

»Was ich nicht begreife – es ist nicht so, daß ich ihn schuldig wissen möchte, das wird Ihnen klar sein, Mr. Maitland, aber ich sehe nicht, wer sonst ein Motiv gehabt haben könnte.«

»Ja, das ist ein Problem.«

»Wenn es nur David oder nur Elizabeth gewesen wäre –«

»Genau, aber es waren beide. In dem zweiten Punkt, von dem ich dachte, daß Sie mir helfen könnten, Mr. Walpole, geht es darum, sich zu seinem Charakter zu äußern. Ich gehe davon aus, daß Sie von Owen Barrie eine hohe Meinung haben.«

»Die höchste. Und ich würde natürlich nur zu gern tun, was ich kann, aber wie, wenn die Anklage mir die Frage stellt, was meiner Meinung nach geschehen ist?«

»Ich würde Einspruch dagegen erheben, daß Sie um eine Meinung gefragt werden sollen, weil Sie kein Sachverständiger sind, und bin ziemlich sicher, daß der Richter ihm stattgeben würde.« Er blickte auf die Uhr. »Übrigens ist mir eben eingefallen, daß Mrs. Walpole mir auf diese Weise ebenfalls helfen könnte. Ich weiß, Sie müssen zu einem Termin, aber wenn ich kurz mit ihr sprechen könnte, bevor ich gehe –«

»Aber ja, natürlich, das ist eine sehr gute Idee. Ich glaube aber, sie wird ganz ähnlich denken wie ich, allenfalls noch stärker für Owen eintreten.« Er stand auf und begann zerstreut in seinen Unterlagen zu blättern; es war ihm deutlich anzumerken, daß er mit seinen Gedanken sehr weit weg war. »Wenn Sie mich dann entschuldigen«, sagte er. »Ich bitte Fran, zu Ihnen hier hereinzukommen, ja? Und meiner Sekretärin trage ich auf, daß man Sie nicht stören soll.«

Antony bedankte sich und sah ihm nach. Als Fran Walpole eintrat, stand er am Fenster und blickte auf den Verkehr in der schmalen Straße hinunter. Das Büro lag in einem der moderneren Gebäude, aber die Einrichtung stammte offensichtlich aus einem älteren Büro und verbreitete eine Atmosphäre der Behaglichkeit, die er genoß.

Fran Walpole überraschte ihn dadurch, daß sie ihm beide Hände reichte wie einem alten Freund.

»Ich dachte, ich sollte aus der Besprechung ferngehalten werden«, meinte sie.

»Ich wollte Sie beide nur getrennt sprechen, Mrs. Walpole. Manchmal fühlen die Menschen sich dann weniger – beengt bei ihren Äußerungen.«

Sie lächelte.

»Sie wollten Roland fragen, was er von Elizabeth Coke gehalten hat, ohne daß ich als Hemmschuh dabei war«, behauptete sie. »Sie war mannstoll, wissen Sie, und hätte ihn mit Haut und Haar verschlungen, wenn er sich darauf eingelassen hätte. Aber ich glaube nicht, daß sie je Gelegenheit dazu bekommen hat.«

»Als ich das letzte Mal mit Ihnen sprach, sagten Sie –«

»Da war Elizabeth noch am Leben«, erklärte Frances, so als sei das Erklärung genug, was vielleicht auch zutraf.

»Sie haben von großer Zurückhaltung gesprochen.«

»An der Oberfläche, ja, wenn sie wollte.«

»Aber darunter –«

»Ich bin gerne ganz offen zu Ihnen, Mr. Maitland, wenn Ihnen die Kenntnis der Wahrheit wirklich die Möglichkeit gibt, Owen zu helfen. Aber alles, was ich bieten kann, sind Meinungen, keine Beweise, und das ist wohl der Grund, warum ich vorher nicht deutlicher geworden bin. Setzen wir uns da drüben hin und machen wir es uns bequem, Mr. Maitland. Ich habe nicht sonderlich viel zu tun und kann Ihnen so viel Zeit widmen, wie Sie wünschen.«

»Ich glaube nicht, daß das, was ich Sie fragen möchte, sehr viel Zeit in Anspruch nehmen wird.«

»Das glaube ich, aber ich möchte Sie auch etwas fragen«, gab sie zurück. »Hat Roland Ihnen erzählt, daß Elizabeth ein ziemlich arges Miststück war?«

»Ganz so hat er sich nicht ausgedrückt. Und ich hatte den Eindruck, er hielt ihre Art für recht harmlos, bis Sie ihm den Brief gezeigt haben. Und selbst dann scheint er es noch nicht ganz geglaubt zu haben, bis Owen Barrie in der Nacht bei ihm anrief, als sie ums Leben kam.«

»So sind die Männer. Sie sehen nie, was direkt vor ihrer Nase vorgeht«, murrte Fran. »Ich hatte keinen Anlaß, eifersüchtig zu sein, Mr. Maitland, und deshalb glaube ich, daß meine Meinung so viel wert ist wie irgendeine andere, die Sie noch zu hören bekommen werden. Wenn ich dem Gericht mitteilen soll, daß das Geschehene mehr ihre eigene Schuld war als die irgendeiner anderen Person, will ich das gerne tun.«

»Ich fürchte, ganz so einfach wird es nicht sein, Mr. Walpole.«

»Aber Roland sagte –«

»Ja, mir hat er seine Meinung auch kundgetan. Aber Mr. Barrie erklärt sich für *nicht* schuldig.«

»Das habe ich in der Zeitung gelesen, aber ich dachte, das bedeutet nur aus Gründen der Unzurechnungsfähigkeit oder etwas in dieser Art. Ich verstehe von diesen Dingen nichts, aber mir schien das sehr naheliegend zu sein.«

»Ja, ich fürchte –« Er verstummte und starrte sie an.

»Sie fürchten was, Mr. Maitland?« sagte sie nach einer Pause.

»Ich fürchte, das werden alle denken.«

»Aber wäre denn das nicht der beste Ausweg?«

»Doch nicht, wenn er es nicht gewesen ist.«

»Aber Sie können den einen Mord nicht von dem anderen trennen, und niemand sonst hatte für beide ein Motiv. Bitte, mißverstehen Sie mich nicht, ich habe Owen gern, ich halte die Situation für völlig verfahren, aber ich wüßte nicht, wie irgend jemand von uns heraus kann, ohne daß er geschädigt wird.«

»Hm, eine der Fragen, die ich Ihnen stellen wollte, betrifft Ihre Meinung über Elizabeth Coke, und die haben Sie mir deutlich genug gesagt. Der andere Punkt: Ich wollte Sie fragen, ob Sie bereit seien, über den Charakter von Mr. Barrie auszusagen, und das war der Grund, den ich bei Ihrem Mann nannte, um Sie sprechen zu können, so als sei mir das jetzt erst eingefallen. Und wenn Sie immer noch glauben, Barrie sei schuldig, und Angst davor haben, die Anklage könnte peinliche Fragen an Sie richten, möchte ich Ihnen gleich das erwidern, was ich auch Ihrem Mann erklärt habe – ich werde das nicht zulassen.«

»Mir wäre das egal«, behauptete Fran.

»Ich meine, peinlich für die Verteidigung, Mrs. Walpole, nicht peinlich für Sie. Ich bin sicher, daß Sie es mit dem gefürchtetsten Ankläger aufnehmen könnten.«

»Das weiß ich nicht, aber ich weiß, daß ich Owen helfen möchte«, sagte sie. »Wenn er vor Gericht kommt, werden außerdem endlich diese schrecklichen Behauptungen über Edward aufgeklärt. Und dafür muß man auf jeden Fall dankbar sein.«

Es hatte keinen Sinn, ihr die möglichen Schwierigkeiten darzulegen, aber Barries Anruf bei ihrem Mann mochte zur Vorbereitung auf das Bevorstehende sorgfältig überlegt gewesen sein.

»Mrs. Walpole, Sie sprachen vorhin davon, daß Elizabeth mannstoll gewesen sei. Wir wissen jetzt, daß sie Owen Barrie in den Klauen hatte, wenn ich es mal so ausdrücken darf –«

»Ja, aber da war sie eben sehr raffiniert. Owen ist noch ein Gentleman der alten Schule, wissen Sie, mit altmodischen Ansichten darüber, was richtig ist. Sie spielte vor ihm die mißverstandene Märtyrerin, ein Wesen, das für diese böse Welt eigentlich zu gut ist, und wickelte ihn damit ein.«

»Ja, das wäre denkbar. Außerdem war da noch David Barrie. Jemand sagte, sie habe ihn als Nebensache betrachtet.«

»Eine andere Frau«, sagte Fran sofort. »Das mag sein, aber Sie machen mir nicht weis, daß sie ihn dazu überredet hat, diese Lügen zu erzählen, ohne mit ihm zu schlafen.«

»Nein, ich verstehe Sie schon. Die Frage ist nun, da Sie meine beste Informationsquelle auf diesem Gebiet sind, ob Ihnen noch jemand einfällt, den sie in ihren Bann gezogen hatte.«

Sie zog die Brauen zusammen und schwieg so lange, daß es fast peinlich wurde.

»Ich rede nicht gern über meine Freunde«, begann sie dann langsam und lächelte ihn beinahe beschwichtigend an. »Aber was mache ich anderes, seitdem Sie hier sind?« fragte sie rhetorisch. »Aber das geschieht nur deshalb, weil ich Owen helfen will. Ich glaube aber wirklich, daß er es war, wissen Sie, und sehe nicht ein, warum ich jemand anderen mit hineinziehen sollte.«

»Dann muß ich mich dafür entschuldigen, daß ich so viel von

Ihrer Zeit in Anspruch genommen habe«, meinte Antony, als er sich erhob. Sie war sofort bei ihm und legte die Hand auf seinen Arm.

»Habe ich Sie sehr enttäuscht, Mr. Maitland?« fragte sie. »Das tut mir aufrichtig leid.«

Er hätte sagen können: Ich glaube, Sie haben mir genau das geliefert, was ich brauche, war aber überzeugt davon, daß sie das nur erschrecken würde. Außerdem blieb das unbehagliche Gefühl, daß der Besitz der notwendigen Information noch lange nicht bedeutete, er wüßte auch schon, was damit anzufangen sei.

»Versuchen Sie, sich keine Sorgen zu machen, Mrs. Walpole«, beruhigte er sie. Und fügte impulsiv hinzu: »Ein Trost bei meiner unerfreulichen Aufgabe ist der, daß ich manchmal Menschen wie Sie und Ihren Mann kennenlerne.«

Sie lächelte wieder, als er ging, aber er fragte sich, ob sie seine Worte als wirklich beruhigend empfand.

2

Terence Stowe sollte laut Desmond um die Mittagszeit zu Hause sein, was vage genug war. Er hatte aber Glück. Als er ankam, stellte sich heraus, daß der Gesuchte schon vor ihm eingetroffen war.

Terence Stowe wirkte gelöster als beim letztenmal. Er bot seinem Besucher etwas zu trinken an, beschränkte sich für seine Person aber auf schwarzen Kaffee, mit dem auch Antony zufrieden war.

»Sie werden jetzt das Gefühl haben, Edward sei ganz und gar gerechtfertigt«, begann Stowe. »Ich hoffe, Sie verlangen nicht von mir, daß ich mich dafür entschuldigen soll, das Schlimmste von ihm gedacht zu haben.«

»Nein, durchaus nicht. Mir geht es jetzt um Mr. Barries Verteidigung. Hat Owen Barrie Sie auch angerufen? In der Zeitung standen keine Einzelheiten.«

»Nein? Ich habe nichts gesehen. Ich war am Donnerstag, also vor einer Woche, im Gericht – und darf ich sagen, daß ich Ihren Auftritt sehr bewundert habe?«

»Ah, ich verstehe. Ich dachte, Sie hätten wegen Ihrer Berufspflichten gehen dürfen. Aber ich glaube, Sie haben recht; von jetzt an können wir Edward Cokes Angelegenheiten auf sich beruhen lassen. Wie ich schon sagte –«

»Ja, ich habe gehört. Eine recht undankbare Aufgabe, möchte ich meinen. Nicht, daß ich Ihnen nicht von Herzen Glück wünsche.«

»Ich wäre Ihnen dankbar, wenn Sie mir Ihre Meinung über die Sache verraten würden, Mr. Stowe.«

»Na, die naheliegende, hätte ich doch gedacht. Heutzutage kann man mit einer milderen Strafe davonkommen, wenn die Provokation sehr groß war, nicht?«

»Ja. Aber Mr. Barrie bezeichnet sich als *nicht* schuldig, ohne jeden Vorbehalt.«

»Sie meinen, von mildernden Umständen wird keine Rede sein?«

»Genau so ist es«, antwortete Antony und hörte in seinem eigenen Tonfall ein Echo der Worte seines Onkels.

»Das ist ja ganz erstaunlich«, meinte Terence. »Und Sie möchten mit mir darüber reden? Was, um alles in der Welt, könnte ich für Sie tun?«

»Sie kennen die Barries gut?«

»Gewiß, und ich schätze Owen sehr.«

»Wenn wir also beschließen sollten, den guten Leumund nachzuweisen –?«

»Das ist eine letzte Zuflucht, nicht wahr? Abgesehen davon würde ich sehr gerne behilflich sein, aber ich könnte höchstens sagen, daß er so etwas bei vollem Verstand nicht getan hätte.«

»Dann streichen wir sie lieber von der Liste, wie? Aber Sie könnten uns noch in einem anderen Punkt helfen. Sie wissen vielleicht, daß die Verteidigung in Fällen solcher Art auf den Charakter des Opfers ebenso eingehen muß wie auf den des Angeklagten.«

»Das erscheint mir begreiflich. Nun hätte ich David für einen naturgeborenen Mörder gehalten, einen bedenkenlosen Burschen, der keinerlei Moralbegriffe kannte. Er mußte früher oder später in arge Schwierigkeiten geraten.«

»Das ist natürlich interessant, aber mir geht es mehr um Elizabeth Coke.«

»Ja, das kann ich mir denken«, sagte Terence gedehnt. »Owen wird nur der Mord an ihr vorgeworfen, nicht?«

»Das ist das übliche Verfahren.«

»Und hier wird man wohl davon ausgehen, daß diese Tat leichter zu beweisen ist«, meinte Terence nachdenklich. »Das sollte nicht allzu schwierig sein. Wenn Owen sie ernstgenommen hat –«

»Sie glauben nicht, daß sie ihr Versprechen, ihn zu heiraten, ernstgemeint hat?« fragte Antony.

»Ach, das kann ich mir nicht vorstellen.«

»Nicht einmal um seines Vermögens willen?«

»Tja ... vielleicht.« Er schien das Eingeständnis nur zögernd zu machen. »Mein eigener Eindruck war der, daß es ihr mehr darauf ankam, sich zu vergnügen.«

»Ja, ich habe seit ihrer Ermordung dies und das über Mrs. Coke erfahren«, sagte Antony. »Erstaunlich, wie sich ihr gewaltsamer Tod auf die Bereitschaft der Menschen ausgewirkt hat, offen zu sprechen.«

»Das wundert Sie? Und ich habe Ihnen die Wahrheit gesagt, als wir das erste Gespräch führten – als Sie mit mir und Joanna sprachen – wir glaubten Elizabeth alle beide. Ich hätte aber keinesfalls in Gegenwart meiner Frau einräumen mögen, daß sie ... nun ... eine sinnliche Frau war.«

»Diese Erkenntnis könnte uns zu einem anderen Verdächtigen führen«, erklärte Maitland.

»Das halte ich für sehr unwahrscheinlich. Ich kenne niemanden, der so töricht gewesen wäre, sie ernstzunehmen, ausgenommen Owen, fürchte ich.«

»Sie scheinen viel über sie zu wissen, Mr. Stowe.«

»Nicht mehr als jeder andere.«

Maitland ging nicht darauf ein.

»Könnte das daran liegen, daß Sie selbst einmal etwas mit ihr gehabt haben?« fragte er.

Terence sah ihn einen Augenblick lang ausdruckslos an.

»Ganz unter uns, und Sie brauchen nicht zu glauben, daß Sie mich vor Gericht zu diesem Eingeständnis bewegen könnten, wir hatten in der Tat eine kurze Affäre. Aber das war schon seit geraumer Zeit vorbei, ohne daß wir einander etwas nachgetragen hätten.«

»Verstehe. Hat Sie das nicht ein wenig daran gehindert, ihre Geschichte über das Verhalten ihres Mannes zu glauben?«

»Keine Spur. Ich war nicht der Meinung, das eine hinge mit dem anderen zusammen. Ich weiß jetzt zwar, daß ich Edward falsch eingeschätzt habe, aber ich sehe nicht ein, wie Sie von mir hätten erwarten können, daß ich das schon zu dem Zeitpunkt hätte wissen wollen, als er die Verleumdungsklage erhob.«

»Nein, wohl nicht. Tja«, sagte Antony und stand auf, »ich bin Ihnen dankbar für Ihren Zeitaufwand und bedaure nur, daß Sie mir nicht helfen können.«

»Ich fahre sofort in die Klinik zurück. Ich bin nur deshalb nach Hause gefahren, weil Desmond so darauf bestand und Ihr Besuch dort, ganz offen gesagt, zu Gerede unter meinen Kollegen hätte führen können. Sie sind ziemlich bekannt, aber das werden Sie ja wissen.«

»Zu meinem Leidwesen«, erklärte Antony und verbarg seine Verärgerung gut.

»Dann gehen wir gemeinsam zur Bushaltestelle, außer Sie möchten, daß ich Ihnen ein Taxi rufe.«

Maitland schüttelte den Kopf.

»Joanna wollen Sie doch nicht sprechen, oder?« fügte Terence ziemlich scharf hinzu. »Sie kann Ihnen eigentlich nichts sagen.«

»Ich vermute, daß ihre Ansichten den Ihrigen zum großen Teil entsprechen«, sagte Antony und wich der Antwort damit, wie er hoffte, geschickt genug aus.

»Ja, so ist es. Und selbst wenn sie uneingeschränkt an Owen glauben würde, wäre sie keine gute Zeugin, wissen Sie. Man kann sie zu leicht aus der Fassung bringen.«

Antony ging nicht darauf ein. Sie machten sich stumm auf den Weg. Der Omnibus, der ihn in die Stadt zurückbrachte, kam als erster. Er verabschiedete sich zerstreut von seinem Begleiter und stieg ein.

Sir Nicholas würde vermutlich schon bei ›Astroff's‹ sein, wenn er nicht anderweitig verabredet war, und Antony verspürte Lust, sich dort mit ihm zu treffen, wußte aber nur zu gut, welchem Kreuzverhör er sich damit aussetzen würde; auf eindringliche Fragen war er aber noch nicht vorbereitet. Außerdem würde er, wenn er die Mittagszeit nicht vertrödelte, noch die Zeit haben, Primrose Ross einzufügen, bevor er um vier Uhr zur Wohnung der Stowes zurückkehrte, um mit Joanna zu sprechen. Der einzige Haken: Man konnte seiner Sache innerlich so sicher sein, wie man wollte, es blieb immer noch die Kleinigkeit, sie auch konkret zu beweisen. Er lächelte eher säuerlich über diese Formulierung. Der Beweis war das einzige, worauf es ankam, und genau den hatte er nicht.

Er aß deshalb in einem Lokal, das er als zweitklassig ansah; dafür lag es in der Nähe der Bushaltestelle. An diesem Tag spielte es wirklich keine Rolle, wie das Essen war; er dachte viel zu angestrengt nach, um zu beachten, was er aß. Er verlangte gleich die Rechnung und kehrte nach Bayswater zurück. Wieder hatte er Glück: Die Tür von Primrose Ross' Wohnung wurde sofort aufgerissen, als er klopfte.

»Mr. Maitland!« Sie zuckte ein wenig zurück, als sie ihn sah. »Was machen Sie denn hier?«

»Haben Sie jemand anderen erwartet?« fragte er.

»Nein, ich wundere mich nur darüber, daß Sie es sind.«

»Darf ich reinkommen?«

»Ja, natürlich. Freilich dürfen Sie.« Sie wich von der Tür zurück. »Ich möchte nicht ungastlich sein, Mr. Maitland, aber ich weiß, Sie glauben, an dem Verleumdungsprozeß trüge nur ich die Schuld. Und jetzt die arme, liebe Elizabeth – ich verstehe das überhaupt nicht.«

»Der Verleumdungsprozeß hat sich erledigt, als Mrs. Coke ermordet wurde«, sagte er leise. »Ich bin jetzt mit einer ganz anderen Sache befaßt, mit der Verteidigung von Mr. Barrie.«

»Oh, dann helfe ich Ihnen gern. Ich finde nicht, daß der schreckliche Mann ungeschoren davonkommen sollte.«

Das schien reichlich widersprüchlich zu klingen.

»Was für ein schrecklicher Mann?«

»Na, Edward natürlich. Wer sollte es sonst gewesen sein?«

»Welches Motiv würden Sie da unterstellen, Miss Ross?«

»Rache, natürlich. Es waren ihre Aussagen, die ihn entlarvt haben, und wir wissen, daß er nicht – nicht normal war. Ich fürchte, das, was er getan hat, war ganz unausweichlich die Folge.«

»Sind Sie am Donnerstag bei Gericht gewesen, Miss Ross – am

Donnerstag vergangener Woche, meine ich? Ich weiß, daß Sie gehen durften, nachdem Sie ausgesagt hatten.«

»Nein, ich bin nicht mehr hingegangen. Ich wußte ganz genau, was die beiden sagen würden, weil Elizabeth mir das in dem Brief mitgeteilt hatte. Ich konnte es nicht ertragen, das alles noch einmal hören zu müssen.«

»Ja, das ist sicher ganz natürlich, aber am nächsten Tag stand ein kurzer Bericht in den Zeitungen. Ich beziehe mich auf meine Frage an David Barrie am Schluß seiner Aussage.«

Sie zog die Brauen zusammen und schien nachzudenken.

»Daß Elizabeth versprochen haben soll, Owen Barrie zu heiraten«, sagte sie schließlich. »Und David erwiderte, das sei nicht wahr. Kann es auch nicht gewesen sein, oder? Sie war ja noch mit Edward verheiratet. Aber ich bin sicher, er wollte das Mädchen in seinem Büro heiraten, Elizabeth hat mir alles über sie erzählt, also war das ein zusätzliches Motiv.«

»Ich sagte, ich verteidige Owen Barrie, Miss Ross, und nicht, ich wollte die Schuld meines früheren Mandanten beweisen. Übrigens hätte ich ihn weiter als meinen Mandanten betrachtet. Nur auf seine Versicherung hin, er brauche meine Dienste nicht, war ich damit einverstanden, Mr. Barrie zu vertreten.«

»Das ist wieder so ein juristischer Winkelzug«, meinte sie, und ausnahmsweise hätte er ihr beinahe rechtgeben mögen. »Wer sonst sollte es gewesen sein?« fragte sie noch einmal.

»Das versuche ich eben herauszufinden.«

»Tja, ich kann Ihnen da nicht helfen.«

»Erzählen Sie mir noch einmal, was Sie von Elizabeth Coke hielten.«

»Den Sinn sehe ich nicht ein. Sie war die perfekte Dame, ein sehr sanftes, gütiges Wesen.«

»Durchaus nicht sinnlich?« Er wählte bewußt das Wort, das Terence Stowe gebraucht hatte, in der Hoffnung, sie werde es noch am erträglichsten finden.

»Wo, um alles in der Welt, haben Sie das her? Ich bin sicher, daß Elizabeth über alledem stand. Ihr inneres Wesen war – war geistiger Natur«, sagte Primrose.

»Und trotzdem hat sie Edward Coke geheiratet?«

»Ich bin überzeugt davon, daß sie glaubte, er sei ein Mensch wie sie und werde sie achten.«

»Aha. Sie kennen Owen Barrie, nicht wahr, und kannten auch David?«

»Gewiß.«

»Und Sie hatten nicht das Gefühl, zwischen Mr. Owen Barrie und Mrs. Coke hätte sich eine besondere Beziehung entwickelt?«

»Wenn Sie meinen, was ich vermute, Mr. Maitland, ist die Antwort Nein. Aber wenn Sie meinen, ob eine besondere Freundschaft zwischen ihnen herrschte, dann ist das völlig richtig. Owen ist ein achtbarer Mann, bei ihm hätte Elizabeth sich sicher gefühlt. Und über David wissen wir ja alle Bescheid. Er war wirklich kein anständiger junger Mann, aber was passiert ist, war Edwards Schuld.« Sie verstummte einen Augenblick und fuhr dann schärfer fort, als er erwartet hatte: »Ich begreife immer noch nicht, was Sie hierher geführt hat, Mr. Maitland.«

»Der Wunsch nach Information«, entgegnete er ziemlich müde. Und ihr Gespräch war auf seine Weise aufschlußreich gewesen, dachte er, obwohl es ihn dem so dringend nötigen Beweis nicht nähergebracht hatte. »Es tut mir nur leid, daß ich Ihre Zeit vergeudet habe, Miss Ross«, fügte er hinzu. »Ich hätte mein Mitgefühl zum Tod Ihrer Freundin äußern sollen.«

Diese Worte schienen sie milder zu stimmen.

»Ja, ich werde sie vermissen«, gab sie zu. »Man findet nicht jeden Tag einen Menschen, der einem so gemäß ist. Und Sie sollten wirklich auf mich hören, Mr. Maitland, was die Frage angeht, wie es wirklich gewesen ist. Für jemanden, der sie beide kannte, Edward und Elizabeth, ist das alles klar.«

Als er die Treppe hinunterstieg, dachte er: Ebenso klar ist, daß nichts sie je davon überzeugen wird, Elizabeth Coke sei etwas anderes gewesen als eine vollkommene Dame.

Er mußte immer noch einige Zeit warten, bis er sich mit Joanna Stowe treffen konnte. Er ging langsam zu ihrer Wohnung und trank unterwegs eine Tasse Tee, bei der er so lange sitzenblieb, bis die Kellnerin ungeduldig wurde. Das brachte ihn auf Chefinspektor Sykes und seine warnenden Worte; er war der einzige, der sie nicht beachten wollte; dabei waren weder der Chefinspektor noch gar

Sir Nicholas unvernünftige Menschen. Vielleicht hatten sie doch recht. Der Gedanke heiterte ihn nicht auf, weil er keine Möglichkeit sah, die Sache vor Prozeßbeginn aufzuklären, und dann mußte er ohne Rücksichten auf sich selbst für seinen Mandanten tun, was er konnte. Der Gedanke war aber nicht nutzvoll. Er bezahlte die Rechnung und hinterließ mehr Trinkgeld, als gerechtfertigt war, bevor er sich wieder auf den Weg machte.

Als er sein Ziel erreichte, öffnete jedoch niemand die Tür, obwohl er mehrmals klopfte. Er wartete länger als eine Viertelstunde, glaubte einmal im Inneren etwas zu hören und klopfte wieder. Aber das nützte alles nichts, niemand öffnete ihm die Wohnungstür.

3

Als Antony zum Kempenfeldt Square zurückkehrte, stand die Tür des Arbeitszimmers einladend offen, so daß Gibbs mißbilligende Bemerkung, Sir Nicholas erwarte ihn (und Sie haben ihn reichlich lange warten lassen, deutete der Tonfall des Butlers an), in Wirklichkeit überflüssig war.

Er wunderte sich nicht, bei Onkel und Tante auch seine Frau vorzufinden. Alle sahen ihn erwartungsvoll an, aber er war müde, und seine Schulter schmerzte, so daß seiner Begrüßung etwas von der gewohnten ausgesuchten Höflichkeit mangelte, die er sonst vor allem Vera gegenüber an den Tag legte.

»Wo das Aas liegt, sammeln sich die Geier«, bemerkte er lustlos.

»Aber, Antony!« entfuhr es Jenny in vorwurfsvollem Tonfall. Vera zeigte ihr grimmiges Lächeln. Sir Nicholas, in seinem Lieblingssessel ganz Behaglichkeit, stellte nur fest: »Du bist nach einem Anruf von Mr. Barleycorn heute schon sehr früh aus der Kanzlei weggegangen.« Er war kein so guter Imitator wie sein Neffe, aber es gab für Antony keinen Zweifel daran, daß sein Onkel Mr. Mallory zitierte. »Wir haben uns natürlich eine eigene Meinung zu dem gebildet, was du unternommen hast, und sind ganz begierig darauf, das Ergebnis deiner Bemühungen zu erfahren.«

»Gleich Null«, sagte Antony kurz, ließ sich aber dann erweichen und fügte hinzu: »Ich bin eigentlich ganz froh, daß ich euch alle beieinander finde, weil ich dringend auf einen Kriegsrat angewiesen bin.«

Sir Nicholas blickte ihn prüfend an.

»Ein bißchen früh am Tag«, entschied er, »aber ich glaube, du könntest einen Schluck vertragen.«

Vera war auf den Beinen, bevor er aufstehen konnte.

»Mache ich«, sagte sie.

»Danke, meine Liebe. Soll ich davon ausgehen, Antony, daß die Idee, von der du gesprochen hast, diese Idee, die zu verschwommen war, als daß man sie darlegen konnte, Früchte getragen hat?«

»Du bringst wieder deine Metaphern durcheinander, Onkel Nick«, tadelte Antony. »Und im übrigen hängt alles davon ab, was du mit ›Früchte‹ meinst.«

»Keine Haarspaltereien, mein Lieber.«

Antony sank neben Jenny auf das Sofa und schwieg, bis er sein Glas Sherry bekommen hatte. Dann sagte er: »Ich meine, ich glaube, ich weiß, wer Elizabeth Coke und David Barrie umgebracht hat, habe aber nicht die geringste Aussicht, es zu beweisen.«

»Nicht Owen Barrie?« sagte Sir Nicholas scharf.

»Wer dann?«

»Terence Stowe.«

»Der Chirurg? Das mußt du uns erklären, Antony.«

»Das beabsichtige ich auch zu tun, aber erwartet bitte nicht, ich könnte irgendwelche Beweise vorlegen. Das ist leider nicht der Fall. Es ist nur eine Meinung. Ich nenne das zwar lieber Deduktion, aber damit bist du vielleicht nicht einverstanden, Onkel Nick.«

»Erzähl deine Geschichte«, bat Sir Nicholas ungeduldig, »dann sehen wir weiter.«

»Na gut.« Er nahm einen Schluck Sherry, stellte das Glas ab und ergriff Jennys Hand. »Ihr wißt noch nicht, Vera, Jenny, daß neulich Chefinspektor Sykes bei mir gewesen ist.« Er bemerkte, daß Vera Sir Nicholas scharf ansah, und fügte hastig hinzu: »Wir konnten natürlich nicht über den Fall sprechen, jedenfalls nicht über Strategie, aber eines, was er sagte, war – und ich hoffe, ich verstoße nicht gegen mein Versprechen, wenn ich euch das mitteile – jedenfalls war die Rede davon, ich hätte die tragischen Vorgänge durch die Frage ausgelöst, die ich an jenem Donnerstag nachmittag

David Barrie vor Gericht stellte.«

»Blanker Unsinn«, sagte Vera barsch.

»Nicht genau. Man kann das unterschiedlich verstehen; daß es bedeutet, entweder Owen Barrie oder Edward Coke seien so eifersüchtig gewesen, daß die Morde ganz zwangsläufig folgten. Aber wenn es die Eifersucht wirklich gegeben hat, muß sie nicht auf diese beiden beschränkt gewesen sein.«

»Interessante Überlegung«, meinte Sir Nicholas verbindlich.

»Tja, ich fragte mich, ob Edward Coke möglicherweise im Irrtum gewesen war, als er seine Frau für frigide gehalten hatte, weißt du. Nach allem, was ich heute erfahren habe, bin ich ziemlich sicher, daß sie genau das Gegenteil gewesen ist. Ich habe verschiedene Beschreibungen von ihr gehört, sinnlich provozierend, auf jeden Mann losgehend, den sie sah, geradezu mannstoll.«

»Du verzeihst mir die Unterbrechung«, mischte Sir Nicholas sich ein, »aber für deine Schlußfolgerung mußt du irgendeinen Anlaß gehabt haben.«

»Ich dachte nur, keine ganz gefühllose Frau könne solche Zuneigung bewirkt haben, wie das bei ihr der Fall gewesen zu sein scheint. Oder – du mußt mir hier vergeben, Onkel Nick – sogar ihren welterfahrenen Verteidiger einwickeln konnte.«

»*Touché*«, murmelte sein Onkel.

»Das ist ja nun vergossene Milch, aber darf ich dich daran erinnern, daß ich durch meine eigenen Beobachtungen und alles, was ich von Owen Barrie gehört hatte, zu der Ansicht gelangt war, er sei ein Mann alter Schule mit altmodischen Moralvorstellungen und keineswegs unschuldig, aber auch ihn hat sie täuschen können. Sie spielte die Rolle einer zarten, femininen Frau immer dann, wenn sie das für wirksam hielt.«

»Wie bei mir«, bestätigte Sir Nicholas.

»Ich will darauf gar nicht herumreiten«, wandte Antony ein, »aber in diesem Fall hatte ich recht und du unrecht. Ich will auf folgendes hinaus: Ich habe mir den Kopf darüber zerbrochen, wie sie nun wirklich war.«

»Wir glauben Edward Coke aber, wenn er sagt, sie hätte sich nach den ersten Monaten ihrer Ehe geweigert, das Bett mit ihm zu teilen.«

»Ja, ich glaube, sie fand gar nichts an ihm. Ihr Motiv, ihn zu heiraten, war wohl allein vom Geld bestimmt, und als sie erfuhr, daß Tante Harriet ihn nicht zu ihrem Erben gemacht hatte, suchte sie nach der besten Möglichkeit, ihn loszuwerden. Wenn nicht die Aussicht bestanden hätte, Owen Barrie zu angeln, hätte sie vielleicht noch gewartet, aber er war reich, eine zu gute Partie für sie, als daß sie einen Sinneswandel bei ihm riskieren wollte. Aus diesem Grund befaßte sie sich eingehend mit der Frage einer Scheidung. Sie ging vielleicht sogar zu einem Rechtsanwalt – nicht zu Bellerby – aber das werden wir wohl nie erfahren. Jedenfalls kam sie auf die Idee mit der extremen Verworfenheit, und David Barrie erklärte sich bereit, ihr dabei zu helfen. Wir wissen, wie sein Lohn aussehen sollte oder was sie ihm vormachte. Als ich Terence Stowe zum erstenmal sprach, verriet er für jemanden, der nicht von der Branche ist, erstaunliche Kenntnisse des Scheidungsrechts. Im übrigen darf ich daran erinnern, daß es erst in letzter Zeit geändert worden ist.«

»Das habe sogar ich gewußt«, murmelte sein Onkel. Antony lächelte, war aber schon wieder in seine Geschichte vertieft.

»Das war der erste Punkt, der bei ihm meine Wachsamkeit erregte«, fuhr er fort. »Das war vor den Morden, und ich habe ihm nichts weiter unterstellt, als daß er eine Affäre mit ihr gehabt haben könnte. Als ich aber mit Sykes sprach, ließ er etwas anderes einfließen. Elizabeth Coke sei zwar durch mehrere Stiche getötet worden, aber schon der erste Stoß sei tödlich gewesen. Das ist, wie ich sehr genau weiß, gar nicht leicht zu bewerkstelligen.«

»Wir müssen uns natürlich deinem überlegenen Wissen beugen«, sagte Sir Nicholas trocken und nicht ohne Ironie.

»In diesem Fall schon, Sir. Das bedeutete also, daß sie praktisch augenblicklich tot war, sonst wäre die Arbeit der Ärzte schwieriger gewesen.«

»Und David Barrie ist auch auf diese meisterhafte Weise ums Leben gebracht worden?«

»Nein.«

»Ich begreife nicht, wie man das feststellen kann«, klagte Jenny.

»Elizabeth wurde erstochen und starb fast auf der Stelle, so daß aus den anderen Wunden wenig oder gar kein Blut mehr austrat. Bei David ließ sich nicht erkennen, welche von mehreren Wunden tödlich gewesen war. Es hatte Blutungen gegeben –«

»Ja, ich glaube, wir haben dich alle verstanden«, meinte Sir Nicholas, der Jennys Gesicht beobachtet hatte.

»Ich wollte nur ... na ja, wie ich schon sagte, das war der Punkt, an dem ich heute früh stand. Ich bin aber inzwischen sowohl bei Terence Stowe als auch bei den Walpoles gewesen ... und bei Primrose Ross auch – da tauchte ein kleiner Punkt auf, von dem ich später spreche. Die Walpoles, mit denen ich getrennt sprach, waren nun eher bereit, sich über Elizabeths Charakter zu äußern.«

»Angst vor einem Verleumdungsprozeß?« fragte Vera.

»Ich glaube nicht einmal, daß es das war. Von Roland erfuhr ich jedenfalls, was ich euch schon berichtet habe, daß nämlich Elizabeth ganz und gar keine Heilige gewesen ist. Fran Walpole bestätigte das, sagte aber auch, sie sei meine beste Informantin, weil sie keinen Grund zur Eifersucht gehabt hätte. Sie wollte keine Fragen dazu beantworten, wer noch mit Elizabeth liiert gewesen sein könnte, aber die Stowes und die Walpoles scheinen die engsten Freunde der Cokes gewesen zu sein, also mußte ich ihre Bemerkung so verstehen, daß vielleicht Joanna Stowe Anlaß gehabt habe, der Toten etwas nachzutragen.«

»Könnte sich geirrt haben«, warf Vera ein.

»Ja, schon, aber das hat eben bestätigt, was ich mir schon dachte.«

»Es ist stets gefährlich, eine vorgefaßte Meinung zu haben, Antony«, mißbilligte Sir Nicholas.

»Scheint aber einen Grund gehabt zu haben«, sagte Vera und wechselte sofort die Seite. »Daß Mr. Stowe sich mit dem Scheidungsrecht so gut auskannte, Antony. Ich nehme an, du gehst davon aus, daß er mit Elizabeth darüber diskutiert hat.«

»Ja, genau das glaube ich. Wenn er selbst eine Scheidung wollte, brauchte er ja nicht soweit zu gehen. Es ist alles ganz einfach, wenn die drei Jahre vorüber sind.«

»Was war, als du mit Stowe gesprochen hast?« fragte Sir Nicholas.

»Er gab zu, daß er mit Elizabeth vor einiger Zeit eine Affäre gehabt hat. Es sei schon lange vorbei, und sie hätten sich gegenseitig nichts nachgetragen.«

»Warum hat er dir das auf die Nase gebunden?«

»Er ist mit seinen Reden nicht immer sehr vorsichtig und manövriert sich manchmal in eine Ecke hinein, ohne es zu merken. Das passierte auch noch auf eine andere Weise.«

»Nämlich?«

»Roland Walpole und Terence Stowe vertraten dieselbe Ansicht, was die Anklage gegen Owen angeht, jedenfalls nach außen hin. Er sei offenbar schuldig, könne aber mit einer milderen Strafe davonkommen, weil er auf ärgste Weise provoziert worden sei. Verständlicherweise drückten sie sich da vage aus.«

»Aber –« begann Sir Nicholas.

»Ja, ich weiß, Onkel Nick, darauf komme ich gerade. Ich habe Walpole gefragt, woher er Barries Motiv kenne. Er sagte, Owen habe ihn an jenem Abend um neun Uhr angerufen, um von der Auseinandersetzung mit David zu berichten. Ich muß zugeben, daß Owen Barrie das bei mir nie erwähnt hat, aber ich kann das leicht nachprüfen und glaube nicht, daß Roland gelogen hat.«

»Wäre auch unwahrscheinlich, unter den Umständen«, erklärte Vera.

»Das meine ich auch. Und das habe ich gemeint, als ich sagte, Terence habe sich in eine Ecke manövriert. Er machte über Owens Motiv die gleiche Bemerkung und sagte, er sei an jenem Donnerstag wieder ins Gericht gekommen, obwohl er wegen seiner dienstlichen Pflichten habe gehen dürfen, und da habe er meine Frage und Davids Reaktion darauf gehört. Das stand ohne Kommentar am nächsten Tag in den Zeitungen. Primrose Ross hatte es auch gesehen, wußte aber damit nicht das geringste anzufangen.«

»Deiner Beschreibung entnehme ich, daß Terence Stowe wohl viel intelligenter ist als diese Miss Ross, mein lieber Neffe.«

»Ohne Zweifel, aber denk mal nach, Onkel Nick. Das meiste, was man aus Frage und Antwort und Elizabeths Leugnen entnehmen konnte, war, daß die beiden über ihre künftigen Absichten nicht die Wahrheit gesagt hatten. Elizabeth machte daraus sogar eine sehr rührende Geschichte. Niemand konnte aus allem so viel geschlossen haben, wie Terence es getan zu haben schien, aber wenn ihn ein besonderes Interesse mit Elizabeth verband, mochte ihn das argwöhnisch gemacht haben.«

»Ich glaube, jetzt verstehe ich, worauf du hinaus willst. Du glaubst, Stowe habe die ganze Zeit über von der Vereinbarung mit David gewußt, sie aber nicht weiter ernst genommen.«

»Irgend jemand hat gesagt, Elizabeth habe David als unwichtig angesehen. Das könnte auch die Ansicht von Terence Stowe gewesen sein.«

»Du behauptest also, er hätte die Sache für ernster gehalten, wenn sie sich mit Owen Barrie eingelassen hatte.«

»Ja, genau das.«

»Aber Terence Stowe ist doch verheiratet, soviel ich weiß.«

»Schon, aber ich glaube, er wollte die Beziehung fortsetzen. Ich vermute, sie hat ihm erklärt, sie wolle ihre Freiheit, aber er sei der einzige, der ihr wirklich etwas bedeute.«

»Das sind Mutmaßungen, Antony.«

»Gewiß, ich weiß, und es tut mir leid, weil mir klar ist, daß dich das stört. Aber an diesem Punkt kann ich nicht anders.«

»Nun gut, für den Augenblick wollen wir dir das nachsehen«, sagte Sir Nicholas großzügig. Vera lächelte zu ihrem Neffen hinüber.

»Heißt, daß er neugierig ist«, stellte sie fest, was Antony und Jenny natürlich auch wußten.

»Also gut. Terence glaubte, die Affäre mit David werde beendet sein, sobald die Scheidung ausgesprochen war, aber eine mögliche Ehe mit Owen Barrie stellte sich wieder völlig anders dar. Sie hätte Stowes Beziehung zu Elizabeth entschieden unterbunden. Ich glaube, er versetzte sich an ihre Stelle und kam zu dem Schluß, wenn das zutreffe, werde sie sich noch am selben Abend vor Owen rechtfertigen wollen. Er ging hin und beobachtete das Haus. Er sah sie kommen und gehen und stellte sie zur Rede. Vielleicht haben sie länger miteinander gesprochen, vielleicht versuchte sie ihn davon zu überzeugen, daß seine Befürchtungen grundlos seien, aber erfolgreich kann sie nicht gewesen sein. Er erstach sie und stieß die Leiche in den Schatten, damit man sie nicht gleich finden würde.«

»Aber warum auch David umbringen?« fragte Jenny. Sie hatte mit ihrer gewohnten Aufmerksamkeit zugehört, aber es kam nicht oft vor, daß sie solche Gespräche unterbrach.

»Elizabeth hatte ihn getäuscht. Sie mochte Liebe suchen, aber Geld war ihr noch wichtiger. Ich nehme an, Terence Stowe konnte sich David als Beteiligten an diesem Täuschungsmanöver vorstellen, konnte in seiner Phantasie hören, wie sie gemeinsam über seine Einfalt lachten. Es könnte purer Zufall gewesen sein, daß er David in der Avery Mews begegnete, oder er ging bewußt hin, weil er ihn von dieser Abkürzung hatte reden hören. Meine Vermutungen gehen nicht soweit, Onkel Nick, was du vielleicht dankbar vermerken wirst.«

»Durchaus«, erwiderte sein Onkel. »Aber wenn du mit alledem recht hast, warum sollte ein so geschickter Mörder wie Terence Stowe mehr als einen Messerstich brauchen, um sein zweites Opfer zu töten?«

»Elizabeth stand ihm gegenüber. David hatte sich abgewandt, und als einzigen Grund dafür kann ich mir vorstellen, daß er erkannte, was kam, und zu fliehen versuchte. Ein Ziel in Bewegung . . . die Frage ist, was hältst du von meiner Konstruktion?«

»Mehr scheint es nicht zu sein. Wenn etwas der Vernunft widerspricht, hat es keine Gesetzeskraft, wenn ich dich erinnern darf.«

»Lassen wir den berühmteren Coke aus dem Spiel«, meinte Antony. »Ich habe dir gleich zu Anfang gesagt, daß ich nichts beweisen kann. Aber was haltet ihr von meinen Überlegungen?« Er blickte abwechselnd Vera und Sir Nicholas an.

»In deinen Augen stellen sie zweifellos eine Grundlage dar, mit der du arbeiten kannst«, bemerkte sein Onkel gefühllos. »Die Frage ist: Was willst du tun?«

»Deshalb wollte ich mit dir reden, Onkel Nick.« Antonys Stimme hatte einen Anflug von Verzweiflung. »Was *kann* ich tun?«

»Das Messer finden«, sagte sein Onkel. »Ich nehme an, deine Vermutungen erstrecken sich auch darauf, daß Mr. Terence Stowe die Tatwaffe bewußt aus der Küche der Barries entwendet hatte.«

»Tut mir leid, den Punkt hatte ich vergessen. Ja, natürlich glaube ich das, sonst wären die Zufälligkeiten zu groß. Außerdem würde das zum Mord an David passen . . . findest du nicht? Wenn Terences Argwohn berechtigt war, würde Elizabeth bestraft werden und David deshalb, weil er nach seiner Sicht mit ihr zusammen gewirkt hatte, und das mit dem Messer war die Strafe für Owen, weil er der Mann war, den sie hatte heiraten wollen.«

»Ja, das hat eine gewisse sonderbare Logik«, erklärte sein Onkel nachdenklich. »Mein Rat bleibt derselbe. Du brauchst das Messer.«

»Wie soll das gehen? Er wird es längst beseitigt haben.«

»Ich hoffe, du versuchst nicht –« Aber in diesem Augenblick wurde er von einem Klopfen an der Tür unterbrochen, Gibbs schaute herein.

»Eine junge Dame für Mr. Maitland«, meldete er, vorwurfsvoller denn je. »Ich habe ihr gesagt, er sei beschäftigt, aber sie ließ sich nicht abweisen. Ich könnte beinahe sagen, daß sie aufgewühlt wirkt, Sir Nicholas.«

Wenn man Gibbs kannte, reichte die Bezeichnung ›junge Dame‹ von einem sechsjährigen Kind bis zu jeder Frau unter fünfzig Jahren. Trotzdem hatte Antony, der an die nicht geöffnete Tür an diesem Nachmittag dachte, eine plötzliche Vorahnung.

»Hat sie ihren Namen genannt, Gibbs?« fragte er so scharf, daß der alte Mann noch steifer wurde.

»Andernfalls hätte ich Sie nicht belästigt, Mr. Maitland. Eine Mrs. Joanna Stowe. Mrs. Terence Stowe, wie ich ihren Reden entnehmen konnte.«

Antony stand schon.

»Wenn du die Dame sprechen willst, mein Junge«, sagte Sir Nicholas, »schlage ich vor, daß du das hier tust. Vera und ich gehen mit Jenny hinauf.«

»Nein, tut das nicht. Verstehst du nicht, Onkel Nick? Wenn ich recht habe, wenn ich auch nur annähernd recht habe, brauche ich für das, was sie sagt, Zeugen.«

»Uns alle?« fragte Sir Nicholas und schaute sich im Zimmer um, als rechne er halb damit, in den Ecken eine Horde von Freunden und Bekannten lauern zu sehen. »Ich glaube, ich muß dich daran erinnern, Antony – wenn du recht hast –«

»Ich weiß, nicht der rechte Ort für Damen. Aber Vera war zu viele Jahre im Beruf, um nicht schon alles gehört zu haben, und Jenny hat neulich nicht zu Unrecht verlangt, man möge sie nicht immer im dunkeln tappen lassen. Aber wenn du lieber hinaufgehst, Schatz –«

»Kommt nicht in Frage«, protestierte Jenny und zeigte ihm ein besonderes Lächeln, wie er es sonst nur zu sehen gewohnt war, wenn sie allein waren. »Denkst du, ich könnte da oben allein sitzen und mir den Kopf zerbrechen? Ich bleibe.«

»Na gut. Außer sie redet offener, wenn weniger Leute dabei sind, versteht sich.«

»Dann ziehen Jenny und ich uns zurück«, erklärte Vera. »Keine Sorge.«

»Na gut«, sagte Antony noch einmal. »Würden Sie Mrs. Stowe hereinführen, Gibbs?«

Gibbs, der das alles begierig aufgenommen hatte, gewiß mit den ärgsten Vorstellungen im Kopf, drehte sich wortlos um und ging in die Halle hinaus. Einen Augenblick später kam er zurück.

»Mrs. Stowe, Sir Nicholas«, verkündete er und zog sich zurück, die Tür fest hinter sich schließend.

Aber er hatte recht gehabt; Joanna sah in der Tat aufgewühlt aus, ganz anders, als Antony sie in Erinnerung hatte. Sie trug ein ziemlich zerknittertes, rosarotes Kleid, ihre Haare waren strähnig und glanzlos, sie atmete schwer und war offenkundig sehr erregt.

»Mr. Maitland!« sagte sie und kam auf ihn zu, als sei niemand sonst im Zimmer.

»Guten Tag, Mrs. Stowe.« Er wäre am liebsten sofort zur Sache gekommen, um aus ihr herauszuholen, was sie mitzuteilen hatte, aber es gab Dinge, zu denen er sich überwinden konnte, und andere, bei denen das ganz und gar nicht ging. In diesem Falle ...

»Das ist meine Frau Jenny, Mrs. Stowe. Meine Tante, Lady Harding, und mein Onkel Sir Nicholas Harding.«

Sie stutzte einen Augenblick. Die beiden Frauen blieben unbeachtet, aber sie starrte Sir Nicholas scharf an.

»Sie haben Elizabeths Partei ergriffen«, warf sie ihm vor.

»Ja, Mrs. Stowe, wir sind uns vor Gericht schon einmal begegnet«, bestätigte Sir Nicholas.

»Das spielt jetzt keine Rolle mehr, nichts mehr ist wichtig!«

»Ich glaube, es wäre trotzdem gut, wenn Sie sich setzen würden, Mrs. Stowe«, sagte Sir Nicholas, der es offenbar für angebracht hielt, eine Spur von Vernunft zur Durchsetzung zu bringen. »Auf dem Sofa neben Mrs. Maitland können Sie es sich bequem machen. Und wenn Sie meinen Neffen allein sprechen wollen –«

»Spielt keine Rolle«, wiederholte sie, setzte sich aber gehorsam, so daß auch Sir Nicholas wieder in seinen Sessel sinken konnte.

Antony blieb stehen, mit dem Rücken zum Kamin.

»Ich habe heute nachmittag versucht, Sie zu erreichen, Mrs. Stowe«, erklärte Maitland.

»Ja, ich weiß. Das heißt, ich wußte, Sie würden kommen. Ich hörte auch jemanden an der Tür. Ich war aber noch nicht imstande, mit Ihnen zu reden. Ich fürchte, ich habe geweint. Ich wußte die ganze Zeit über, daß Terence mir untreu gewesen war, wissen Sie, aber ich hätte nie geglaubt, daß er es ausdrücklich zugeben würde. Und es macht einen Unterschied, wenn andere Leute es wissen. Das können Sie doch verstehen, oder?«

»Sie sagen, Ihr Mann habe Ihnen gegenüber eingeräumt –?«

»Nein, das meine ich ganz und gar nicht. Ich war in der Wohnung, als Sie mit ihm sprachen, Mr. Maitland – er verließ mit Ihnen das Haus, sonst hätte er mich nach Ihrem Weggang gefunden – und ich ging auf Zehenspitzen in den Flur hinaus. Die Tür war nur angelehnt.«

»Verstehe. Sie hörten also ungewollt –«

»Ich habe ganz bewußt gelauscht«, behauptete sie mit fester Stimme. »Ich glaube, ich hatte ein Recht, es zu wissen. Nicht, daß ich nicht schon fast alles gewußt hätte«, fügte sie traurig hinzu.

»Ich bin mir nicht ganz sicher, was Sie mir sagen wollen, Mrs. Stowe, glaube aber, Sie darauf hinweisen zu sollen, daß wir nicht allein sind. Ich kann also nichts vertraulich behandeln, was Sie mir mitteilen. Eine Frau kann nicht gezwungen werden, gegen ihren Mann auszusagen, aber selbst wenn Sie Ihre Meinung ändern sollten, bei vier Anwesenden –«

»Dann wissen Sie es schon«, sagte sie.

»Nicht so viel, wie nötig wäre«, antwortete Antony.

»Deshalb bin ich hier – um es Ihnen zu sagen. Terence ging an diesem Nachmittag, am Donnerstag, als Elizabeth abends starb, wieder ins Gericht. Wir mußten nicht, aber er sagte, es interessiere ihn. Und als er heimkam, war er in einer schrecklichen Verfassung, wollte mir aber nicht sagen, was los sei. Nach dem Abendessen ging er gleich wieder fort, und ich sah ihn erst nach elf Uhr wieder. Ich machte mir inzwischen furchtbare Sorgen, wie Sie sich denken können, und als er hereinkam ... hatte er Blut am Hemd!«

»Was geschah dann, Mrs. Stowe?«

»Ich fragte ihn, was geschehen sei, und das bereue ich jetzt, denn er... erzählte mir alles«, sagte sie. »Daß Sie David vor Gericht gefragt hatten, ob er wisse, daß sein Vater Elizabeth heiraten werde, sobald sie frei sei. Daraufhin habe er ihre Motive in Zweifel gezogen. Er war ganz offen zu mir. Er wird wohl gewußt haben, daß ich mir schon so etwas gedacht hatte. Er sagte, sie sei schon sehr lange Zeit seine Geliebte gewesen. Sie habe ihm versprochen, alles werde so weitergehen wie bisher. Aber wenn sie Owen wirklich heiraten wollte... Sie können verstehen, daß er das Gefühl hatte, das herausfinden zu müssen.«

»Und das leitete er in die Wege?«

»Ja, er ging hin und beobachtete das Haus, Owens Haus. Er dachte, wenn Elizabeth an diesem Abend dort erschiene, wären seine Befürchtungen bestätigt. Und sie ging wirklich hin. Als sie wieder herausgekommen war, stellte er sie zur Rede. Sie versuchte ihm einzureden, zwischen ihnen sei alles wie vorher, aber den Besuch bei Owen konnte sie natürlich nicht erklären. Als sie endlich einsah, daß sie bei ihm nichts erreichte, erzählte sie ihm alles, wie sie mit David zusammengewirkt hatte. Nach der Scheidung wolle sie ihn aber loswerden, sagte sie, und Owen müsse sie deshalb heiraten, weil er Geld habe, nur scheine er mit ihr jetzt nichts mehr zu tun haben zu wollen. Mit Terence könne also alles so weitergehen wie bisher. Ich glaube, das hat ihn tiefer getroffen als alles andere.«

»Könnten Sie uns das erklären, Mrs. Stowe?«

»Er fragte sie ganz offen: ›Und wenn du Owen geheiratet hättest?‹ Und sie erwiderte unverblümt: ›Ich fürchte, dann wäre es zwischen uns aus gewesen, Terence. Ich hätte nicht das Risiko eingehen können, daß er dahintergekommen wäre.‹ Und da hat er sie umgebracht.«

Antony sah sich kurz um. Jenny saß hochaufgerichtet da, die Hände im Schoß gefaltet, und war ein wenig blasser als sonst, im übrigen aber gefaßt. Vera hörte, wie es einer erfahrenen Juristin zustand, gebannt und ohne jede Gefühlsregung zu. Sir Nicholas beantwortete den Blick seines Neffen auf eine Weise, die man auf hunderterlei Art hätte auslegen können, wie Antony bitter dachte. Als Verärgerung, weil vor Jenny und Vera eine unerfreuliche Szene ablief, oder sogar als Glückwunsch, weil einige seiner Vermutungen der Wahrheit so nahe gekommen waren.

»Hat Ihr Mann Ihnen das alles zu diesem Zeitpunkt erzählt, Mrs. Stowe?« fragte er seine Besucherin leise.

»O ja, natürlich. Ich sagte schon, er war ganz offen zu mir. Und die Sache mit David. Das war reiner Zufall. Die Avery Mews war für ihn der kürzeste Weg zur Bushaltestelle. Er war nicht mit dem Auto gefahren. Als er David sah, wurde ihm bewußt, daß man ihn zum Narren gehalten hatte, und wie er zu mir sagte – ›Beim zweitenmal ist es viel leichter.‹«

Wenn Antony der Gedanke beschlich, es könnte ein zusätzliches Motiv gegeben haben, weil David hätte bezeugen können, daß Terence zu dieser Zeit in dieser Gegend gewesen war, hielt er den Zeitpunkt, das auszusprechen und den Fluß ihrer Geschichte zu stören, nicht für geeignet.

»Er hat die Waffe beide Male mitgenommen. Brachte er sie mit nach Hause?«

»Ja. Er sagte, wenn er sie in der Nähe der Tatorte weggeworfen hätte, wäre sie der Polizei in die Hände gefallen. Er hatte zwar seinen Schal um den Griff gewickelt, aber keine Handschuhe dabei, so daß Fingerabdrücke vorhanden sein konnten.«

»Augenblick, der Abend war warm.«

»Das habe ich Ihnen nicht gesagt, wie? Als er fortging, erklärte er, daß er zu einem Bankett müsse, eine Einladung von einer der ärztlichen Vereinigungen. Er trug seinen Abendanzug. Es war ein Seidenschal, und er wickelte das Messer anschließend hinein, damit er es in die Tasche schieben konnte. Und in der Nacht spülte er es stundenlang.«

»Ist das Messer noch in Ihrer Wohnung?«

»Nein, ich glaube, er hat es mit in die Klinik genommen. Er sagte, wenn er es in den Fluß werfe, würde ihn sicher jemand dabei beobachten, aber in der kleinen Stationsküche könne er es zu den anderen Messern legen, ohne daß jemand dahinterkäme.«

»So scheint es gewesen zu sein«, meinte Sir Nicholas. »Darf ich Ihnen eine Frage stellen, Madam? War es ein Messer aus Barries Haus?«

»O ja, so war es.«

»Mit der Absicht, Owen Barrie zu belasten?«

»Nein, daran dachte er damals nicht. Er sagte, er habe Elizabeth mit den Händen erdrosseln wollen, wenn er dahinterkommen sollte, daß sie schuldig sei, wie er sich ausdrückte. Aber dann fiel ihm ein, daß es mit einem Messer noch schneller und unauffälliger gehen würde, und erinnerte sich daran, daß sie eines Abends, als er mit Owen ausgegangen war, nicht ins Haus gekonnt hatten. Owen hatte den Schlüssel im anderen Anzug vergessen, also betraten sie das Haus durch den Hintereingang, wo Terence den Schlüssel sah. Hinterher freute er sich natürlich, weil nach der Verhaftung von Owen die Polizei die Suche nach einem anderen Täter einstellen würde.«

»Fast richtig«, sagte Vera. Antony nickte bedrückt; er freute sich nicht über seinen Triumph. Und plötzlich überraschte Jenny sie alle, als sie leise sagte: »Mrs. Stowe, Sie erzählen uns, daß Ihr Mann Ihnen alles gebeichtet hat. Sie haben bis jetzt aber geschwiegen.«

Joanna Stowe drehte den Kopf und sah sie an, mit einem langen Blick, der, wie Jenny später sagte, durch und durch zu gehen schien.

»Ich denke, das können Sie verstehen«, sagte sie schließlich. »Er ist mein Mann. Ich konnte ihn nicht ans Messer liefern.«

»Aber jetzt –«

»Jetzt steht es anders.«

»Weil Sie wissen, daß er Elizabeth Coke geliebt hat?«

»Nicht nur das. Ich wußte schon lange davon und hatte mich wohl damit abgefunden. Aber es war anders, als niemand davon wußte, ich konnte es nicht ertragen, daß andere Menschen es wußten, das müssen Sie einsehen. Als er heute Nachmittag mit Ihrem Mann so offen sprach, entschied ich mich.« Sie verstummte und sah die anderen der Reihe nach an. »Ich bin mir über meine Lage im klaren«, fuhr sie fort, »und ich weiß durchaus, daß ich nicht auszusagen brauche, wenn ich nicht will. Und jetzt möchte ich mit der Polizei sprechen und meine Aussage zu Protokoll geben.«

Epilog

»Die einzige Frage, die noch bleibt«, sagte Sir Nicholas am Sonntag beim Tee, nachdem er sich vergewissert hatte, daß der Teller mit gebuttertem Toast leer war, »ist die, warum sie zu dir gekommen ist, Antony, statt direkt zu Sykes zu gehen.« Wie üblich tranken sie den Tee im Wohnzimmer der Maitlands, und Antony, der gehofft hatte, wenigstens über das Wochenende die ganze Sache vergessen zu können, freute sich nicht gerade über die Frage.

Die Antwort gab Jenny.

»Das ist doch ganz naheliegend, Onkel Nick«, meinte sie. »Antony hat großen Eindruck auf sie gemacht, als er sie wegen der Verleumdungsgeschichte befragte, deshalb ist sie zu ihm gekommen.«

»Du könntest recht haben, meine Liebe. Vielleicht ist die Dame leicht zu beeindrucken«, erklärte Sir Nicholas. »Aber ich persönlich glaube –«

»Jedenfalls kam das auf eines heraus«, sagte Vera, ihren Mann im Interesse des Friedens unterbrechend. Sie hatte Antony schon früher in der Depression erlebt, die dem erfolgreichen Abschluß eines Falles unausweichlich zu folgen schien, und obwohl sie wußten, daß das eine logisch nicht begründbare Reaktion war, konnte er sich daraus nur schwer lösen. »Owen Barrie wird morgen freigelassen, Terence Stowe ist festgenommen und wird verhört, und Antony sagt, Chefinspektor Sykes habe angerufen und mitgeteilt, das Messer sei genau dort gefunden worden, wo es sich laut Mrs. Stowe befand. Das scheint mir sehr befriedigend zu sein.«

»Du könntest hinzufügen«, sagte Sir Nicholas gedehnt, »daß Edward Cokes Ruf praktisch wiederhergestellt ist. Das scheint mir einer der erfreulichsten Aspekte des Falles zu sein.« Wenn Vera die Gefühle ihres Neffen schonen wollte, gedachte er ihr nichts in den Weg zu legen.

»Jetzt wird er wohl das Mädchen heiraten, wie heißt sie gleich, Mary Jerrold?« meinte Vera.

»Das hat Antony dir noch nicht erzählt«, sagte Jenny. »Desmond Barleycorn scheint ebenfalls in sie verliebt zu sein. Er glaubt jetzt, vielleicht doch eine Chance zu haben, weil Edward Coke nicht mehr völlig unerreichbar sei – so hat er sich ausgedrückt, nicht, Antony?«

»Wußte ich nicht«, bemerkte Vera. »Hat Hand und Fuß.«

»Wenn wir von Psychologischem sprechen wollen«, begann Sir Nicholas wieder, zur Abwechslung einmal ohne große Rücksicht auf die Logik, »müssen wir uns alle darüber freuen, daß zumindest in diesem Fall Superintendent Briggs Antony nichts Nachteiliges vorwerfen kann.«

»Natürlich kann er das nicht, Onkel Nick«, sagte Jenny empört.

»Ich glaube, er hätte es versucht«, stellte Sir Nicholas fest, unberührt von dem Widerspruch. »Aber alles ist gut. Da Vera und ich anwesend waren, würde wohl nicht einmal der Superintendent auf den Gedanken kommen, behaupten zu wollen, Antony hätte – wie sagst du dazu, Vera? – an der Sache gedreht.«

Jenny wollte empört sagen: »Ich war auch dabei«, als sie den Blick ihres Mannes auffing. Antony lachte und schien nicht mehr aufhören zu können.

»Du hast wirklich recht, Onkel Nick«, meinte er. »Tante Vera verdirbt dich wirklich.« Und sah belustigt zu, als sein Onkel sich seiner Frau zuwandte, um die Anschuldigung zurückzuweisen, auch wenn das mit mehr Entrüstung als Überzeugungskraft geschah.